P. D. JAMES

TRABALHO IMPRÓPRIO PARA UMA MULHER

Tradução:
CELSO NOGUEIRA

Copyright © 1972 by P. D. James

Proibida a venda em Portugal

Publicado anteriormente no Brasil com o título
Uma profissão muito perigosa (*Francisco Alves, 1986*)

Título original:
An unsuitable job for a woman

Projeto gráfico de capa:
João Baptista da Costa Aguiar

Foto de capa:
Bel Pedrosa

Preparação:
Cacilda Guerra

Revisão:
Ana Maria Barbosa
Daniela Medeiros

Dados Internacionais de Catalogação na Publicação (CIP)
(Câmara Brasileira do Livro, SP, Brasil)

James, P. D.
   Trabalho impróprio para uma mulher / P. D. James ;
tradução Celso Nogueira. — São Paulo : Companhia das
Letras, 2008.

   Título original: An unsuitable job for a woman.
   ISBN 978-85-359-1279-1

   1. Ficção policial e de mistério (Literatura inglesa) I.
Título.

08-05827   CDD-823.0872

Índice para catálogo sistemático:
1. Ficção policial e de mistério : Literatura inglesa 823.0872

2008

Todos os direitos desta edição reservados à
EDITORA SCHWARCZ LTDA.
Rua Bandeira Paulista, 702, cj. 32
04532-002 — São Paulo — SP
Telefone: (11) 3707 3500
Fax: (11) 3707 3501
www.companhiadasletras.com.br

Para Jane e Peter,
que gentilmente permitiram
a dois personagens meus
residirem na Norwich Street, 57

Um autor de policiais, por conta de seu ofício desagradável, precisa criar ao menos um personagem altamente deplorável por romance, sendo inevitável que de tempos em tempos seus atos sanguinários ocorram na morada dos justos. Um escritor cujos personagens escolheram encenar sua tragicomédia numa cidade universitária antiga encontra-se em situação particularmente difícil. Ele pode, claro, chamá-la de Oxbridge, inventar faculdades com nomes de santos improváveis e fazer com que pessoas passeiem de barco no Camsis, mas esse artifício tímido apenas confunde personagens, leitores e até o autor, e o resultado é que ninguém sabe exatamente onde ele está, além de oferecer a duas comunidades — em vez de uma — a oportunidade de revolta.

A maior parte desta história situa-se sem remorsos em Cambridge, uma cidade na qual, é inegável, habitam e trabalham policiais, legistas, médicos, estudantes, funcionários da universidade, vendedores de flores, lentes, cientistas e até, sem dúvida, majores da reserva. Nenhum deles, que eu saiba, apresenta a menor semelhança com os personagens deste livro. Todos, até os mais desagradáveis, são imaginários; a cidade, para felicidade de todos nós, não é.

P. D. J.

1

Na manhã da morte de Bernie Pryde — ou pode ter sido na manhã seguinte, uma vez que Bernie morreu conforme sua conveniência, sem considerar digno de nota o registro do horário estimado de sua partida —, um problema na Bakerloo Line, perto de Lambeth North, fez Cordelia chegar meia hora atrasada no escritório. Ela saiu da estação de metrô de Oxford Circus para o sol claro de junho, passou depressa pelos fregueses matinais que olhavam as vitrines da Dickins & Jones para mergulhar na cacofonia da Kingly Street, abrindo caminho entre a calçada bloqueada e a massa reluzente de carros e vans que atulhavam a rua estreita. A pressa era irracional, ela sabia, sintoma de sua obsessão por ordem e pontualidade. Não havia nada na agenda; nenhum cliente para entrevistar; nenhum caso pendente; nem mesmo um relatório final a redigir. Por sugestão sua, ela e a srta. Sparshott, datilógrafa temporária, estavam enviando informações sobre a agência a todos os advogados de Londres, na esperança de atrair clientes. A srta. Sparshott estaria provavelmente ocupada com isso agora, olhos atraídos pelo relógio, tamborilando sua irritação em *staccato* a cada minuto de atraso de Cordelia. Ela era uma mulher sem graça, de lábios permanentemente tensos, como se quisesse impedir que os dentes protuberantes saltassem para fora da boca, queixo recuado com um pêlo grosso que crescia assim que o arrancava e cabelo claro em ondas rígidas. O queixo e a boca pareciam a Cordelia a refutação viva de que todos os homens nascem iguais, e ela de vez em quando tentava sentir afeto e empatia pela srta. Sparshott, com sua vida passada em quartos alugados, avaliada pelas moedas de cinco pence que punha no aquecedor a gás, restrita a costuras e barras feitas à mão. Pois a srta. Sparshott era uma costureira habilidosa, freqüentadora assídua das aulas vespertinas da prefeitura. Suas roupas caprichosamente elaboradas eram tão atemporais que nunca estavam realmente na moda; saias retas em cinza ou preto, verdadeiros exercícios de como fazer pregas e pôr zíperes; blusas de gola masculina e punhos em tons pastel insípidos nos quais distribuía sua discreta coleção de bijuterias; vestidos de corte intricado com barra na altura exata para enfatizar suas pernas retas e tornozelos grossos.

Cordelia não pressentiu a tragédia ao abrir a porta da rua, perpetuamente fechada com tranca para conveniência dos inquilinos misteriosos e reservados, bem como de seus visitantes igualmente misteriosos. A nova placa de bronze reluzia ao sol, em incongruente contraste com a pintura desbotada encardida. Cordelia a aprovou com um olhar de relance.

AGÊNCIA DE DETETIVES PRYDE

(PROPS.: BERNARD G. PRYDE E CORDELIA GRAY)

Cordelia precisara de várias semanas de persuasão paciente e diplomática para convencer Bernie de que seria inadequado incluir as palavras "ex-D. I. C., Polícia Metropolitana" após seu nome, ou "Srta." antes do dela. Não surgiram outros problemas com referência à placa, pois Cordelia não acrescentara à sociedade qualificações e experiência anterior relevante nem sequer capital, com exceção de seu corpo esguio e rijo de vinte e dois anos, uma considerável inteligência — que Bernie, pelo que ela suspeitava, considerara em certos momentos mais desconcertante do que admirável — e uma afeição meio exasperada, meio piedosa pela figura do sócio. Para Cordelia ficou óbvio desde o início que a vida se voltara contra ele, de modo pouco dramático mas inegável. Ela reconhecia os sinais. Bernie nunca ocupara no ônibus o tão invejado lugar na frente à esquerda; não conseguia admirar a vista através da janela do trem sem que outra composição prontamente a obscurecesse; seu pão invariavelmente caía com a manteiga para baixo; o Mini, confiável quando ela o dirigia, parava com Bernie nos cruzamentos mais inconvenientes e movimentados. Por vezes ela se perguntava se, ao aceitar a oferta de sociedade, num ataque de depressão ou masoquismo perverso, não estaria voluntariamente aderindo à má sorte dele. Afinal, sem sombra de dúvida, ela jamais se considerara forte o suficiente para mudar aquela condição.

A escadaria cheirava como sempre a suor rançoso, lustra-móveis e desinfetante. As paredes verde-escuras permaneciam invariavelmente úmidas em qualquer estação do ano, como se secretassem um miasma de respeitabilidade e derrota definitivas. As escadas, com sua balaustrada de ferro fundido ornamentado, eram cobertas por linóleo manchado e rachado, que o proprietário remendava com cores diferentes quando algum inquilino reclamava. A agência situava-se no terceiro andar. Cordelia não ouviu o matraquear das teclas da máquina de escrever ao entrar, percebendo que a srta. Sparshott ocupava-se em limpar o equipamento, uma antiga Imperial que se tornara motivo de constantes e justificadas reclamações. Ela ergueu os olhos, a face inchada de ressentimento, as costas rígidas como a barra de espaço da máquina.

"Eu já estava me perguntando a que horas ia aparecer, senhorita Gray. Estou preocupada com o senhor Pryde. Creio que ele se encontra no escritório, mas não fala, mantém silêncio, e trancou a porta."

Cordelia sentiu um frio na espinha e girou a maçaneta da porta.

"Por que não tomou alguma providência?"

"O que mais eu poderia fazer, senhorita Gray? Bati na

porta, gritei o nome dele. Não seria conveniente interferir, não passo de uma datilógrafa temporária, não tenho autoridade alguma aqui. Ficaria numa situação bem embaraçosa, caso ele atendesse. Afinal de contas, tem o direito de usar seu próprio escritório, suponho. Além disso, não tenho nem certeza de que ele está mesmo lá dentro."

"Só pode estar. A porta está trancada e seu chapéu está aqui."

O *trilby* de Bernie, com a aba manchada virada inteira para cima, como um chapéu de comediante, estava pendurado no porta-chapéus rebuscado, símbolo de lamentável decrepitude. Cordelia abriu a bolsa para pegar sua chave. Como sempre, o objeto desejado sumira no fundo. A srta. Sparshott começou a datilografar, como se quisesse se dissociar do drama iminente. Acima do ruído disse, num tom defensivo:

"Há um bilhete em sua mesa."

Cordelia rasgou o envelope. Era curto e explícito. Bernie sempre fora capaz de se expressar sucintamente quando tinha algo a dizer.

Lamento, sócia, eles me disseram que é câncer, e optei pela saída mais fácil. Já vi o que o tratamento faz com as pessoas, não quero saber. Fiz o testamento e o entreguei ao advogado. Encontrará o nome dele na mesa. Deixei a empresa para você. Tudo, incluindo todo o equipamento. Boa sorte e muito obrigado.

A seguir, com a falta de consideração dos condenados, ele rabiscou um pedido final injusto:

Se me encontrar com vida, pelo amor de Deus, espere um pouco antes de pedir ajuda. Conto com você para isso, sócia. Bernie.

Ela destrancou a porta interna do escritório e entrou, fechando-a com cuidado.

Foi um alívio descobrir que não seria preciso esperar. Bernie estava morto. Caído sobre a mesa, parecia exausto ao extremo. A mão direita estava semicerrada, e uma navalha aberta tinha deslizado pelo tampo, deixando uma fina trilha de sangue, como a marca de um caracol, e detido-se na extremidade da mesa, precariamente equilibrada. O pulso esquerdo, marcado por dois cortes paralelos, estava virado para cima sobre a bacia esmaltada que Cordelia usava para lavar louça. Bernie a enchera de água, mas agora estava cheia de um líquido rosa-claro de odor adocicado e enjoativo, e dentro dela os dedos, recurvados como numa súplica, semelhantes em sua palidez e delicadeza aos de uma criança, brilhavam lisos como se fossem de cera. O sangue e a água tinham transbordado sobre a mesa e o chão, ensopando o tapete oval espalhafatoso que Bernie adquirira recentemente na esperança de impressionar os visitantes com seu status, mas que na opinião silenciosa de Cordelia servia apenas para chamar a atenção para a pobreza do resto do escritório. Um dos cortes era tímido e superficial, mas o outro, profundo, atingira o osso. As bordas do ferimento, exangues, escancaravam-se limpas como a ilustração de um livro de anatomia. Cordelia lembrou de quando Bernie descrevera certa vez o encontro de um provável suicida, em seu início de carreira como jovem policial. Um idoso, caído na soleira da porta de um depósito, rasgara o pulso com um caco de garrafa — mas fora trazido de volta a uma semivida relutante por causa de um coágulo imenso que bloqueara as veias seccionadas. Bernie não esquecera e tomara precauções para garantir que o sangue não se coagularia. Ela notou que ele havia tomado outra precaução; havia uma xícara de chá vazia, na qual ela servia o chá da tarde, do lado direito da mesa, com um restinho de pó a manchar a borda, aspirina ou quem sabe um barbitúrico. Um filete seco de muco, com manchas similares, escorrera e secara no canto da boca. Os lábios entreabertos lembravam os de uma criança adormecida, petulantes e vulneráveis. Ela pôs a cabeça

13

para fora da sala e disse, controlada: "O senhor Pryde morreu; não entre. Telefonarei para a polícia daqui".

O chamado telefônico foi atendido com calma, logo chegariam. Sentada ao lado do corpo, esperando, Cordelia sentiu que precisava fazer um gesto piedoso, reconfortante. Passou a mão lentamente pelo cabelo de Bernie. A morte ainda não exercera seu poder de reduzir aquelas células frias desprovidas de nervos, e o cabelo caía despenteado e desagradavelmente vivo, como o pêlo de um animal. Ela retirou a mão rapidamente, e tocou de leve a lateral da testa. A pele estava muito fria, pegajosa. Era a morte; assim papai morrera. Como no caso dele, o gesto piedoso carecia de sentido, era irrelevante. Não houvera mais comunicação na morte do que em vida.

Ela ponderou a hora exata em que Bernie morrera. Ninguém jamais poderia dizer. Talvez o próprio Bernie não tivesse sabido. Supunha ter acontecido um segundo mensurável no tempo em que ele deixara de ser Bernie para se tornar aquele desimportante porém embaraçoso e complicado monte de carne e osso. Curioso como um instante no tempo, tão importante para ele, pudesse ter transcorrido sem seu conhecimento. Sua segunda mãe adotiva, a sra. Wilkes, teria dito que Bernie soubera, pois ocorria um momento de glória indescritível, com torres brilhantes, cânticos ilimitados e céus triunfais. Coitada da sra. Wilkes! Viúva, perdera o único filho na guerra, vivia numa pequena casa perpetuamente ruidosa por causa das crianças adotadas que eram seu ganha-pão, ela precisava sonhar. Enfrentara a vida com máximas reconfortantes guardadas feito carvão contra o frio do inverno. Cordelia pensou nela pela primeira vez em muitos anos e ouviu de novo a voz cansada, esforçadamente otimista: "Se o Senhor não a visitar ao sair, Ele a visitará quando voltar". Bem, indo ou vindo, Ele não havia visitado Bernie.

Era estranho, mas de certo modo típico de Bernie, que ele tivesse mantido um otimismo teimoso e invencível a respeito da empresa, mesmo sem ter nada além de algumas moedas para o medidor de gás no caixa, e tivesse abandonado a esperança na vida sem nenhuma reação. Talvez por conta de um reconhecimento subconsciente de que nem ele nem a agência tinham realmente futuro, o que levara à decisão de que assim poderia desistir da vida e do trabalho com alguma honradez? Ele fora eficiente mas estabanado, o que era surpreendente no caso de um ex-policial versado em questões de morte. Então ela se deu conta do porquê de ele ter escolhido a navalha e o remédio. A arma. Ele não escolhera o caminho mais fácil, na verdade. Poderia ter usado a arma, mas quisera que ela a conservasse; deixara o revólver de herança, juntamente com os arquivos bambos, a máquina de escrever antiquada, o kit para cenas de crime, o Mini, o relógio de pulso à prova de choque e de água, o tapete ensangüentado, o constrangedor estoque de papel timbrado com o cabeçalho rebuscado que dizia AGÊNCIA DE DETETIVES PRYDE — TEMOS ORGULHO DE NOSSO TRABALHO. Todo o equipamento. Sublinhara o *todo*. Certamente tentara lembrá-la da existência da pistola.

Cordelia destrancou a pequena gaveta na base da escrivaninha de Bernie, para a qual somente ela detinha a chave, e a apanhou. Ainda estava no saco de couro com fecho de cordão que fizera para guardá-la, com três cargas de munição embrulhadas separadamente. Era uma pistola 38 semi-automática; ela desconhecia sua origem, mas tinha certeza de que Bernie não tinha porte de arma. Nunca a considerara uma arma letal, talvez por causa da inocente obsessão infantil de Bernie, que a reduzira à impotência de um brinquedo. Ele lhe ensinara a atirar direito, pelo menos na teoria. Haviam ido de carro até as profundezas de Epping Forest para praticar tiro, e suas lembranças da pistola continham sombras rajadas e o cheiro intenso das folhas mortas. Bernie posicionara um alvo numa árvore conveniente; a pistola fora carregada com munição de festim. As ordens em *staccato* a incentivavam. "Dobre os joelhos. Afaste os pés. Estenda bem o braço. Agora leve a mão esquerda ao cano e segure bem. Mantenha os olhos no alvo. Estenda o braço, sócia, estenda o braço! Ótimo. Muito bem; muito bem, mesmo."

"Mas, Bernie", ela se queixara, "não podemos atirar! Não temos licença." Ele havia sorrido, o sorriso maroto orgulhoso de quem detém um conhecimento superior. "Se um dia atirarmos em alguém, será para salvar a nossa vida. Nessa circunstância, considero irrelevante a questão do porte de arma." A frase pomposa agradara Bernie, ele a repetira, erguendo o rosto pesado para o sol, como um cachorro. O que, ela se perguntou, teria ele visto na imaginação? Os dois agachados atrás de um matacão num charco remoto, balas a ricochetear no granito, a pistola fumegante passada de mão em mão?

Ele havia dito: "Precisamos tomar cuidado com a munição. Se precisar, posso conseguir mais, claro...". O sorriso tinha se transformado num esgar, como se resultasse da recordação de contatos misteriosos, colegas onipresentes e prestativos que ele precisaria apenas convocar em seu mundo secreto.

Então ele lhe deixara a arma. Seu bem mais precioso. Ela a guardou, ainda embrulhada, no fundo da bolsa. Considerava improvável que a polícia examinasse a gaveta num caso óbvio de suicídio, mas seria melhor não correr esse risco. Bernie quisera que ficasse com a arma; não abriria mão dela facilmente. Com a bolsa a seus pés, sentou-se novamente ao lado do corpo. Disse uma rápida prece, aprendida no convento, para o Deus que ela não tinha certeza se existia e pela alma que Bernie nunca acreditara ter, e esperou calmamente a chegada da polícia.

O primeiro policial a aparecer era eficiente, porém jovem; faltava-lhe experiência para disfarçar o choque e a repulsa diante da morte violenta, além da desaprovação por Cordelia se mostrar tão calma. Ele não passou muito tempo no escritório interno. Ao sair, se deteve no bilhete de Bernie, como se o escrutínio cuidadoso pudesse extrair algum sentido oculto da sentença de morte manifesta. Em seguida, dobrou-o.

"Preciso ficar com isso por enquanto. O que ele veio fazer aqui?"

"Ele não veio fazer nada. Este era o escritório dele. Era detetive particular."

"E você trabalhava para o senhor Pryde? Era secretária dele?"

"Era sócia. Está escrito no bilhete. Tenho vinte e dois anos. Bernie era o sócio principal; ele fundou a empresa. Trabalhou antes na Polícia Metropolitana, no Departamento de Investigação Criminal, com o superintendente Dalgliesh."

Assim que as palavras saíram ela se arrependeu. Eram conciliadoras demais, uma defesa ingênua do pobre Bernie. E o nome Dalgliesh, percebeu, nada significava para ele. Por que deveria? Não passava de um guarda fardado do distrito local. Não poderia saber quantas vezes ela ouvira, com impaciência educadamente dissimulada, as reminiscências nostálgicas de Bernie sobre seu tempo no D. I. C., antes do afastamento, ou os elogios às virtudes e à sabedoria de Adam Dalgliesh. "O super... bem, na época ele ainda era apenas inspetor... sempre nos ensinou a... O super relatou um caso... Se havia uma coisa insuportável para o super..."

Por vezes ela se perguntara se tal modelo de virtude realmente existia, ou se surgira, impecável e onipotente, da mente de Bernie, como herói e mentor necessário. Levara um choque mais tarde ao se deparar, de surpresa, no jornal, com um retrato do superintendente-chefe Dalgliesh, um rosto moreno e sardônico que, num exame mais detalhado, tinha se desintegrado na ambigüidade dos pontos reticulados sem revelar nada. Não que a sabedoria que Bernie relembrava com tanta loquacidade fosse o máximo. Em grande parte, desconfiava, era a filosofia do próprio Bernie. Ela, por sua vez, havia criado uma ladainha própria para seu desprezo: sobranceiro, superior, sarcástico, super; que sabedoria, pensou, teria ele para consolar Bernie agora?

O policial fizera ligações telefônicas discretas. Agora ele observava a sala de recepção, quase sem se dar ao trabalho de ocultar seu intrigado desprezo pelos móveis gastos de segunda mão, pelo arquivo danificado com uma gaveta entreaberta que continha bules e xícaras e pelo linóleo furado. A srta. Sparshott, rígida em sua antiquada máquina de escrever, o olhava com desgostoso fascínio. Finalmente, ele disse:

"Bem, que tal vocês prepararem uma bela xícara de chá, enquanto eu espero a chegada do médico da polícia? Dá para fazer chá aqui?"

"Temos uma pequena copa no corredor, que dividimos com os outros condôminos do andar. Mas para que vocês precisam do médico? Bernie já morreu!"

"Ele só estará oficialmente morto quando um profissional de saúde qualificado assim o disser." Fez uma pausa. "Só por precaução."

Contra o quê?, Cordelia se perguntou. Julgamento, danação, decadência? O policial retornou à sala interna. Ela o seguiu e indagou, delicadamente:

"Não poderíamos liberar a senhorita Sparshott? Ela é da agência, recebe por hora. Não fez nada desde que cheguei, e duvido que vá fazer agora."

Ela percebeu que o chocou um pouco, passando a impressão de que era insensível por se preocupar com um detalhe tão mercenário a uma distância em que poderia tocar o corpo de Bernie, mas ele respondeu mesmo assim:

"Vou conversar com ela e depois estará liberada. Aqui não é um lugar apropriado para uma mulher."

Seu tom dava a entender que nunca fora.

Depois de esperar na sala de recepção, Cordelia respondeu às perguntas inevitáveis.

"Não, eu não sei se ele era casado. Tenho a impressão de que era divorciado; ele nunca mencionou uma esposa. Residia na Cremona Road, 15, S. E. 1. Cedeu um quarto para eu dormir lá, mas pouco nos víamos em casa."

"Conheço Cremona Road, minha tia morava lá quan-

18

do eu era criança — a rua fica perto do Museu Imperial da Guerra."

O fato de ele conhecer a rua pareceu tranqüilizá-lo e humanizá-lo. Por um momento, ele ruminou isso, contente.

"Quando viu o senhor Pryde com vida pela última vez?"

"Ontem, por volta das cinco horas da tarde, pois saí mais cedo do serviço para fazer compras."

"Ele voltou para casa ontem à noite?"

"Ouvi o barulho, mas não o vi. Tenho um fogareiro a gás no quarto, normalmente preparo minha comida lá, a não ser que ele não esteja em casa. Não ouvi nada esta manhã, o que é inusitado, e pensei que ele poderia ter dormido no escritório. Faz isso ocasionalmente, quando tem tratamento ou consulta no hospital."

"Ele tinha consulta hoje?"

"Não, foi na quarta-feira passada. Mas pensei que tivessem marcado um retorno. Ele deve ter saído de casa muito tarde, na noite passada, ou bem cedo, esta manhã, antes de eu acordar. Não ouvi nada."

Seria impossível descrever a delicadeza quase obsessiva com que se evitavam, tentando não invadir e preservar a privacidade um do outro, atentos ao som da descarga, verificando na ponta dos pés se a cozinha ou o banheiro estavam desocupados. Tomavam precauções infinitas para não se tornarem um estorvo para o outro. Mesmo vivendo numa casa geminada minúscula, eles mal se viam fora da agência. Ela não pôde deixar de pensar que Bernie decidira cometer suicídio no escritório para evitar o incômodo e a contaminação da casa.

Finalmente o escritório se esvaziou e ela ficou sozinha. O médico da polícia já havia fechado a maleta e partido; o corpo de Bernie fora manobrado escada estreita abaixo, observado por olhos atrás de portas entreabertas dos outros escritórios; o derradeiro policial partira. A srta. Sparshott não voltaria mais; a morte violenta era um insulto pior do que uma máquina de escrever indigna de uma datilógrafa profissional ou do que um banheiro abaixo do padrão ao qual ela estava acostumada. Sozinha no silêncio vazio, Cordelia sentiu necessidade de atividade física. Iniciou uma faxina vigorosa no escritório interno, removendo manchas de sangue da mesa e da cadeira, esfregando o tapete encharcado.

Ela seguiu para o pub costumeiro à uma da tarde, em passo rápido. Ocorreu-lhe que não havia mais motivo para freqüentar o Golden Pheasant, mas seguiu para lá, incapaz de cometer uma deslealdade prematura. Nunca tinha apreciado o pub nem a dona, e com freqüência desejara que Bernie escolhesse um lugar mais próximo, de preferência com uma atendente de seios fartos e coração de ouro. No entanto, suspeitava que o tipo fosse mais comum na literatura que na vida real. A multidão familiar da hora do almoço se amontoava em volta do balcão, como de hábito, e por trás dele Mavis comandava o espetáculo com seu sorriso ligeiramente ameaçador, com seu ar de extrema respeitabilidade. Mavis trocava de vestido três vezes ao dia, de penteado uma vez por ano, de sorriso nunca. As duas mulheres não simpatizavam uma com a outra, embora Bernie se revezasse entre as duas feito um cão velho afetuoso, considerando conveniente acreditar que eram grandes amigas, ignorando ou fingindo não perceber a presença quase física do antagonismo. Mavis lembrava a Cordelia uma bibliotecária que em sua infância escondia os livros novos debaixo do balcão para evitar que fossem emprestados e danificados. Talvez a contrariedade mal disfarçada de Mavis se devesse ao fato de ela ser forçada a exibir sua mercadoria ostensivamente, obrigada a dosar sua generosidade sob olhos atentos. Empurrando por cima do balcão o copo de cerveja com soda limonada e o ovo escocês pedidos por Cordelia, ela disse:

"Soube que a polícia foi a seu escritório."

Olhando seus rostos ávidos, Cordelia pensou, eles já sabem, claro; querem ouvir os detalhes; por que não dá-los? Ela disse:

"Bernie cortou os pulsos duas vezes. Na primeira, não conseguiu chegar na veia; na segunda, conseguiu. Colocou o braço na água para ajudar o sangramento. Descobriu que tinha câncer e não queria enfrentar o tratamento."

Isso, percebeu, era diferente. O pequeno grupo em torno de Mavis trocou olhares e rapidamente desviou a vista. Copos pararam momentaneamente a caminho da boca. Cortar os pulsos era algo que outras pessoas faziam, mas o sinistro caranguejo prendia a mente de todos com suas pinças terríveis. Até Mavis deu a impressão de ter visto as garras brilharem no meio das garrafas. Ela disse:

"Você vai procurar outro emprego, imagino. Afinal de contas, não poderia tocar a agência sozinha. É um trabalho impróprio para uma mulher."

"Não difere do trabalho atrás do balcão. A gente conhece pessoas de todos os tipos."

As duas trocaram um olhar, ocorreu o fragmento de um diálogo silencioso entre elas, ouvido e compreendido claramente por ambas.

"Como ele morreu, não creio que seja possível às pessoas deixarem aqui os recados para a agência."

"Eu não pretendia pedir isso."

Mavis passou a lustrar um copo com vigor, sem tirar os olhos de Cordelia.

"Duvido que sua mãe aprove, se você continuar lá sozinha."

"Só tive mãe na minha primeira hora de vida, portanto não preciso me preocupar com isso."

Cordelia percebeu logo que o comentário os chocara profundamente e se espantou de novo com a capacidade dos mais velhos de se escandalizarem com fatos simples, embora fossem capazes de aceitar uma infinidade de opiniões pervertidas ou revoltantes. Mas a deixaram em paz, com seu silêncio pesado de censura. Ela levou a cerveja e o ovo escocês para uma mesa encostada na parede e pensou na mãe, sem sentimentalismo. Livre gradualmente de uma infância de privações, ela desenvolvera uma filosofia de compensações. Em sua imaginação, desfrutara uma vida inteira de amor em uma hora, sem decepções e arrependimentos. O pai nunca falava na morte da mãe, e Cordelia evitava questioná-lo, temerosa de descobrir que a mãe jamais a pegara no colo, nunca recobrara a consciência, talvez nem tenha sabido que tinha uma filha. Essa crença no amor da mãe era a fantasia que ela não poderia se arriscar a perder inteiramente, embora a indulgência se tornasse menos necessária e real a cada ano que passava. Agora, na imaginação, consultava a mãe. Foi como esperava: sua mãe considerou que o serviço era perfeitamente apropriado para uma mulher.

O grupinho reunido no bar retornou às bebidas. Por entre os ombros ela via seu reflexo no espelho acima do bar. O rosto de hoje não parecia diferente do de ontem: cabelo castanho-claro grosso a emoldurar uma face que parecia ter sido espremida delicadamente por um gigante que pusera uma das mãos sobre sua cabeça e a outra sob o queixo; olhos grandes, castanho-esverdeados, encimados por sobrancelhas grossas; maçãs protuberantes; boca pequena, infantil, delicada. Cara de gato, pensou, mas tranqüilamente decorativa entre os reflexos das garrafas coloridas e o brilho generalizado do bar de Mavis. Apesar de sua aparência jovem enganosa, podia ser um rosto misterioso, impermeável. Cordelia adotara o estoicismo desde pequena. Todos os seus pais adotivos, cada um gentil e bem-intencionado à sua maneira, haviam exigido uma coisa dela — que fosse feliz. Rapidamente aprendera que ao mostrar infelicidade arriscava-se a perder o amor. Comparada à essa precoce disciplina de ocultação, toda dissimulação posterior fora fácil.

O Focinho abria caminho em sua direção. Sentou no mesmo banco, com o tweed pavoroso a cobrir seu traseiro amplo, apertado contra o dela. Cordelia não gostava do Focinho, embora fosse o único amigo de Bernie. Bernie explicara que o Focinho era informante da polícia e se dava bastante bem. Também tinha outras fontes de renda.

Seus amigos às vezes roubavam quadros famosos ou jóias valiosas. Então o Focinho, adequadamente orientado, informava à polícia onde encontrar os itens desaparecidos. Ele recebia a recompensa, que era depois repartida com os ladrões, claro, além da gorjeta para o detetive, que, no final das contas, fizera grande parte do serviço. Bernie comentara que a companhia de seguros se safava por uma ninharia, os donos recebiam as obras de volta intactas, os ladrões não corriam o risco de ser presos pela polícia e o Focinho recebia algum, bem como o policial responsável. Era o sistema. Cordelia, assustada, preferira não demonstrar ostensivamente suas restrições. Desconfiava de que Bernie também aprontara das suas, embora nunca com tanta eficácia e resultados tão lucrativos.

Os olhos reumáticos do Focinho pousaram nas mãos trêmulas em volta do copo de uísque.

"Pobre coitado, o Bernie. Dava para ver que acabaria assim. Ele vinha perdendo peso desde o ano passado e ficou com a pele meio cinzenta, cor de câncer, como meu pai costumava dizer."

Pelo menos o Focinho tinha percebido; ela, não. Bernie sempre lhe parecera cinzento e adoentado. A coxa grossa e quente encostou na dela.

"Nunca deu sorte, pobre coitado. Eles o chutaram para fora do D. I. C., ele contou? Foi o superintendente Dalgliesh, na época inspetor. Puxa vida, ele sabia ser filho-da-mãe; não dava uma segunda chance a ninguém, vai por mim."

"Sim, Bernie me contou", Cordelia mentiu. E acrescentou: "Ele não guardava ressentimento por causa disso".

"De que adianta o ressentimento? Aceite o que vier, é o meu lema. Imagino que você vai procurar outro serviço, né?"

Ele demonstrava ansiedade, como se a desistência dela fosse abrir a agência para sua exploração.

"Ainda não", Cordelia disse. "Por enquanto, não pretendo procurar outro trabalho."

Ela havia tomado duas decisões: manteria a empresa de Bernie até que não restasse mais dinheiro para pagar o aluguel, e não pisaria mais no Golden Pheasant enquanto vivesse.

A resolução de manter o negócio funcionando sobreviveu pelos quatro dias seguintes — sobreviveu inclusive à descoberta do contrato de aluguel e do boleto para seu pagamento, que revelavam que, no final das contas, Bernie não era o dono da casinha de Cremona Road, e que ela ocupara o quarto de modo ilegal e certamente limitado; sobreviveu a saber pelo gerente do banco que o saldo de Bernie mal pagaria o enterro, e pela oficina que o Mini precisaria em breve de uma revisão; sobreviveu à limpeza da casa de Cremona Road. Os detritos de uma vida solitária e desorganizada se espalhavam por toda parte.

Latas de ensopado irlandês e de feijão — será que ele algum dia comera outra coisa? — formavam uma pirâmide cuidadosamente erguida, como uma vitrine de supermercado; latas grandes de polidor de metais e cera para assoalho, pela metade, com o conteúdo seco ou pastoso; uma gaveta cheia de panos de pó, duros com o amálgama de cera e sujeira; uma cesta de roupa suja cheia; roupa de baixo de lã grossa, que podia ser lavada à máquina, manchada de marrom na altura do fundilho — como tivera coragem de partir, deixando aquilo para outros descobrirem?

Ela ia ao escritório diariamente para limpar, arrumar e atualizar os arquivos. Não recebia telefonemas nem clientes, mas conseguia se manter sempre ocupada. Compareceu ao inquérito, deprimente em sua distanciada e quase entediante formalidade, em seu inevitável veredicto. Visitou o advogado de Bernie. Era um senhor idoso, abatido, cujo escritório inconvenientemente situava-se perto da estação Mile End, que recebeu a notícia da morte do cliente com uma resignação lúgubre, como se fosse uma afronta pessoal, e após uma breve busca localizou o testamento de Bernie e o estudou com desconfiança, intrigado, como se não fosse o documento que ele mesmo havia redigido recentemente. Conseguiu dar a Cordelia a impressão de que sabia que ela tinha sido amante de Bernie — por que outro motivo deixaria a empresa para ela? —, mas que, sendo um sujeito vivido, não usaria isso contra ela. Não quis saber de participar da organização do funeral, mas forneceu a Cordelia o nome de uma agência funerária; ela suspeitou que ele provavelmente receberia comissão. Aliviada, após uma semana de pompa desoladora, descobriu que o gerente da funerária era tão animado quanto competente. Após perceber que Cordelia não ia se esvair em lágrimas nem se permitir cenas melodramáticas em memória do falecido, ele passou a discutir o preço e as vantagens relativas ao enterro ou cremação com objetividade cúmplice.

"Cremação, sempre. Ele não tinha seguro pessoal, pelo que disse, certo? Então resolva tudo do modo mais rápido, fácil e barato possível. Confie em mim, é isso que nove entre dez mortos preferem. Um túmulo é um luxo caro nos dias de hoje. Inútil para ele, inútil para você. Do pó viemos e ao pó voltaremos; mas, e o processo entre uma coisa e outra? Não agrada pensar no assunto, certo? Então, por que não encerrar tudo o mais depressa possível, pelos métodos mais modernos e confiáveis? Veja bem, senhorita, este conselho vai contra meus próprios interesses."

Cordelia disse:

"Muita gentileza sua. Acha que devemos incluir uma coroa?"

"Por que não? Daria um ar adequado. Pode deixar por minha conta."

Assim, houve a cremação e uma coroa funerária. Esta era uma montagem inadequada de cravos e lírios com flores já moribundas, com cheiro de podres. A cerimônia de cremação foi conduzida por um padre em velocidade controlada e tom levemente apologético, como se quisesse assegurar aos presentes que ele, embora desfrutasse de um arranjo especial, não esperava que acreditassem no inacreditável. Bernie seguira para a fogueira ao som de música de sintetizador, e bem na hora, a julgar pela agitação impaciente do cortejo que esperava a vez de entrar na capela.

Depois da cerimônia, Cordelia parou sob o sol ofuscante, sentindo o calor do pedrisco na sola do sapato. A atmosfera estava pesada e sufocante, por causa do cheiro das flores. Tomada por súbita desolação e raiva defensiva em nome de Bernie, ela procurou um bode expiatório e o encontrou na figura de um certo superintendente da Scotland Yard. Ele havia chutado Bernie do único trabalho que ele desejara ter; não se dera ao trabalho de descobrir o que lhe acontecera depois; e, na acusação mais irracional de todas, sequer comparecera ao funeral. Bernie precisara ser detetive, como outros homens precisavam pintar, escrever, beber ou fornicar. Sem dúvida o D. I. C. era suficientemente amplo para acomodar o entusiasmo e a ineficiência de um homem, certo? Pela primeira vez Cordelia chorou por Bernie; lágrimas mornas rolaram e multiplicaram a longa fila de carros fúnebres com seus ornatos reluzentes, de modo que pareciam se estender até um infinito de brilhantes cromados e flores trêmulas. Tirando o lenço preto de chiffon da cabeça, sua única concessão ao funeral, Cordelia seguiu rumo à estação do metrô.

Estava com sede ao chegar em Oxford Circus e decidiu tomar um chá no restaurante da Dickins & Jones. Uma extravagância inusitada, mas tivera um dia inusitado e extravagante. Demorou-se o bastante para justificar a conta e só retornou ao escritório às quatro e quinze.

Tinha um visitante. Uma mulher a aguardava com o ombro apoiado na porta — uma mulher que parecia fria e incongruente contra a tinta encardida e as paredes engorduradas. Cordelia perdeu o fôlego da surpresa e da corrida ao subir a escada. O sapato leve não fazia ruído nos degraus, e por alguns segundos ela observou a visitante sem ser notada. Teve a impressão, imediata e vívida, de competência e autoridade, e um intimidante bem-vestir-se. A mulher usava um conjunto cinza de gola curta que revelava uma pequena faixa de algodão branco no pescoço. O sapato preto discreto era obviamente caro, como a bolsa preta grande com bolsos externos que pendia de seu ombro esquerdo. Ela era alta, e o cabelo, prematuramente branco, fora cortado curto, formando uma espécie de capacete. Mantinha o rosto pálido e comprido fixo no *Times*, dobrando o jornal para poder segurá-lo com a mão direita. Após alguns segundos ela notou a presença de Cordelia, e seus olhos se encontraram. A mulher consultou o relógio de pulso.

"Se for Cordelia Gray, está dezoito minutos atrasada. O aviso diz que você voltaria às quatro horas."

"Sei disso. Lamento." Cordelia subiu os últimos degraus correndo para enfiar a chave na fechadura e abrir a porta.

"Não quer entrar?"

A mulher a antecedeu para entrar na sala de recepção e se virou para encará-la sem sequer dar uma olhada no local.

"Eu gostaria de falar com o senhor Pryde. Ele demora?"

"Lamento, mas acabo de voltar de sua cremação. Quero dizer... Bernie morreu."

"Obviamente. Fomos informados há dez dias de que ele estava vivo. Deve ter morrido com notável rapidez e discrição."

"Discrição, não. Bernie se suicidou."

"Que coisa extraordinária!"

A visitante parecia atônita com um ato tão extraordinário. Juntando as mãos, caminhou por alguns segundos pela sala, numa curiosa pantomima da perturbação.

"Que coisa extraordinária!", repetiu ao soltar um riso seco.

Cordelia não falou nada, mas as duas trocaram um olhar solene. Então a visitante disse:

"Bem, pelo jeito perdi a viagem."

Cordelia emitiu um "Ah, não" quase inaudível e resistiu ao impulso de jogar o corpo contra a porta para impedi-la de sair.

"Por favor, não vá sem antes conversar comigo. Eu era sócia do senhor Pryde, e a agência ficou para mim. Tenho certeza de que posso ajudar. Não gostaria de sentar?"

A visitante ignorou a cadeira oferecida.

"Ninguém pode ajudar, ninguém no mundo. Contudo, isso não vem ao caso. Meu patrão quer muito saber uma coisa — deseja determinada informação — e concluiu ser o senhor Pryde a pessoa indicada para obtê-la. Não sei se a considerará uma substituta adequada. Você tem telefone?"

"Por aqui, por favor."

A mulher entrou na sala interna, novamente sem demonstrar se o estado precário lhe causara alguma impressão. E se virou para Cordelia.

"Por favor, desculpe-me, eu deveria ter me apresentado. Meu nome é Elizabeth Leaming, trabalho para sir Ronald Callender."

"O conservacionista?"

"Eu não diria isso na frente dele. Prefere ser chamado de microbiologista, que é sua profissão. Com licença."

Ela fechou a porta com firmeza. Cordelia, sentindo-se subitamente fraca, sentou-se na frente da máquina de escrever. As teclas, símbolos curiosamente familiares em molduras negras, mudavam de forma diante de seus olhos cansados, mas uma piscada as devolveu à normalidade. Ela segurou as laterais da máquina, frias e úmidas ao toque, e tentou relaxar. O coração batia forte.

Preciso me acalmar, mostrar a ela que sou forte, pensou, esta bobagem é mera conseqüência da tensão no funeral de Bernie e de muito tempo sob o sol.

Mas a esperança era traumática; ela estava furiosa consigo mesma por se importar tanto.

O telefonema durou apenas alguns minutos. A porta da sala se abriu; a srta. Leaming estava tirando as luvas.

"Sir Ronald deseja vê-la. Pode ir agora?"

Ir para onde?, pensou Cordelia, mas não perguntou.

"Sim. Devo levar meu equipamento?"

O equipamento cuidadosamente criado por Bernie era uma maleta com um kit para cenas de crime, suas pinças, tesoura, material para colher impressões digitais, potes para vestígios; Cordelia ainda não tivera a oportunidade de usá-la.

"Depende do que quer dizer com equipamento, mas duvido muito. Sir Ronald quer conversar com você antes de decidir se vai contratá-la para o serviço. Exige uma viagem de trem até Cambridge, mas você pode voltar ainda esta noite. Gostaria de avisar alguém?"

"Não é necessário. Sou sozinha."

"Talvez seja melhor eu me identificar." Ela abriu a bolsa. "Eis um envelope endereçado a mim. Não sou traficante de escravas brancas, se é que existem, caso esteja com medo."

"Tenho medo de várias coisas, mas não de traficantes de escravas brancas, e, se fosse o caso, um envelope dificilmente me tranqüilizaria. Eu insistiria em telefonar para sir Ronald e confirmar tudo."

"E não quer fazer isso?", sugeriu a srta. Leaming, sem ressentimento.

"Não."

"Então podemos ir?" A srta. Leaming seguiu na direção da porta.

Quando saíram e Cordelia trancava o escritório, a visitante apontou para o bloco e o lápis pendurados num prego na parede.

"Não acha melhor mudar o recado?"

Cordelia arrancou a folha e após um instante de reflexão escreveu:

VIAJEI PARA RESOLVER UM CASO URGENTE. RECADOS COLOCADOS EMBAIXO DA PORTA TERÃO MINHA IMEDIATA ATENÇÃO ASSIM QUE VOLTAR.

"Isso", declarou a srta. Leaming, "deve tranqüilizar seus clientes." Cordelia se perguntou se o comentário teria sido sarcástico; impossível dizer, pelo tom distante. Ela não sentia que a srta. Leaming zombava dela e ficou surpresa com sua própria falta de ressentimento com o modo como a visitante assumira o controle dos eventos. Cordata, seguiu a srta. Leaming escada abaixo, para Kingly Street.

Seguiram pela Central Line até a Liverpool Street e pegaram o trem das 17h36 para Cambridge com tempo de sobra. A srta. Leaming comprou a passagem de Cordelia, apanhou uma máquina de escrever portátil e uma maleta de documentos no guarda-bagagem e abriu caminho até um vagão de primeira classe. Ela disse:

"Preciso trabalhar no trem; trouxe algo para ler?"

"Sem problemas. Também não gosto de conversar quando viajo. Tenho *The trumpet-major*, de Hardy. Sempre trago um livro de bolso comigo."

Após Bishops Stortford, ficaram sozinhas na cabine, mas a srta. Leaming só tirou os olhos do trabalho uma única vez, para perguntar a Cordelia:

"Como você foi trabalhar para o senhor Pryde?"

"Quando terminei meus estudos, fui morar com meu pai no continente. Viajamos muito. Ele morreu em Roma, de ataque do coração, em maio passado, e eu voltei. Havia aprendido datilografia e taquigrafia por minha conta, procurei uma agência de secretárias. Eles me mandaram para o escritório de Bernie, e após algumas semanas comecei a ajudá-lo em determinados casos. Ele resolveu me treinar e eu aceitei o convite para um emprego permanente. Há dois meses ele me deu sociedade na empresa."

Tudo isso significava que Cordelia havia desistido de um salário fixo em troca das incertas recompensas pelo sucesso, na forma de metade dos lucros, bem como um quarto emprestado na casa de Bernie. Ele não pretendera se aproveitar dela. A oferta de sociedade fora feita na genuína crença de que ela reconheceria sua real condição: não era prêmio por conduta, mas uma demonstração de confiança.

"O que seu pai fazia?"

"Era poeta marxista itinerante e revolucionário amador."

"Você deve ter tido uma infância interessante."

Recordando-se das sucessivas mães adotivas, das mudanças inexplicadas e incompreensíveis de uma casa a outra, das trocas de escola, dos olhares preocupados dos responsáveis locais pelo Serviço Social e dos professores perguntando desesperados o que fazer com ela nas férias, Cordelia respondeu como sempre fazia, com seriedade, sem ironia.

"Sim, foi muito interessante."

"E qual foi o treinamento que recebeu do senhor Pryde?"

"Bernie me ensinou algumas coisas que aprendera no D. I. C.: como examinar adequadamente a cena de um crime, como coletar provas, noções de defesa pessoal, identificação e coleta de impressões digitais — coisas do gênero."

"Duvido muito que venha a usar esses conhecimentos no caso em questão."

A srta. Leaming baixou a cabeça novamente para estudar sua papelada, e não falou mais até o trem chegar em Cambridge.

Ao sair da estação, a srta. Leaming observou o estacionamento por um instante e seguiu na direção de uma van preta pequena. Em pé ao lado do veículo, rígido como um motorista uniformizado, estava um rapaz atlético de camiseta branca, calça preta e botas de cano alto, que a srta. Leaming apresentou descontraidamente, sem maiores explicações, como "Lunn". Ele balançou a cabeça de leve ao ser apresentado, mas não sorriu. Cordelia estendeu a mão. O aperto dele foi rápido mas notavelmente forte, esmagando seus dedos; ao reprimir uma careta de dor, ela percebeu um brilho nos olhos grandes cor de barro e se perguntou se ele a machucara de propósito. Os olhos eram certamente memoráveis e lindos, úmidos como os de um vitelo, com cílios grandes e com o mesmo ar de sofrimento atormentado pela imprevisibilidade dos terrores do mundo. Mas a beleza deles enfatizava mais do que redimia o restante nada atraente. Ele era, pensou, um estudo sinistro em preto-e-branco, com seu pescoço curto e ombros largos musculosos que forçavam as costuras da camiseta. Tinha um capacete de cabelo preto grosso a emoldurar um rosto rechonchudo com marcas de acne e boca petulante; um rosto de querubim indecente. O sujeito suava profusamente; manchara a camiseta nas axilas, a malha de algodão colada na pele enfatizava a curvatura das costas fortes e os bíceps espalhafatosos.

Cordelia percebeu que os três teriam de se espremer no banco da frente da van. Lunn manteve a porta aberta sem outra justificativa além desta:

"O Rover ainda está na oficina."

A srta. Leaming recuou, forçando Cordelia a entrar primeiro e a sentar do lado dele. Ela pensou: Eles não gostam um do outro, e ele desaprova minha presença.

Cordelia se perguntou qual seria a função dele na casa de sir Ronald Callender. A posição da srta. Leaming ela já adivinhara; nenhuma secretária comum — por mais tempo de serviço que tivesse, por mais indispensável que fosse — exibiria tamanha autoridade ou falaria de seu "patrão" naquele tom de possessiva ironia. Mas ela não entendia a situação de Lunn. Ele não se comportava como subalterno nem parecia cientista. Claro, os cientistas eram criaturas estranhas para ela. Conhecera apenas a irmã Mary Magdalen. A irmã ensinara o que o currículo definia como ciência geral, uma mistura de física elementar, química e biologia, promovida sem a menor cerimônia. Temas científicos em geral eram pouco considerados no convento da Imaculada Conceição, embora o ensino de artes fosse muito bom. A irmã Mary Magdalen, uma freira idosa e tímida de olhos curiosos por trás de óculos de aro metálico, os dedos permanentemente manchados de produtos químicos, parecera tão surpresa quanto seus alunos com as explosões e a fumaça que suas atividades com tubos de ensaio e provetas provocavam ocasionalmente. Ela se preocupara mais em mostrar a impossibilidade de compreender o universo e a inescrutabilidade das leis divinas do que em revelar princípios científicos, e nisso fora bem-sucedida. Cordelia achou que a irmã Mary Magdalen não a ajudaria em nada no trato com sir Ronald Callender; sir Ronald, que batalhava pela causa do meio ambiente muito antes de seu interesse se transformar em obsessão popular, que representara o país nas Conferências Internacionais de Ecologia e recebera o título por serviços prestados à causa da conservação. Cordelia, assim como o país inteiro, sabia de tudo isso graças às aparições na televisão e nos suplementos dominicais dos jornais. Ele era um cientista consagrado, evitava cuidadosamente envolvimento político e personificava a confirmação na crença do menino pobre que vencera na vida sem se degradar. Mas como, Cordelia pensou, ele chegara à idéia de contratar Bernie Pryde?

Incerta do quanto Lunn contava com a confiança de seu patrão ou da srta. Leaming, ela perguntou, cautelosa:

"E como sir Ronald chegou a Bernie?"

"Sugestão de John Bellinger."

Então o bônus de Bellinger finalmente havia chegado! Bernie sempre o esperara. O caso Bellinger fora o mais lucrativo e talvez seu único sucesso. John Bellinger dirigia uma pequena firma familiar que fabricava instrumentos científicos especializados. No ano anterior seu escritório fora bombardeado com uma enxurrada de cartas obscenas, e ele, sem querer chamar a polícia, telefonara para Bernie. Contratado por sua própria sugestão como mensageiro, Bernie resolvera rapidamente um problema não muito difícil. A autora das cartas era a secretária pessoal de Bellinger, uma senhora de meia-idade muito respeitada. Bellinger tinha ficado grato. Bernie, após uma crise de ansiedade e consultas a Cordelia, enviara uma conta cujo valor deixou os dois assustados e que mesmo assim foi prontamente paga. Isso mantivera a agência aberta por um mês. Bernie tinha dito: "Vai haver um bônus para o caso Bellinger, pode apostar. Tudo pode acontecer neste ramo. Ele nos escolheu pela lista telefônica, pegou o primeiro nome, mas agora nos recomendará a seus amigos. Este caso pode ser o início de algo muito grande".

E agora, Cordelia pensou, no dia do funeral de Bernie, o bônus de Bellinger finalmente chegara.

Ela não fez mais perguntas, e a viagem de menos de trinta minutos transcorreu em silêncio. Os três iam sentados com as coxas coladas, mas distantes. Ela não viu nada da cidade. No final da Station Road, perto do Memorial da Guerra, o carro dobrou à esquerda e logo estavam no campo. Havia lavouras de milho novo, árvores enfileiradas a lançar sombras rajadas, vilarejos esparsos com chalés com telhados de colmo e grandes casas de campo avermelhadas ao longo da estrada, morros baixos dos quais Cordelia avistava as torres e campanários da cidade a brilhar com enganosa proximidade ao sol da tarde. Finalmente chegaram a outro vilarejo, uma estreita faixa de olmos a ladear a pista, com um longo muro curvo de tijolos vermelhos. A van entrou pelo portão de ferro fundido que estava aberto. Haviam chegado.

A casa era obviamente georgiana, talvez não o melhor exemplo do estilo, apesar da solidez da construção e de estar agradavelmente equilibrada em suas proporções. Transmitia a impressão de ter surgido naturalmente da terra, como todas as boas edificações domésticas. O tijolo amarelado enfeitado por glicínias brilhava ao sol da tarde, de modo que o verde da trepadeira reluzia, dando à casa um ar artificial e etéreo de cenário cinematográfico. Era essencialmente uma casa de família, receptiva, coberta agora porém por um silêncio pesado, e a fileira de janelas elegantes e proporcionais pareciam olhos vazios.

Lunn, que dirigia em alta velocidade mas habilmente, parou na frente do pórtico. Esperou sentado até as duas mulheres descerem e contornou a lateral da casa com a van. Ao descer do banco alto Cordelia divisou uma fileira de prédios baixos, enfeitados com torrinhas, que deduziu serem estábulos ou garagens. Pelo arco amplo do portão viu que o terreno seguia em ligeiro declive, com vista para a paisagem plana da área rural de Cambridgeshire, pontilhado pelos verdes e palhas leves do início do verão. A srta. Leaming disse:

"O setor dos estábulos foi convertido em laboratório. A maior parte da face leste agora é de vidro. Trabalho hábil de um arquiteto sueco, funcional e atraente."

Pela primeira vez desde que se conheceram sua voz soou interessada, quase entusiasmada.

A porta da frente estava aberta. Cordelia entrou e viu um hall com lambris de madeira com escadaria curva à esquerda e uma lareira em pedra lavrada à direita. Sentiu o perfume de rosas e lavanda, viu carpetes fofos sobre o assoalho encerado e escutou o som sutil de um relógio.

A srta. Leaming a conduziu até uma porta do outro lado do hall. Era um escritório, uma sala elegante, cheia de livros, com vista para os gramados e a barreira de árvores. Na frente das portas-balcão havia uma escrivaninha georgiana, e atrás dela um homem sentado.

Cordelia vira suas fotos na imprensa e sabia o que esperar. Mas ele era simultaneamente menor e mais impressionante do que imaginara. Ela sabia estar perante um homem dotado de autoridade e inteligência privilegiada; sua energia se projetava como uma força física. Mas quando ele se levantou e apontou para uma poltrona, ela viu que ele era mais magro do que as fotos sugeriam, os ombros pesados e a cabeça impressionante davam ao corpo um peso excessivo na parte superior. Em seu rosto vincado, sensível, destacavam-se o nariz aquilino, entre os olhos fundos nos quais as pálpebras pareciam pesar, e uma boca ágil, bem desenhada. O cabelo preto, ainda intocado por fios brancos, quase chegava à sobrancelha. O rosto revelava cansaço, e Cordelia, ao se aproximar, detectou um tremor nervoso na têmpora esquerda e uma mancha quase imperceptível na íris daqueles olhos fundos. Mas seu corpo maciço, que esbanjava energia e vigor latente, não fazia concessões ao cansaço. Ele mantinha alta a cabeça arrogante, os olhos eram vivos e atentos sob as pálpebras pesadas. Acima de tudo, parecia bem-sucedido. Cordelia vira aquele ar antes, o reconhecera no meio da multidão quando todos fitavam os famosos e notórios passarem, inescrutáveis, com o brilho quase físico, primo da sensualidade, intocado pela doença ou pelo cansaço, dos homens que conheciam e apreciavam a realidade do poder.

A srta. Leaming disse:

"Eis o que restou da Agência de Detetives Pryde — a senhorita Cordelia Gray."

Os olhos vivos se fixaram em Cordelia.

"'Temos Orgulho de nosso Trabalho.' Você tem?"

Cordelia, cansada após a viagem no final de um dia cheio, não sentia a menor disposição para piadas sobre o trocadilho patético de Bernie com seu nome.* Ela disse:

"Sir Ronald, vim aqui porque deseja me contratar, segundo sua secretária. Se ela está errada, eu gostaria de saber e voltar logo para Londres."

"Ela não é minha secretária e não está errada. Perdoe minha descortesia; é um pouco desconcertante esperar um ex-policial brutamontes e encontrar você. Não estou reclamando, senhorita Gray; você pode ser muito útil. Quanto cobra?"

A pergunta poderia ter soado ofensiva, mas não foi o caso; era completamente factual. Cordelia o informou, um pouco ansiosa demais, um pouco rápido demais.

"Cinco libras por dia mais despesas, que tentamos manter no mínimo valor possível. Por este valor, claro, tem ex-

---

(*) *Pride*: em inglês, orgulho. (N. T.)

36

clusividade de meu serviço. Ou seja, não aceitarei outro cliente até a solução do caso."

"Tem outro cliente no momento?"

"No momento não, mas pode aparecer alguém." E completou, rapidamente: "Temos uma cláusula de confiança. Se eu resolver, em qualquer etapa da investigação, que não quero prosseguir com ela, terá direito a todas as informações coletadas até aquele momento. Se eu decidir ocultar a informação, não cobrarei nada pelo trabalho feito".

Esse tinha sido um dos princípios de Bernie. Ele fizera muita questão dos princípios. Mesmo quando passavam uma semana inteira sem um caso, ele era capaz de discutir animadamente até que ponto seria justificável contar a um cliente menos do que toda a verdade, o ponto em que a polícia devia ser chamada numa investigação, a ética do logro ou a mentira a serviço da verdade. "Sem grampos", Bernie sempre dizia. "Sou contra grampos de todos os tipos. E não pegamos casos de espionagem industrial."

A tentação não chegava a ser grande, em ambos os casos. Não tinham equipamento para grampear ninguém e não saberiam usá-lo se o tivessem, e Bernie nunca fora chamado para tratar de espionagem industrial.

Sir Ronald disse:

"Parece razoável, mas duvido que este caso apresente qualquer crise de consciência para você. É comparativamente simples. Há dezoito dias meu filho se enforcou. Quero saber o motivo. Pode descobrir isso?"

"Gostaria de tentar, sir Ronald."

"Suponho que precise de informações básicas a respeito de Mark. A srta. Leaming preparará tudo para você, pode ler o relatório e nos pedir outros dados, se necessário."

Cordelia disse:

"Eu gostaria que me contasse pessoalmente."

"É imprescindível?"

"Seria útil para mim."

Ele voltou a sentar e pegou um toco de lápis, que passou a girar na mão. Após um minuto ele o guardou no bolso, distraidamente. Sem olhar para ela, começou a falar.

37

"Meu filho Mark completou vinte e um anos no dia 25 de abril. Cursava o último ano de história em Cambridge, na mesma faculdade onde estudei. Há cinco semanas, sem avisar, ele abandonou a universidade e foi trabalhar como jardineiro para um major chamado Markland, residente numa casa chamada Summertrees, nas proximidades de Duxford. Mark não me explicou sua decisão, nem na época, nem depois. Morava sozinho num chalé na propriedade do major. Dezoito dias depois foi encontrado pela irmã do patrão, pendurado pelo pescoço numa correia presa por um nó ao teto da sala. O veredicto do inquérito foi que ele tirou a própria vida quando seu equilíbrio mental foi perturbado. Pouco sei sobre a mente de meu filho, mas me recuso a aceitar este eufemismo cômodo. Ele era uma pessoa racional. Houve um motivo para sua atitude. Quero saber qual foi."

A srta. Leaming, que olhava o jardim pela porta-balcão, virou-se e disse com súbita veemência:

"Sempre esta gana de saber tudo! Pura intromissão! Se fosse seu desejo que soubéssemos, teria nos contado."

Sir Ronald disse:

"Não suporto viver com tamanha incerteza. Meu filho morreu. *Meu* filho. Se sou responsável por isso, de algum modo, quero saber. Se alguma outra pessoa for responsável, quero saber também."

Cordelia olhou para um e para outro. Perguntou:

"Ele deixou um bilhete?"

"Deixou um bilhete, mas não era uma explicação. Nós o encontramos em sua máquina de escrever."

A srta. Leaming começou a ler com voz pausada:

Pela caverna sinuosa tateamos nosso caminho tedioso, até que um vácuo ilimitado como o céu inferior surgiu sob nós, e nos agarramos às raízes das árvores e nos penduramos sobre esta imensidão; mas eu disse: se quiser, nos entregaremos a este vácuo e veremos se a providência está aqui também.

A voz rouca, curiosamente grave, chegou ao final. Fizeram silêncio. Sir Ronald disse, então:

"Você alega ser detetive, senhorita Gray. O que deduz disso?"

"Que seu filho lia William Blake. Não seria uma passagem de *O casamento do céu e do inferno*?"

Sir Ronald e a srta. Leaming trocaram um olhar. Sir Ronald disse:

"Foi o que me disseram."

Cordelia acreditava que a exortação suave e sem ênfase de Blake, desprovida de violência ou desespero, era mais apropriada ao suicídio por afogamento ou veneno — uma flutuação ou mergulho cerimonioso no oblívio — do que ao trauma do enforcamento. Contudo, havia a analogia da queda, de alguém se lançar ao vácuo. Mas esta especulação era uma fantasia indulgente. Ele havia escolhido Blake: ele havia escolhido o enforcamento. Talvez outros meios mais suaves não estivessem disponíveis, talvez tivesse agido por impulso. O que o superintendente sempre dizia? "Nunca teorize antes de conhecer os fatos." Ela precisava examinar o chalé.

Sir Ronald disse, com um toque de impaciência.

"Então, quer ou não quer o serviço?"

Cordelia olhou para a srta. Leaming, mas a outra não ergueu a vista.

"Quero muito. Eu só estava me perguntando se o senhor realmente deseja que eu o aceite."

"Fiz uma oferta. Preocupe-se com suas próprias responsabilidades, senhorita Gray, e eu cuidarei das minhas."

Cordelia disse:

"Pode me revelar algo mais? Coisas comuns. Seu filho gozava de boa saúde? Parecia preocupado por causa do trabalho, ou de casos amorosos? E quanto a dinheiro?"

"Mark herdaria uma fortuna considerável do avô materno ao completar vinte e cinco anos. Enquanto isso, ele recebia uma mesada suficiente de mim, mas na data em que deixou a faculdade ele transferiu o saldo de volta para minha conta e instruiu o gerente do banco a fazer o mesmo com qualquer depósito futuro. Presumidamente ele viveu dos rendimentos de seu trabalho nas duas últimas semanas de vida. A autópsia não identificou doenças, e seu orientador declarou que o trabalho acadêmico dele era satisfatório. Claro, não entendo nada do assunto. Ele não me falava sobre casos amorosos — que rapaz faz isso com o pai? Se tinha algum, suponho que fosse heterossexual."

A srta. Leaming abandonou sua contemplação do jardim e virou-se. Estendeu as mãos num gesto que poderia ser de resignação ou desespero.

"Não sabemos nada a respeito dele, nada! Então, por que esperar até sua morte para começar a investigar?"

"E os amigos?", Cordelia perguntou, calmamente.

"Raramente o visitavam aqui, mas reconheci dois, no inquérito e no enterro: Hugo Tilling, colega de faculdade, e a irmã dele, estudante de pós-graduação em New Hall, faz filologia. Você se lembra do nome dela, Eliza?"

"Sophie. Sophia Tilling. Mark a convidou para jantar aqui algumas poucas vezes."

"Poderia dizer algo a respeito da infância de seu filho? Onde ele estudou?"

"Freqüentou uma escola particular a partir dos cinco anos, um internato. Eu não podia ter uma criança correndo por aí, entrando e saindo do laboratório. Mais tarde, por desejo da mãe — ela morreu quando Mark tinha nove meses —, ele foi para a Woodard Foundation. Minha esposa era anglicana praticante, como dizem, e queria educar o filho na mesma tradição religiosa. Pelo que sei, não causou efeitos deletérios em sua personalidade."

"Ele foi feliz no internato?"

"Suponho que tenha sido tão feliz quanto a maioria dos meninos de oito anos, ou seja, sentia-se péssimo a maior parte do tempo, intercalando esta sensação com períodos de fúria animalesca. Isso é relevante?"

"Qualquer coisa pode ser relevante. Preciso conhecê-lo bem, entende?"

40

Como o superintendente ensinava, condescendente, onisciente, superior? "Conheça a vítima. Nada a seu respeito é trivial ou irrelevante. Os mortos podem falar. Eles podem levá-lo diretamente ao assassino." Só que dessa vez, claro, não havia assassino. Ela disse:

"Seria útil se a senhorita Leaming pudesse datilografar as informações que me foram dadas, acrescentando o nome da faculdade e do orientador dele. Por favor, preciso também de uma autorização sua por escrito para realizar a investigação."

Ele abriu uma gaveta do lado esquerdo da escrivaninha, apanhou uma folha de papel de carta e redigiu a autorização; em seguida, passou-a para Cordelia. O cabeçalho impresso dizia: De sir Ronald Callender, F. R. C., Garforth House, Cambridgeshire. Abaixo ele havia escrito:

A PORTADORA DESTA, SENHORITA CORDELIA GRAY, ESTÁ AUTORIZADA A INVESTIGAR A MEU SERVIÇO A MORTE, EM 26 DE MAIO, DE MEU FILHO MARK CALLENDER.

Assinara e datara a autorização. Então perguntou:

"Algo mais?"

Cordelia disse:

"O senhor falou da possibilidade de alguém ser responsável pela morte de seu filho. Tem dúvidas a respeito do veredicto?"

"Ele se encaixa nos indícios, é tudo que se pode esperar de um veredicto. Um tribunal não existe para estabelecer a verdade. Eu a contratei na tentativa de descobri-la. Tem tudo o que precisa? Duvido que eu possa lhe dar mais alguma informação."

"Eu gostaria de ter uma foto."

Eles olharam um para o outro, confusos. Ele disse à srta. Leaming:

"Uma fotografia. Temos uma foto, Eliza?"

"O passaporte está em algum lugar, por aqui. Tenho a foto que tirei dele no jardim, no verão passado. Dá para ver bem, creio. Vou pegá-la."

41

Ela saiu da sala. Cordelia disse:

"Eu gostaria de ver o quarto dele, se for possível. Imagino que passava as férias aqui, certo?"

"De vez em quando. Mas, claro, ele tinha um quarto aqui. Vou mostrá-lo a você."

O quarto ficava no andar superior, nos fundos. Lá dentro, sir Ronald ignorou Cordelia. Aproximou-se da janela e olhou para o gramado como se nem ela nem o quarto lhe interessassem. O aposento não revelou nada a Cordelia sobre Mark adulto. Mobília simples, refúgio de um estudante, dava a impressão de que nada mudara nos últimos dez anos. Havia um guarda-roupa branco baixo encostado na parede com a coleção costumeira de brinquedos descartados: um ursinho com a pelúcia gasta de tanto ser esfregada, cujo olho pendia por um fio; trens e caminhões de madeira pintada; uma arca de Noé com o convés cheio de animais de patas duras amontoados, um Noé de rosto redondo e sua esposa; um barco com a precária vela frouxa; um alvo de dardos em miniatura. Acima dos brinquedos havia duas prateleiras de livros. Cordelia aproximou-se para examiná-los. Era a coleção ortodoxa de um menino de classe média, os clássicos consagrados, passados de geração a geração, a tradicional herança da mãe e da babá. Cordelia os conhecera tardiamente, já adulta; não havia lugar para eles em sua infância dominada pela televisão e pelos desenhos animados de sábado. Ela disse:

"E quanto aos livros atuais?"

"Estão em caixas, no sótão. Ele os mandou para cá para serem guardados quando desistiu da faculdade, e não tivemos tempo de abrir as caixas ainda. Não parece haver razão para fazer isso."

Havia uma mesinha redonda ao lado da cama, com um abajur e uma pedra redonda reluzente caprichosamente esculpida pelo mar, um tesouro recolhido, talvez, na praia durante as férias. Sir Ronald tocou a pedra delicadamente, com seus dedos longos inseguros, depois passou a girá-la com a palma, sobre a superfície da mesa. Então, aparentemente sem pensar, ele a guardou no bolso. "Bem", disse, "podemos descer?"

Foram recebidos ao pé da escada pela srta. Leaming. Ela os acompanhou com o olhar, conforme desciam lado a lado. Havia tanta intensidade controlada em sua fisionomia que Cordelia sentiu certa apreensão enquanto esperava que a mulher falasse. Mas ela deu as costas, deixando cair os ombros como se vítima de súbita fadiga, dizendo apenas:

"Encontrei a fotografia. Gostaria que a devolvesse quando não precisar mais dela, por favor. Está dentro do envelope, com o bilhete. O próximo trem expresso para Londres parte às 21h37. Aceitaria o convite para jantar conosco?"

O jantar que se seguiu foi uma experiência interessante, embora meio esquisita. A refeição em si misturava formalidade e informalidade, o que pareceu a Cordelia um esforço deliberado, mais do que obra do acaso. Buscava-se causar determinado efeito, ela sentiu, mas, se era para passar a idéia de um animado grupo de colaboradores reunidos ao final do dia para um encontro corporativo, ou de uma imposição ritual da ordem e do protocolo a um grupo diversificado, não saberia dizer. Contando com ela, o grupo se compunha de dez pessoas: sir Ronald Callender, a srta. Leaming, Chris Lunn, um professor visitante dos Estados Unidos cujo nome impronunciável ela esqueceu assim que sir Ronald a apresentou, e cinco jovens cientistas. Todos os homens, inclusive Lunn, usavam smoking, e a srta. Leaming, uma saia comprida de patchwork de cetim com blusa lisa sem mangas. O azul, o verde e o vermelho intensos reluziam e mudavam com a luz das velas, conforme ela se movia, enfatizando o prateado do cabelo e a pele quase sem cor. Cordelia estranhara quando sua anfitriã a abandonou no escritório e subiu para trocar de roupa. Desejou ter algo mais competitivo que a saia

43

creme com blusa verde, pois em sua idade precisava valorizar mais a elegância que a juventude.

Conduzida à suíte da srta. Leaming para tomar um banho, Cordelia havia se intrigado com a elegância e a simplicidade da mobília do quarto, em contraste com a opulência do banheiro adjacente. Examinando o rosto cansado no espelho enquanto passava batom, ela lamentou que não tivesse trazido sombra para os olhos. Num impulso, sentindo certa culpa, abriu uma gaveta da penteadeira. Estava lotada de maquiagem: batons velhos com cores fora de moda, potes de base pela metade, lápis de olho, cremes hidratantes, colônias usadas. Vasculhando tudo, finalmente encontrou uma sombra que, levando em conta o amontoado de produtos descartados, ela não sentiu a menor vergonha de passar. O efeito foi bizarro, porém chamativo. Ela não poderia competir com a srta. Leaming, mas pelo menos ficou parecendo cinco anos mais velha. A desordem da gaveta a surpreendeu, e Cordelia precisou sufocar a tentação de ver se o guarda-roupa e as outras gavetas também eram bagunçados. Como os seres humanos são incoerentes e interessantes! Ela considerava espantoso que uma mulher tão meticulosa e competente vivesse tranqüilamente naquela confusão.

A sala de jantar situava-se na parte da frente da casa. A srta. Leaming fez com que Cordelia sentasse entre ela e Lunn, um lugar que apresentava poucas chances de conversa agradável. O resto do grupo sentou onde quis. O contraste entre simplicidade e elegância se manifestou também na montagem da mesa. Eliminaram a iluminação artificial, e três candelabros de prata foram posicionados sobre a mesa em intervalos regulares. Entre eles havia quatro garrafas de vidro para vinho, de vidro verde grosso e boca curva, do tipo que Cordelia via sempre em restaurantes italianos baratos. Os lugares estavam marcados por um jogo americano de cortiça, mas os garfos e as facas eram de prata antiga. As flores, em vasos baixos, não pareciam formar um arranjo, e sim terem sido vítimas de uma tempestade no jardim, botões salvos dos ventos que alguém fizera a gentileza de colocar na água.

Os jovens, desajeitados em seus smokings, não estavam constrangidos, pois contavam com a auto-estima essencial dos inteligentes e bem-sucedidos. Mas era como se tivessem comprado smokings de segunda mão ou alugado os trajes em loja de fantasias para participar de uma brincadeira. Cordelia surpreendeu-se com a idade deles; calculou que apenas um teria mais de trinta anos. Três eram desleixados, falavam rápido, jovens inquietos de voz alta e enfática que não deram importância a Cordelia após as apresentações. Os outros dois eram mais quietos, e um deles, um rapaz alto, de cabelos pretos e traços fortes, irregulares, sorriu para ela do outro lado da mesa, dando a impressão de que preferia estar sentado a uma distância que permitisse o diálogo.

A refeição foi servida por um serviçal italiano e sua esposa, que deixaram os pratos prontos em *réchauds*, numa mesa lateral. A comida abundante exalava um aroma quase intoleravelmente apetitoso para Cordelia, que só então se deu conta de quanta fome sentia. Havia uma travessa funda com uma montanha alta de arroz reluzente, ensopado de vitela com molho aveludado de cogumelo e espinafre refogado. Ao lado, na mesa de frios, um presunto grande, rosbife e um interessante sortimento de saladas e frutas. As pessoas se serviram, levando os pratos de volta à mesa com a combinação escolhida de comida fria e quente. Os jovens cientistas encheram os pratos, e Cordelia seguiu o exemplo deles.

Ela pouco se interessou pela conversa, notando porém que predominavam temas científicos e que Lunn, embora falasse menos do que os outros, manifestava-se como um igual. Deveria ter ficado ridículo naquele smoking apertado, mas, surpreendentemente, parecia a pessoa mais à vontade do grupo, a segunda personalidade mais forte da sala. Cordelia tentou analisar o motivo para isso, sem êxito. Ele comia devagar, atento à distribuição dos alimentos em seu prato, e de tempos em tempos sorria secretamente com seu vinho.

Do outro lado da mesa, sir Ronald descascava uma maçã enquanto falava com seu convidado, virando a cabeça. A casca verde deslizava fina por cima dos dedos longos e curvava-se para baixo, na direção do prato. Cordelia olhou para a srta. Leaming. Esta fixara os olhos em sir Ronald com tanta preocupação e atenção especulativa que Cordelia sentiu, desconfortável, que todos os olhos presentes seriam irresistivelmente atraídos por aquela máscara pálida altiva. De repente, a mulher se deu conta de sua observação. Ela relaxou e virou-se para Cordelia:

"Quando viajamos, você estava lendo Hardy. Gosta dele?"

"Muito. Mas prefiro Jane Austen."

"Então você precisa programar uma visita ao Fitzwilliam Museum de Cambridge. Eles têm uma carta escrita por Jane Austen. Creio que a achará interessante."

Ela falava com o controlado entusiasmo artificial de uma anfitriã buscando um assunto que interessasse um convidado difícil. Cordelia, com a boca cheia de vitela e cogumelo, perguntava-se como faria para encarar o resto do jantar. Para sua sorte, porém, o professor norte-americano entreouviu a palavra "Fitzwilliam" e perguntou, na outra ponta da mesa, a respeito da coleção de maiólica do museu, pela qual se interessava muito. A conversa tornou-se geral.

A srta. Leaming levou Cordelia de carro até a estação de Audley End, em vez de Cambridge; uma mudança para a qual não deu razão alguma. Elas não falaram mais sobre o caso durante o trajeto. Cordelia, exausta após um dia duro, muita comida e vinho, deixou que a conduzissem e a pusessem no trem sem tentar obter outras informações. Não teria mesmo conseguido mais nada. Quando o trem partiu, seus dedos lidaram com a aba do envelope branco grosso que a srta. Leaming lhe entregara. Tirou e leu o texto que o acompanhava. Muito bem datilografado e or-

46

ganizado, mas pouco dizia além do que ela já sabia. Encontrou também a fotografia. Viu a imagem de um rapaz sorridente, a cabeça meio virada na direção da câmera, uma das mãos a proteger o rosto do sol. Usava jeans e colete, estava deitado no gramado ao lado de uma pilha de livros. Talvez estivesse estudando ali, sob as árvores, quando ela chegara à porta-balcão com a máquina fotográfica e lhe ordenara que sorrisse. A foto não revelava nada a Cordelia, exceto que, pelo menos por um segundo, ele soubera ser feliz. Ela a guardou no envelope; as mãos se fecharam sobre o material, protetoras, e Cordelia dormiu.

2

Na manhã seguinte, Cordelia saiu de casa em Cremona Road antes das sete horas. Apesar do cansaço, na noite anterior ela havia feito os principais preparativos antes de ir para a cama. Não demoraram muito. Como Bernie lhe ensinara, ela conferiu sistematicamente o kit para cenas de crime, uma rotina desnecessária, uma vez que nada fora tocado desde que, na comemoração do início da sociedade, ele demonstrara seu funcionamento para ela. Cordelia preparou a câmera Polaroid; colocou os mapas rodoviários que estavam amontoados atrás da escrivaninha dele em ordem; sacudiu o saco de dormir e o enrolou; encheu uma sacola de viagem com as rações enlatadas do estoque de sopa e feijão de Bernie; considerou a possibilidade e decidiu levar o exemplar de medicina forense do professor Simpson e seu rádio portátil Hacker; conferiu o estojo de primeiros socorros. Por fim pegou um caderno novo, escreveu na capa CASO MARK CALLENDER e fez colunas com a régua nas últimas páginas, preparando-as para lançar as despesas. Essas preliminares eram sempre a parte mais gostosa do caso, antes que o tédio ou a revolta surgissem, antes que a antecipação se desfizesse em desencanto e fracasso. Os planos de Bernie sempre haviam sido meticulosos e triunfantes, a realidade é que o deixara na mão.

Finalmente, ela pensou nas roupas. O conjunto Jaeger, comprado com suas economias após muita reflexão, para servir a praticamente qualquer entrevista, seria desconfortável se o tempo quente continuasse, mas ela talvez precisasse entrevistar o diretor da faculdade, e o profissionalismo digno exemplificado por um tailleur seria seu objetivo em termos de efeito. Decidiu viajar com a saia de camurça bege e a blusa de manga curta, deixando a calça jeans e as blusas quentes para serviços externos. Cordelia gostava de roupas, divertia-se planejando as compras, um prazer limitado menos pela pobreza que pela necessidade obsessiva de enfiar o guarda-roupa inteiro numa mala de tamanho médio, como um refugiado sempre pronto para partir.

Assim que se livrou dos tentáculos do norte de Londres, Cordelia passou a apreciar a viagem. O Mini roncava baixo, Cordelia achou que nunca soara tão suave. Gostava das áreas planas de East Anglia, das ruas largas das cidades, do modo como o mato crescia até a beira da estrada, da imensidão e liberdade do horizonte distante e do céu amplo. O campo combinava com seu estado de espírito. Pranteava Bernie, ainda choraria por ele novamente sentindo falta da camaradagem e da afeição altruísta, mas aquele, em certo sentido, era seu primeiro caso, e estava contente por cuidar dele sozinha. Um caso que se considerava capaz de resolver. Não a intimidava nem enojava. Dirigindo pelo interior ensolarado numa alegre ansiedade, o equipamento cuidadosamente arrumado na mala do carro, sentia-se tomada pela euforia da esperança.

Quando por fim chegou ao vilarejo de Duxford teve dificuldade para encontrar Summertrees. O major Markland pelo jeito era um homem que se julgava importante a ponto de omitir o nome da rua em seu endereço. Mas a segunda pessoa a quem ela pediu informações era um morador do lugar e ensinou-lhe o caminho, transmitindo as instruções com infinito cuidado, como se temesse que uma resposta impensada parecesse descortês. Cordelia seguiu até um local adequado para fazer o retorno e então dirigiu de volta por alguns quilômetros, pois já havia passado Summertrees.

Ali estava a casa, finalmente. Era uma edificação vitoriana de tijolos vermelhos, afastada da pista, com uma faixa larga de gramado entre o portão de madeira aberto no acesso à casa e o acostamento da estrada. Cordelia se perguntou por que alguém tinha resolvido erguer uma casa feia a ponto de intimidar ou por que, após tal decisão, instalara aquela monstruosidade suburbana no meio do mato. Talvez para substituir uma casa anterior mais agradável. Ela estacionou o Mini na grama, mas a certa distância do portão, e seguiu a pé pelo acesso. O jardim combinava com a casa; era formal até parecer artificial, e bem cuidado demais. Mesmo as plantas grudadas nas pedras se projetavam como mórbidas excrescências a intervalos minuciosamente calculados, entre as pedras que pavimentavam o caminho. Havia dois canteiros retangulares no gramado, ambos plantados com roseiras de rosas vermelhas alternadas com fileiras de lobélias e alissos. Pareciam uma composição patriótica de parque público. Cordelia sentiu falta do mastro da bandeira.

A porta da frente estava aberta, dando vista para um hall pintado de marrom. Antes que Cordelia pudesse tocar a campainha, uma senhora idosa surgiu do canto da casa empurrando um carrinho cheio de plantas. Apesar do calor, ela usava botas de borracha de cano alto, blusa de tricô e uma saia comprida de tweed, além de um lenço na cabeça. Quando viu Cordelia, baixou o carrinho e disse:

"Olá, bom dia. Você é da igreja? Veio buscar as doações, imagino."

Cordelia explicou:

"Não sou da igreja. Trabalho para sir Ronald Callender. É a respeito do filho dele."

"Então deve ter vindo buscar as coisas dele, certo? Esperávamos que sir Ronald mandasse alguém. Ainda estão no chalé. Não entramos lá desde a morte de Mark. Nós o chamávamos de Mark, sabe. Bem, ele nunca nos disse quem era, o que foi falta de consideração de sua parte."

"Não vim por causa das coisas de Mark. Quero conversar a respeito dele. Sir Ronald me contratou para descobrir por que o filho se matou. Meu nome é Cordelia Gray."

A informação mais intrigou do que desconcertou a sra. Markland. Ela piscou para Cordelia rapidamente, com olhos inquietos, meio estúpidos, e se apoiou no carrinho como se lhe faltasse equilíbrio. "Cordelia Gray? Então não nos conhecemos, certo? Não creio que eu conheça uma Cordelia Gray. Talvez seja melhor você ir até a sala, conversar com meu marido e minha cunhada."

Ela abandonou o carrinho onde estava, no meio do caminho, e a guiou até a casa, tirando o lenço para ajeitar o cabelo, sem êxito. Cordelia a seguiu pelo hall esparsamente mobiliado que cheirava a cera de assoalho, no qual bengalas, guarda-chuvas e capas se amontoavam na pesada chapeleira de carvalho, até os fundos da casa.

Era uma sala horrível, desproporcional, sem livros, com mobília que não era de mau gosto, pois não havia nela gosto algum. Um sofá enorme de formato repulsivo e duas poltronas ladeavam a lareira; uma pesada mesa de mogno, elaboradamente entalhada, sobre uma base maciça, ocupava o centro da sala. Praticamente não havia outros móveis. As únicas imagens eram fotos de grupos, rostos oblongos pequenos demais para permitir identificação a posar para a câmera em fileiras retas, anônimas. Uma foto era do regimento; outra continha um par de remos cruzados acima de duas fileiras de adolescentes corpulentos, todos de boné e blazer listado. Cordelia deduziu que era a escola de remo de algum clube.

Apesar do dia quente, a sala era fria, escura. As portas-balcão estavam abertas. No gramado lá fora havia um banco grande de balanço com uma cobertura de franjas, três poltronas de junco com almofadas suntuosas de cretone azul berrante, cada uma delas com seu pufe, e uma mesa de tábua. Pareciam parte do cenário de uma peça cujo cenógrafo não conseguira captar o ambiente. Toda a mobília do jardim parecia nova, sem uso. Cordelia se perguntou por que a família preferia ficar dentro de casa numa manhã de verão, já que o gramado tinha móveis muito mais confortáveis.

51

A sra. Markland apresentou Cordelia abrindo os braços num gesto largo de desamparo e disse a ninguém em particular:

"Senhorita Cordelia Gray. Não veio buscar a doação da igreja."

Cordelia chocou-se com a semelhança entre marido, mulher e a srta. Markland. Os três a faziam lembrar de cavalos. Tinham rostos compridos, ossudos, bocas estreitas acima de queixos quadrados e fortes, olhos juntos demais e cabelo grisalho descuidado, que as duas mulheres usavam em franjas longas que quase cobriam os olhos. O major Markland estava tomando café numa xícara branca enorme, manchada na borda e nas laterais, que repousava sobre uma bandeja redonda de metal. Segurava o *Times* nas mãos. A srta. Markland tricotava, uma ocupação que Cordelia considerou vagamente imprópria para uma manhã quente de verão.

Os dois rostos, pouco convidativos, apenas em parte curiosos, a olharam com discreta contrariedade. A srta. Markland conseguia tricotar sem olhar para as agulhas, uma habilidade que lhe permitiu encarar Cordelia com olhos inquisitivos, penetrantes. Convidada a sentar pelo major Markland, Cordelia empoleirou-se na beirada do sofá, quase esperando que a almofada fofa emitisse um ruído desagradável quando cedesse sob seu peso. Descobriu, contudo, que ela era inesperadamente dura. Compôs o rosto com a expressão apropriada — seriedade combinada com eficiência e um toque de humildade simpática parecia adequada, mas ela não tinha certeza de ter conseguido expressar tudo isso. Ali sentada, os joelhos juntos, reservada, com a bolsa grande a seus pés, ela se deu conta, desolada, de que provavelmente parecia mais uma moça de dezessete anos ansiosa na primeira entrevista do que uma profissional madura, única proprietária da Agência de Detetives Pryde.

Ela entregou a carta de sir Ronald e disse:

"Sir Ronald ficou muito chateado por causa de vocês.

Sabe que foi terrível uma ocorrência dessas, em sua casa, depois de terem sido tão gentis e dado a Mark um serviço que gostava de fazer. O pai espera que não se incomodem de falar sobre isso; ele deseja apenas saber o que levou seu filho ao suicídio."

"E mandou você?" A voz da srta. Markland transmitia uma mescla de incredulidade, zombaria e desprezo. Cordelia não se ressentiu com a rudeza. Sabia que a srta. Markland tinha razão. Deu o que considerou ser uma explicação verossímil. Era verdade, provavelmente.

"Sir Ronald acredita que tenha a ver com a vida de Mark na universidade. Ele abandonou a faculdade recentemente, como devem saber, e seu pai nunca ficou sabendo o motivo. Sir Ronald acha que eu posso ser mais bem-sucedida no contato com os amigos de Mark do que o típico detetive particular. Ele não quis incomodar a polícia; afinal de contas, este tipo de investigação não é da competência deles."

A srta. Markland disse, inflexível:

"Eu diria que esta é exatamente a competência da polícia; se sir Ronald supõe que possa haver dúvidas quanto à morte do filho..."

Cordelia a interrompeu:

"Ah, não, duvido que desconfie de algo! Ele está plenamente satisfeito com o veredicto. Quer saber, e muito, o que levou o filho a fazer isso."

A srta. Markland disse, com súbita agressividade:

"Ele era revoltado. Fugiu da faculdade e pelo jeito fugiu das obrigações familiares, e por fim fugiu da vida. Literalmente."

A cunhada protestou com um gemido: "Ah, Eleanor, é justo dizer isso? Ele trabalhava muito bem aqui. Eu gostava do rapaz. Creio...".

"Não nego que tenha merecido seu salário. Isso não altera o fato de que ele não nasceu nem foi criado para ser jardineiro. Estava aqui, portanto, por ser um desistente. Não sei o motivo e não tenho interesse em descobri-lo."

"Como ele conseguiu o emprego?"

O major Markland respondeu:

"Ele viu meu anúncio no *Cambridge Evening News* procurando um jardineiro e apareceu aqui certa noite, de bicicleta. Acredito que tenha pedalado desde Cambridge até aqui. Isso faz umas cinco semanas, acho que foi numa terça-feira."

Mais uma vez a srta. Markland interferiu:

"Foi na terça-feira, 9 de maio."

O major franziu a testa para ela, como se estivesse irritado por ele mesmo não ter dado a informação completa.

"Certo, então foi na terça-feira, dia 9. Ele disse que havia decidido largar a universidade e arranjar um emprego. Tinha visto meu anúncio. Admitiu que não sabia muita coisa sobre jardinagem, mas afirmou ser forte e disposto a aprender. Sua inexperiência não me preocupou; queríamos sua ajuda sobretudo para gramados e horta. Nunca tocou nos canteiros de flores; minha esposa cuida deles pessoalmente. De todo modo, gostei do jeito do rapaz e resolvi lhe dar uma chance."

A srta. Markland disse:

"Você o contratou porque ele foi o único candidato disposto a trabalhar pelo salário de fome que estava oferecendo."

O major, longe de se mostrar ofendido com a franqueza, sorriu complacente.

"Paguei o que ele valia. Se mais empregadores se dispusessem a agir assim, o país não sofreria com a praga da inflação." Falava como se para ele a economia não tivesse segredos.

"Não achou estranho que ele surgisse assim, do nada?", Cordelia perguntou.

"Claro que achei muito estranho! Pensei que o tivessem mandado para cá: bebida, drogas, revolução, você sabe, o tipo de coisa que fazem em Cambridge atualmente. Mas pedi o nome do tutor dele como referência, um sujeito chamado Horsfall. Não foi muito solícito, mas garantiu que o rapaz abandonou os estudos voluntariamente e que, para usar suas próprias palavras, sua conduta na faculdade era quase tediosa de tão impecável. Eu não precisava temer que as sombras de Summertrees fossem poluídas."

A srta. Markland deixou de lado o tricô e respondeu à pergunta quase gritada de "O que ele quis dizer com isso?" da cunhada com um comentário seco:

"Seria bom se a cidade das planícies nos mandasse um pouco mais desse tipo de tédio."

"O senhor Horsfall revelou a razão de Mark ter abandonado a faculdade?", quis saber Cordelia.

"Eu não perguntei. Não era da minha conta. Fiz uma pergunta direta, recebi uma resposta mais ou menos direta, o mais direta que se poderia esperar de um tipo acadêmico como ele. Não tínhamos do que nos queixar do rapaz enquanto esteve aqui, sem sombra de dúvida. Falo só do que sei."

"Quando ele se mudou para o chalé?", Cordelia perguntou.

"Imediatamente. Não foi idéia nossa, claro. O anúncio não mencionava que era para dormir no emprego. Obviamente, porém, ele viu o chalé e se encantou com ele, pois perguntou se poderia se instalar lá. Não seria viável pedalar de Cambridge até aqui todos os dias, concordamos com isso, e pelo que sabíamos ninguém na vila poderia hospedá-lo. Não posso dizer que a idéia me entusiasmou; o chalé precisa de vários reparos. Na verdade, pensamos em pedir autorização para demoli-lo e resolver o problema. Não acomodaria uma família em sua condição atual, mas o garoto parecia disposto a enfrentar o desconforto; portanto, concordamos."

Cordelia disse:

"Então ele deve ter inspecionado o chalé antes de aceitar o emprego, certo?"

"Inspecionado? Não sei dizer. Ele provavelmente fuçou por aí para ter uma idéia de como era a propriedade, antes de bater na porta. Não que eu o culpe, teria procedido da mesma maneira."

A sra. Markland interferiu:

"Ele gostava muito do chalé, muito mesmo. Mencionei que não havia gás nem eletricidade, mas ele falou que isso não o incomodava; compraria um fogareiro e lamparinas. Há água corrente, claro, e a maior parte do telhado está firme. Pelo menos me parece firme. Não costumamos ir lá, entende? Pelo jeito, ele se acomodou bem por lá, parecia feliz. Nunca o visitamos no chalé, não vimos necessidade, mas até onde pudemos perceber ele sabia se cuidar perfeitamente. Claro, como meu marido disse, ele era muito inexperiente; precisamos lhe ensinar algumas coisas, como vir à cozinha todas as manhãs para receber instruções. Mas eu gostava do rapaz; ele trabalhava com muita disposição quando eu estava no jardim."

Cordelia disse:

"Eu poderia dar uma espiada no chalé?"

O pedido os desconcertou. O major Markland trocou um olhar com a esposa. Seguiu-se um momento de embaraçoso silêncio, e Cordelia temeu receber um não como resposta. Então a srta. Markland espetou a bola de lã com as agulhas e se levantou.

"Eu a acompanharei", falou.

O terreno de Summertrees era grande. Primeiro havia um jardim de rosas tradicional, com roseiras próximas umas das outras, agrupadas conforme a variedade e a cor, como se expostas num mercado, com os nomes das variedades em placas exatamente na mesma altura do chão. Ao lado havia uma horta, dividida no meio por um caminho de pedrisco com sinais do trabalho de Mark Callender nos canteiros de alface e repolho livres de ervas daninhas, e nos trechos com terra afofada. Finalmente elas cruzaram o portão que dava num pequeno pomar de macieiras antigas, sem poda. A grama cortada cheirava a feno e havia sido amontoada em volta dos troncos retorcidos.

Na extremidade do pomar havia uma sebe espessa, tão crescida que o portão que dava para o quintal atrás do chalé era difícil de ver de imediato. Mas a grama em volta do portão fora aparada, e ele cedeu com facilidade ao empurrão da srta. Markland. Do outro lado havia um espinheiro enorme, escuro e impenetrável, que obviamente crescera por gerações sem ser perturbado. Alguém abrira uma passagem por ele, porém. A srta. Markland e Cordelia conseguiram passar, abaixando-se para evitar que os espinhos emaranhados enroscassem no cabelo.

Livre da barreira, Cordelia ergueu a cabeça e piscou por causa do sol ofuscante. Soltou uma curta exclamação de prazer. No curto período em que residira ali, Mark Callender criara um pequeno oásis de ordem e beleza no meio do caos e do abandono. Canteiros antigos haviam sido descobertos, e as plantas sobreviventes, recuperadas; o mato no caminho de pedra fora removido; um quadrado minúsculo de gramado à direita da porta do chalé fora limpo. Do outro lado do caminho, um pedaço de aproximadamente dois metros quadrados fora parcialmente afofado. A pá ainda estava enterrada fundo no solo, a meio metro do final do canteiro.

O chalé era uma construção baixa de tijolos, com telhado de ardósia. Banhado pelo sol da tarde, apesar da porta rústica fustigada pela chuva, das janelas podres e das vigas do teto visíveis, ele tinha o charme sutilmente melancólico da idade que ainda não se transformara em decadência. Na porta do chalé, deixadas lado a lado, desleixadamente, havia um par de botas grandes de jardinagem cheias de barro.

"Dele?", Cordelia perguntou.

"De quem mais?"

As duas pararam por um instante, contemplando o trecho de terra afofada. Nenhuma delas falou. Em seguida, foram até a porta dos fundos. A srta. Markland introduziu a chave na fechadura. Virou com facilidade, como se a fechadura tivesse sido lubrificada recentemente. Cordelia a seguiu até a sala.

O ar estava mais frio que o do jardim, mas não era fresco, dava a impressão de ser maligno. Cordelia viu que a planta do chalé era simples. Havia três portas, uma na frente, que dava obviamente para o jardim, mas estava trancada e obstruída, com teias de aranha nas dobradiças, como se não a abrissem havia gerações. A da direita conduzia à cozinha, Cordelia deduziu. A terceira porta, entreaberta, deixava ver uma escada de madeira, que conduzia ao andar superior. No meio da sala havia uma mesa com tampo de madeira com marcas fundas da limpeza, e duas cadeiras, uma em cada extremidade. No meio da mesa, uma caneca azul canelada continha um buquê de flores mortas, seus talos enegrecidos e duros eram os restos tristes de plantas impossíveis de identificar, cujo pólen manchara a superfície da mesa como um pó dourado. A luz do sol cortava o ar abafado; nos seus raios dançavam grotescamente uma miríade de ciscos, partículas e seres infinitesimais.

Do lado direito havia uma lareira do tipo antigo, de ferro, com fornos dos dois lados para queimar a lenha. Mark fizera fogo com madeira e papel; havia um monte de cinzas brancas sobre a grade e uma pilha de gravetos e achas miúdas para a noite seguinte. De um dos lados da lareira havia uma poltrona de tábuas com almofada desbotada, e do outro uma poltrona de encosto redondo com as pernas serradas, talvez para torná-la baixa o suficiente para cuidar de uma criança. Cordelia pensou que deveria ter sido uma linda poltrona antes da mutilação.

Duas vigas enormes, enegrecidas pelo tempo, cruzavam o teto. No meio de uma delas havia um gancho de ferro, provavelmente usado para pendurar bacon. Cordelia e a srta. Markland a olharam sem dizer nada; perguntas e respostas eram desnecessárias. Elas se moveram após um momento, como por consentimento mútuo, foram até as poltronas ao lado da lareira e sentaram. A srta. Markland disse:

"Fui eu quem o encontrou. Ele não apareceu na cozinha para receber as ordens do dia, por isso vim até aqui após o café-da-manhã para ver se havia perdido a hora.

Eram exatamente 9h23. Encontrei a porta destrancada. Bati, mas não recebi resposta, por isso a abri. Ele estava pendurado no gancho com um cinto de couro em volta do pescoço. Usava calça de brim azul, a que normalmente punha para trabalhar, e tinha os pés descalços. A poltrona estava caída no chão, a seu lado. Toquei seu peito. Estava gelado."

"Você o tirou de lá?"

"Não. Estava morto, obviamente, e pensei que era melhor não mexer no corpo até a polícia chegar. Mas peguei a poltrona e a coloquei sob os pés dele. Foi uma atitude irracional, sei disso, mas eu não conseguia vê-lo ali pendurado, precisava aliviar a pressão sobre sua garganta. Como disse, foi irracional."

"Creio que foi muito natural. Notou algo diferente a respeito dele ou do lugar?"

"Havia uma caneca meio vazia sobre a mesa, tive a impressão de que era café, e muitas cinzas na grelha da lareira. Parecia que ele havia queimado alguns papéis. A máquina de escrever portátil estava onde você a vê agora, naquela mesa lateral; o bilhete de suicida encontrava-se preso à máquina. Eu o li, voltei para minha casa e contei a meu irmão e a minha cunhada o que vira, depois liguei para a polícia. Assim que os policiais chegaram eu os trouxe até o chalé, para que confirmassem tudo. Não entrei mais aqui até este momento."

"Você, o major ou a senhora Markland viram Mark na noite de sua morte?"

"Nenhum de nós o viu depois que ele parou de trabalhar, por volta das seis e meia. Demorou mais naquela tarde, pois ele queria terminar de cortar a grama da frente. Vimos quando ele guardou o cortador de grama e caminhou pelo jardim, na direção do pomar. E não o vimos mais com vida depois disso. Ninguém estava em casa em Summertrees, naquela noite. Tínhamos um jantar em Trumpington — um antigo companheiro de Exército do meu irmão. Voltamos para casa depois da meia-noite. Naquela

59

altura, a julgar pelas análises dos médicos, Mark já estava morto havia quatro horas."

Cordelia disse:

"Por favor, fale mais sobre ele."

"O que poderia dizer? Seu horário de serviço era das oito e meia às seis, com uma hora de almoço e meia para o chá. Ele costumava trabalhar no jardim daqui ou no do chalé, à noite. Por vezes, na hora do almoço, ia de bicicleta até a loja da vila. Eu o via por lá, de quando em quando. Não comprava muita coisa; um pão integral, manteiga, o bacon mais barato, chá, café — o básico. Eu o ouvi perguntar sobre ovos de galinha caipira, e a senhora Morgan disse a ele que Wilcox, da Grange Farm, poderia lhe vender meia dúzia, quando quisesse. Não falávamos quando nos encontrávamos, mas ele sorria. De noite, depois que a luz diminuía, ele costumava ler ou datilografar naquela mesa. Eu via sua silhueta contra a luz da lamparina."

"Achei que o major Markland tinha dito que vocês não visitavam o chalé."

"Eles não visitam, guardam recordações embaraçosas. Eu costumo vir aqui." Ela fez uma pausa, olhando para a lareira vazia. "Meu noivo e eu passávamos bastante tempo aqui, antes da guerra, quando ele estudava em Cambridge. Foi morto em 1937, lutando pela causa republicana na Espanha."

"Lamento", Cordelia disse. Ela sentiu a inadequação e a falta de sinceridade de sua resposta; no entanto, o que mais poderia dizer? Tudo acontecera havia quase quarenta anos. Ela não tinha ouvido falar no noivo antes. O espasmo de dor, tão rápido que mal foi percebido, não era mais do que uma inconveniência transitória, um lamento sentimental por todos os amantes que morreram jovens, pela inevitabilidade das perdas humanas.

A srta. Markland falou com súbita paixão, como se as palavras lhe fugissem pela boca:

"Não gosto de sua geração, senhorita Gray. Não gosto da arrogância, do egoísmo, da violência, da curiosa seletividade de sua compaixão. Vocês não pagam nada com seu próprio dinheiro, nem mesmo seus ideais. Denigrem e destroem, nunca constroem. Atraem a punição, como crianças rebeldes, depois gritam quando são punidos. Os homens que conheci, os homens com os quais fui criada, não eram assim."

Cordelia disse, calmamente:

"Não creio que Mark Callender fosse assim, tampouco."

"Talvez não. Pelo menos a violência que praticou foi contra si mesmo." Ela encarou Cordelia, atenta. "Sem dúvida dirá que sinto inveja da juventude. Trata-se de uma síndrome bem comum na minha geração."

"Não deveria ser. Jamais entendi o motivo para tal inveja. Afinal de contas, a juventude não é um privilégio, todos recebemos o mesmo quinhão. Alguns nascem numa época mais tranqüila, outros são ricos ou privilegiados, mas isso não tem nada a ver com a juventude. Aliás, ser jovem é terrível às vezes. Não se lembra do quanto pode ser terrível?"

"Sim, eu me lembro. Mas posso me lembrar de outras coisas também."

Cordelia não retrucou, pensando que era uma conversa estranha, porém inevitável, e que por algum motivo não a incomodava.

A srta. Markland ergueu a vista.

"Uma namorada o visitou, certa vez. Pelo menos, suponho que fosse namorada, caso contrário, por que viria? Foi uns três dias depois de ele ter começado a trabalhar."

"Como ela era?"

"Linda. Muito clara, rosto de anjo de Botticelli — suave, oval, pouco inteligente. Era estrangeira; francesa, creio. Além de rica."

Cordelia ficou intrigada: "Como sabe disso, senhorita Markland?".

"Por ela falar com sotaque estrangeiro; por chegar dirigindo um Renault branco que imaginei pertencer a ela; por causa das roupas caras, apesar de esquisitas e inadequadas para o campo; por ela bater na porta da frente e proclamar que desejava vê-lo, com a confiança arrogante que costumamos atribuir aos ricos."

"E ele a recebeu?"

"Estava trabalhando no pomar naquele momento, cortando o mato. Eu a levei até ele. Mark a cumprimentou calmamente, sem constrangimento algum, levando-a para o chalé, onde ela esperou até ele terminar seu horário de serviço. Parecia contente por vê-la, mas não encantado, nem surpreso, tive a impressão. Mark não a apresentou. Antes que ele tivesse a chance, deixei-os juntos e retornei para casa. Não voltei a vê-la."

Antes que Cordelia pudesse falar, ela acrescentou, subitamente:

"Você está pensando em passar uns dias aqui, não é?"

"Acha que eles permitiriam? Não gostaria de perguntar e ouvir um não."

"Eles não ficarão sabendo, e, se ficarem, não se importarão."

"E você, se importa?"

"Não me importo, e não a importunarei." Sussurravam como se estivessem na igreja. Em seguida a srta. Markland se levantou e seguiu na direção da porta. No meio do caminho, virou-se. "Você aceitou este serviço pelo dinheiro, claro. E por que não? Mas, se eu fosse você, pararia por aí. Não seria sensato um envolvimento pessoal muito intenso com outra pessoa. E, quando a pessoa está morta, pode ser perigoso, além de insensato."

A srta. Markland saiu, seguindo pelo caminho do jardim até desaparecer no portão. Cordelia alegrou-se com sua saída. Mal continha a impaciência para examinar o chalé. Ali tudo acontecera; ali seu trabalho realmente começava.

O que era mesmo que o superintendente dizia? "Quando examinar um edifício, olhe para ele como faria com uma igreja do interior. Primeiro, dê uma volta. Veja o quadro geral, por dentro e por fora; depois tire suas deduções. Pergunte-se o que viu, não o que esperava ver, nem o que desejava ver, mas o que viu."

Ele devia ser um apreciador de igrejas do interior, e com isso pelo menos marcava um ponto a seu favor; pois aquele, certamente, era um dogma Dalgliesh legítimo. A reação de Bernie a igrejas, fossem do interior ou da capital, era de distanciamento meio supersticioso. Cordelia decidiu seguir o conselho.

Ela seguiu primeiro para o lado leste do chalé. Ali, discretamente posicionado, quase tomado pelo mato, havia um pequeno banheiro de madeira com a porta parecida com a de um estábulo. Cordelia espiou lá dentro. A casinha estava bem limpa, parecia ter sido recentemente pintada. Quando puxou a descarga viu, aliviada, que a privada funcionava. Havia um rolo de papel higiênico pendurado na porta por um barbante, e a seu lado, presa com prego, uma sacola plástica pequena contendo papéis alaranjados e outras embalagens moles. Ele fora um jovem muito econômico. Ao lado da casinha havia um barraquinho precário com uma bicicleta masculina, velha porém bem cuidada, uma lata grande de tinta branca com a tampa bem presa, um pincel limpo dentro de um vidro de geléia, uma lata de pintura e alguns sacos limpos, além de uma coleção de ferramentas de jardinagem. Tudo brilhava de tão limpo e fora distribuído de modo organizado, pendurado em pregos ou encostado na parede.

Cordelia seguiu para a frente do chalé. Ela contrastava flagrantemente com o lado sul. Ali, Mark Callender não tentara remover o mato de capim e urtiga que batia na cintura, sufocava o jardim da frente e quase bloqueava a passagem. Uma trepadeira grossa pontilhada de flores brancas miúdas enredara seus ramos escuros e espinhudos nas janelas do térreo, bloqueando-as. O portão que dava para a rua, meio emperrado, só abria o suficiente para uma pessoa se espremer e passar. Dos dois lados, pés de azevinho montavam sentinela com suas folhas cinzentas de poeira. A sebe da frente, de alfena, chegava até a altura da cabeça. Cordelia reparou que nos dois lados do caminho houvera antes canteiros de flores com pedras grandes pintadas de branco. Agora a maioria das pedras desaparecera, cobertas pelo mato, e nada restava dos canteiros, exceto um emaranhado de roseiras a crescer sem cuidados.

Ao lançar o último olhar para o jardim da frente, seus olhos captaram um reflexo colorido de algo meio escondido no mato, ao lado da entrada. Era uma página de revista ilustrada, amassada. Ela a abriu e viu que era uma foto colorida de mulher nua. A modelo estava de costas para a câmera, abaixada, exibindo as nádegas fartas, usando apenas meias longas. Ela sorria maliciosa por cima do ombro, num convite explícito ainda mais grosseiro devido ao rosto andrógino comprido que nem mesmo a luz favorável tornava menos repulsivo. Cordelia olhou a data no alto da página; era da edição de maio. Portanto a revista, ou pelo menos aquela imagem, fora trazida ao chalé enquanto ele morava ali.

Ela parou com a página na mão, tentando analisar a natureza de sua revolta, que lhe parecia excessiva. A foto era vulgar e provocativa, mas não mais ofensiva ou indecente que dúzias de outras expostas nas ruas de Londres. Porém, ao dobrá-la para guardar na bolsa — pois poderia ser indício de alguma coisa —, sentiu-se contaminada, deprimida. Seria a srta. Markland mais perceptiva do que aparentava? Correria ela, Cordelia, o risco de desenvolver uma obsessão sentimental pelo rapaz morto? A imagem provavelmente nada tinha a ver com Mark; poderia ter sido facilmente jogada ali por um visitante. Mas Cordelia preferia não tê-la visto.

Ela contornou a face oeste do chalé, fazendo mais uma descoberta. Atrás das moitas de sabugueiro havia um poço pequeno, com cerca de um metro e vinte de diâmetro. Não havia parede de alvenaria acima do solo, mas uma tampa redonda o fechava bem; era feita de tábuas grossas de madeira de lei e exibia no meio um gancho de ferro. Cordelia viu que a tampa estava presa com cadeado na borda de madeira do poço, e que o cadeado, embora velho e enferrujado, não cedeu quando o puxou com força. Alguém se dera ao trabalho de garantir que andarilhos ou crianças curiosas não corressem perigo.

Chegara a hora de explorar o interior do chalé. Primeiro a cozinha. Era pequena, com uma janela sobre a pia, voltada para o leste. Fora pintada recentemente, via-se, e a mesa grande que ocupava quase todo o cômodo fora coberta com uma toalha plástica vermelha. Havia uma despensa pequena com meia dúzia de latas de cerveja, um vidro de geléia, um pote de manteiga e a ponta embolorada de um pão. Ali, na cozinha, Cordelia encontrou a explicação para o cheiro desagradável que sentira ao entrar no chalé. Sobre a mesa havia uma garrafa de leite pela metade e a tampa prateada amassada do lado. O leite solidificara, uma camada de bolor tinha se formado na superfície; uma mosca inchada sugava a borda do vidro e insistiu no banquete quando ela, instintivamente, tentou espantá-la. Do outro lado da mesa havia um fogareiro de parafina de duas bocas, com uma panela pesada sobre uma delas. Cordelia deu um puxão na tampa apertada, que se soltou subitamente e liberou um cheiro forte, repulsivo. Abrindo a gaveta da mesa, ela tirou uma colher e mexeu o conteúdo. Parecia picadinho. Viu pedaços de carne esverdeada, batatas gelatinosas, vegetais não identificados a boiar na espuma como corpos afogados em putrefação. Ao lado da pia, uma caixa de laranjas era usada para guardar legumes e verduras. As batatas estavam verdes, as cebolas haviam encolhido e brotado, as cenouras estavam murchas, molengas. Nada fora limpo, nada fora removido. A polícia levara o corpo e todas as provas potenciais de que precisava, mas ninguém, nem os Markland nem os amigos e familiares do rapaz, havia se dado ao trabalho de limpar os patéticos restos de sua vida jovem.

Cordelia foi para o andar de cima. Uma escada estreita levava aos dois quartos, um obviamente sem uso havia anos. Nele a janela apodrecera, o forro caíra em alguns lugares e um papel de parede desbotado, com estampas de rosas, descascava por causa da umidade. No segundo quarto, maior, Mark dormira. Havia uma cama de solteiro de ferro com colchão de crina, um saco de dormir e uma almofada dobrada ao meio para servir de travesseiro alto. Ao lado da cama ficava uma mesa-de-cabeceira antiga com duas velas presas com a própria cera num pires trincado, além de uma caixa de fósforos. As roupas estavam penduradas no guarda-roupa, uma calça de veludo verde vistoso, um par de camisas, pulôveres e um terno. As roupas de baixo, limpas mas sem passar, estavam na prateleira de cima. Cordelia passou a mãos pelos pulôveres. Contou quatro, tricotados à mão com lã grossa em padrões intricados. Alguém se preocupara com ele o suficiente para se dar ao trabalho de fazê-los. Ela queria saber quem.

Cordelia passou a mão pelas peças do guarda-roupa escasso, revirando os bolsos. Não encontrou nada, exceto uma carteira fina de couro marrom, no bolso esquerdo inferior do terno. Excitada, levou-a até a janela, esperando que contivesse alguma pista — uma carta, talvez, uma lista de nomes e endereços, um texto pessoal. Mas na carteira só havia duas notas de uma libra, a carteira de motorista e um cartão de doador de sangue emitido pelo serviço de transfusão de sangue de Cambridge, mostrando que seu tipo sanguíneo era B, Rh negativo.

Da janela sem cortinas avistava-se o jardim. Os livros ocupavam uma prateleira embaixo da janela. Havia poucos exemplares: vários volumes da *Cambridge modern history*; obras de Trollope e Hardy; a obra completa de William Blake; antologias escolares de Wordsworth, Browning e Donne; dois livros de bolso sobre jardinagem. No final da fileira havia um livro encadernado em couro branco, que Cordelia abriu e verificou ser o Livro de Oração Comum da Igreja anglicana. Apresentava um fecho de latão finamente trabalhado e parecia ter sido bem usado. Desapontou-se com os livros; eles revelavam pouco além do gosto superficial do rapaz. Se ele escolhera a vida solitária para estudar, escrever ou filosofar, trouxera pouco material, curiosamente.

O item mais interessante do quarto estava acima da cama. Uma tela a óleo com cerca de oito por oito centímetros. Cordelia a estudou. Italiana, certamente, talvez do final do século xv. Mostrava um monge muito jovem, tonsurado, lendo à mesa, com os dedos sensíveis a folhear as páginas de um livro. O rosto comprido, contido, estava tenso de tanta concentração, os olhos de pálpebras pesadas fixavam-se na página. Atrás dele, a vista pela janela aberta era um pequeno deleite. Cordelia pensou que era impossível cansar-se de olhar aquilo. Era uma cena toscana, com uma cidade cercada por muralhas e torres, rodeada de ciprestes, um rio que serpenteava feito uma corrente de prata, um cortejo em trajes coloridos precedido por estandartes e bois atrelados ao arado nos campos. Para ela, o quadro representava um contraste entre os mundos do intelecto e da ação, e tentou se lembrar onde vira pinturas similares. Os camaradas — como Cordelia sempre chamava o grupo onipresente de companheiros revolucionários que rodeavam seu pai — gostavam muito de trocar mensagens em galerias de arte, e Cordelia passara horas a caminhar lentamente de quadro em quadro, esperando que um visitante qualquer parasse a seu lado e murmurasse algumas palavras de alerta ou passasse informações. O recurso sempre lhe parecera infantil e desnecessariamente teatral como forma de comunicação, mas pelo menos as galerias eram quentes e ela gostava de olhar as pinturas. Cordelia apreciou aquele quadro; obviamente, ele o valorizara também. Teria gostado igualmente da imagem vulgar que ela encontrara no jardim da frente? Fariam ambos parte de sua natureza?

A volta de inspeção terminou, ela preparou café usando pó do armário do chalé e água fervida no fogareiro.

Pegou uma cadeira da sala para sentar do lado de fora, nos fundos, com a caneca de café no colo e a cabeça inclinada para trás para aproveitar o sol. Uma felicidade calma tomou conta dela, que se sentia satisfeita e descansada, atenta ao silêncio, olhos semicerrados contra a luz forte do sol. Chegara a hora de refletir. Havia examinado o chalé, conforme as instruções do superintendente. O que sabia a respeito do rapaz morto? O que vira? O que poderia ser deduzido?

Ele era quase obsessivamente asseado e organizado. As ferramentas de jardinagem haviam sido limpas após o uso e cuidadosamente guardadas, a cozinha fora pintada, limpa e arrumada. Contudo, ele tinha abandonado o preparo da terra a cinqüenta centímetros do final do canteiro, deixando a pá suja enfiada na terra; largara as botas de jardinagem de qualquer jeito do lado da porta dos fundos. Aparentemente, queimara todos os seus papéis antes do suicídio e deixara a caneca de café sem lavar. Preparara um picadinho para o jantar, mas não tocara na comida. Devia ter preparado os legumes mais cedo naquele mesmo dia, ou na véspera. De todo modo, o ensopado destinava-se ao jantar daquele dia, sem dúvida. A panela ainda estava sobre o fogareiro, cheia até a borda. Não era sobra do dia anterior, para ser esquentada. Isso significava que ele só tomara a decisão de se matar depois que o picadinho tinha sido preparado e posto para cozinhar. Por que alguém prepararia uma refeição se soubesse que não estaria vivo para comê-la?

Mas seria plausível que um rapaz saudável, voltando de uma ou duas horas de trabalho duro na terra, com uma bela refeição quente à sua espera, estivesse entediado, apático, angustiado ou desesperado a ponto de cometer suicídio? Cordelia recordava-se de momentos de intensa infelicidade, mas nunca que eles tivessem se seguido a deliberados exercícios ao ar livre, com a possibilidade de uma boa refeição depois. E por que a caneca de café, aquela levada pela polícia para análise? Havia latas de cerveja na despensa; se estava com sede após cavar a terra, por que não abrira uma delas? A cerveja seria o meio mais rápido, mais óbvio, de matar a sede. Sem dúvida ninguém, por mais sedento que estivesse, faria um café e o tomaria antes da refeição. O café vem sempre depois da comida.

Supondo, porém, que ele tivesse recebido uma visita naquela noite. Não seria provavelmente alguém que passava por acaso e parara para bater papo; fora importante o suficiente para que ele abandonasse o serviço a cinqüenta centímetros do final do canteiro e convidasse o visitante para entrar no chalé. Provavelmente seu visitante não tomava cerveja — poderia ser uma mulher? A visita não ia ficar para o jantar, mas permanecera no chalé o bastante para ser convidada a tomar um café. Talvez estivesse indo jantar também, por sua conta. Obviamente a visita não fora convidada antes para jantar, pois os dois não teriam começado pelo café. E Mark teria trabalhado até tarde, no jardim, em vez de trocar de roupa e se arrumar? Portanto, fora uma visita inesperada. Mas por que apenas uma caneca de café? Sem dúvida Mark teria bebido um pouco de café também, ou se preferisse outra coisa teria aberto uma cerveja para si. Contudo, não havia latas de cerveja vazias na cozinha, nem outra caneca de café. Teria sido lavada e guardada? Mas por que Mark lavaria uma caneca e a outra não? Para ocultar o fato de ter recebido uma visita naquela noite?

O bule de café sobre a mesa da cozinha estava quase vazio, e a garrafa de leite, pela metade. Sem dúvida mais de uma pessoa havia tomado café e leite. Mas esta dedução talvez fosse perigosa e precipitada; o visitante poderia muito bem ter tomado uma segunda xícara.

Podia-se também supor que não fora Mark o interessado em ocultar o fato de que recebera uma visita naquela noite; supor que não fora Mark quem tinha lavado e guardado a segunda caneca; supor que fora o visitante que desejara ocultar sua presença. Por que ele se daria ao trabalho de fazer tudo isso, se não tinha como saber que Mark ia se matar? Cordelia balançou a cabeça, impaciente. Era tudo *nonsense*, claro. Obviamente o visitante não poderia ter lavado a caneca se Mark ainda estivesse ali, e vivo. Ele só se preocuparia em eliminar indícios de sua visita se Mark já estivesse morto. E, se Mark já estava morto, pendurado no gancho antes de sua visita ir embora do chalé, poderia ter sido realmente suicídio? Uma palavra dançava no fundo da mente de Cordelia, um amontoado de letras desconjuntadas que entrou em foco subitamente e, pela primeira vez, a palavra manchada de sangue surgiu com clareza. Assassinato.

Cordelia passou mais cinco minutos sentada ao sol, terminando o café, depois lavou a caneca e a pendurou de volta num gancho da despensa. Desceu pelo caminho até a estrada, onde o Mini continuava estacionado na grama, do lado de fora de Summertrees, grata a seu instinto por ter deixado o carro fora do alcance da vista da casa. Acionando a embreagem com cuidado ela seguiu lentamente pelo caminho, olhando para os dois lados em busca de um lugar para estacionar; deixá-lo na frente do chalé só serviria para anunciar sua presença. Era uma pena que Cambridge não fosse mais perto; do contrário, poderia usar a bicicleta de Mark. O Mini não era necessário a sua tarefa e chamaria a atenção inconvenientemente, onde quer que o deixasse.

Ela deu sorte, contudo. A cerca de cinqüenta metros, no caminho, viu um acesso ao campo, um trecho gramado largo, com um pequeno bosque num dos lados. O bosque parecia úmido e sinistro. Era impossível crer que flores nascessem naquela terra decrépita ou brotassem no meio das árvores retorcidas e maculadas. Havia pelo chão panelas e potes espalhados, a armação de um carrinho de bebê emborcada, um fogão a gás enferrujado e desconjuntado. Ao lado de um carvalho mirrado, uma pilha de cobertores rústicos se desintegrava na terra. Mas havia espaço para manobrar e esconder o Mini, bem coberto pela vegetação. Se trancasse o carro com cuidado, ele estaria melhor ali do que na frente do chalé, pois ninguém o veria.

Antes, porém, ela retornou de carro ao chalé, para descarregar as coisas. Passou as roupas de baixo de Mark para um canto da prateleira e colocou as suas no espaço conquistado. Estendeu o saco de dormir na cama, por cima do dele, pensando que um pouco de conforto extra seria bem-vindo. Havia uma escova de dentes vermelha e um tubo de creme dental pela metade dentro de um vidro de geléia, no beiral da janela da cozinha; ela deixou sua escova amarela e a pasta ao lado. Pendurou a toalha ao lado da toalha dele, no fio estendido debaixo da pia da cozinha e preso com pregos nas extremidades. Em seguida, fez um inventário do conteúdo da despensa e uma lista das coisas que precisaria. Seria melhor comprar tudo em Cambridge; atrairia muita atenção para sua presença se fizesse as compras por ali. A panela do picadinho e a meia garrafa de leite eram um problema. Não podia deixá-las na cozinha, empestando a casa com seu fedor de coisa podre, mas relutava em jogar tudo fora. Decidiu finalmente levar tudo para o barraco externo e cobrir com um saco velho.

Por último, ela pensou na pistola. Era um objeto pesado demais para carregar o tempo inteiro, mas Cordelia não se sentia bem em abandoná-lo, mesmo temporariamente. Embora a porta dos fundos do chalé pudesse ser trancada e a srta. Markland houvesse deixado a chave, um intruso não teria dificuldade em arrombar uma janela. Concluiu que o melhor plano seria esconder a munição no meio das roupas, no armário do quarto, e guardar a pistola em separado, dentro ou perto do chalé. O lugar exato custou-lhe alguma reflexão, mas ela se lembrou do sabugueiro de tronco grosso e galhos retorcidos, ao lado do poço; estendendo o braço, conseguiu localizar um buraco adequado, perto da forquilha de um ramo, no qual poderia guardar a arma, ainda dentro do saco de couro com fecho de cordão, protegido da vista pela folhagem.

Finalmente estava pronta para ir a Cambridge. Consultou o relógio: dez e meia; poderia chegar lá às onze e ainda restariam duas horas do período matinal para fazer compras. Resolveu que o melhor plano seria passar primeiro na redação do jornal e ler o relato do inquérito; depois disso sairia em busca de Hugo e Sophie Tilling.

Ela se afastou do chalé com uma sensação de profundo arrependimento, como se abandonasse sua casa. Era um lugar curioso, pensou, de atmosfera pesada, a mostrar dois lados distintos ao mundo, como facetas de uma personalidade humana; o norte, com as janelas tomadas por espinheiros, rodeado de mato e uma sebe impenetrável, seria um palco adequado ao horror e à tragédia. Contudo, nos fundos, onde ele vivera e trabalhara, onde limpara e cavara o jardim, escorando as raras flores, cujas janelas se abriam para o sol, era pacífico como um santuário. Sentada ali, à porta, sentira que nada terrível poderia acontecer a ela, jamais; era capaz de contemplar a possibilidade de passar a noite sozinha sem medo. Seria aquela atmosfera de tranqüilidade reconfortante, pensou, que havia atraído Mark Callender? Ele a sentira antes de aceitar o emprego, ou seria isso, de um modo misterioso, o resultado de sua transitória e infeliz estadia? O major Markland tinha razão; seguramente Mark passara pelo chalé, antes de ir até a casa principal. Teria ele se interessado pelo chalé ou pelo emprego? Por que os Markland relutavam tanto em ir até lá, tanto que obviamente nem o tinham feito após a morte do rapaz para limpar o local? E por que a srta. Markland o espionava? Pois suas observações detalhadas estavam muito próximas da espionagem. Teria ela narrado o caso de seu namorado morto só para justificar o interesse pelo chalé, sua preocupação obsessiva pelas atividades do novo jardineiro? E seria a história verdadeira? Com aquele corpo maduro, pesado de energia latente, a expressão eqüina de perpétua insatisfação, poderia ela ter sido jovem um dia, ter deitado, talvez na cama de Mark, durante as longas tardes de verões quentes do passado distante? Quão remoto, impossível e grotesco parecia tudo isso.

Cordelia desceu a Hills Road, passou pela estátua imponente do jovem soldado de 1914 a caminho da morte, passou pela igreja católica e chegou ao centro da cidade. Novamente, desejou que houvesse deixado o carro e usado a bicicleta de Mark. Todos pelo jeito tinham uma, e o ar tilintava de campainhas, como numa festividade. Nas ruas estreitas e movimentadas até o compacto Mini representava um sério risco. Resolveu estacionar assim que encontrasse uma vaga e seguir a pé atrás de um telefone. Decidira mudar o programa e ir à polícia primeiro.

Não se surpreendeu quando conseguiu telefonar para a delegacia e soube que o sargento Maskell, responsável pelo caso Callender, estaria ocupado a manhã inteira. Só na ficção as pessoas que precisavam ser entrevistadas permaneciam em casa ou no trabalho, com tempo, energia e interesse para dar e vender. Na vida real elas cuidavam de sua vida, e era preciso esperar o momento conveniente, no caso atípico de reagirem bem ao interesse da Agência de Detetives Pryde. Normalmente, não gostavam. Ela mencionou a carta de sir Ronald para impressionar o interlocutor com a autenticidade de sua investigação. O nome gozava de certo prestígio. Ele pediu licença para verificar. Menos de um minuto depois, retomou a ligação para informar que o sargento Maskell receberia a srta. Gray naquela tarde, às duas e meia.

Então a redação do jornal viria em primeiro lugar. Arquivos antigos pelo menos eram acessíveis, ninguém se incomodaria se os consultasse. Ela logo encontrou o que desejava. O material do inquérito era curto, redigido na linguagem formal de um documento oficial. Pouco do que continha constituía novidade, mas ela anotou meticulosamente os dados relevantes. Sir Ronald Callender declarara que não falava com o filho havia duas semanas antes de sua morte, quando Mark telefonara para informar ao pai sua decisão de abandonar os estudos e trabalhar em Summertrees. Não consultara sir Ronald antes de tomar a decisão, nem explicara suas razões. Sir Ronald conversara subseqüentemente com o diretor, e os responsáveis pela faculdade tinham concordado em aceitar seu filho de volta no período letivo seguinte, caso ele mudasse de idéia. O filho nunca mencionara suicídio e não tinha problemas de saúde ou dinheiro, pelo que sabia. O depoimento de sir Ronald foi seguido de menções resumidas a outros depoimentos. A srta. Markland descreveu o encontro do corpo; um médico-legista testemunhou que a causa da morte fora asfixia devido a estrangulamento; o sargento Maskell relatou as medidas que considerou pertinentes tomar, e o relatório do laboratório da polícia científica foi apresentado, especificando que a caneca de café encontrada na mesa fora analisada e considerada inofensiva. O veredicto dizia que o falecido perdera a vida por suas próprias mãos quando seu equilíbrio mental foi perturbado. Fechando a pasta pesada, Cordelia sentiu-se deprimida. Pelo jeito, a polícia fora minuciosa. Seria realmente possível que profissionais experientes tivessem deixado passar o significado do canteiro por terminar, das botas de jardinagem deixadas de qualquer jeito perto da porta dos fundos e o jantar intocado?

E agora, ao meio-dia, ela se via livre até as duas e meia. Podia explorar Cambridge. Comprou o guia mais barato que encontrou na Bowes & Bowes, resistindo à tentação de olhar os livros, pois seu tempo escasso precisava ser racionado. Guardou na bolsa a torta de carne e as frutas adquiridas numa banca e entrou na igreja de St. Mary para sentar e planejar seu itinerário. Passou a hora e meia seguinte caminhando pela cidade e suas faculdades, num transe de alegria.

Viu Cambridge em seu melhor momento. Das profundezas infinitas do céu azul diáfano sem nuvens o sol brilhava suave, radiante. As árvores dos pátios das faculdades e avenidas que conduziam aos Backs ainda não haviam sofrido os rigores do alto verão, exibindo seu verde contra o céu e o rio. Chatas passavam debaixo das pontes, espantando as aves aquáticas pomposas, e na altura da nova ponte de Garret Hostel os salgueiros deitavam seus ramos claros carregados na água verde-escura do Cam.

Ela incluiu todos os lugares especiais em seu passeio. Caminhou sobriamente pela extensão da biblioteca de Trinity, visitou as Old Schools, sentou-se silenciosa no fundo da capela do King's College, deslumbrada com a altura da abóbada de John Wastell, que se desdobrava em leque de delicada pedra branca. O sol entrava pelas janelas imensas para manchar o ar imóvel de azul, vermelho e verde. As rosas Tudor finamente esculpidas e as bestas heráldicas que seguravam a coroa projetavam-se com orgulho arrogante dos painéis. Apesar do que Milton e Wordsworth haviam escrito, sem dúvida a capela fora construída para a glória de um soberano terrestre, e não a serviço de Deus, certo? Mas isso não invalidava seu propósito nem maculava sua beleza. Continuava sendo uma edificação predominantemente religiosa. Poderia um descrente projetar e construir aquele interior majestoso? Haveria uma unidade essencial entre motivação e criação? Aquela era a questão que somente Carl, entre os camaradas, se interessaria em explorar, e ela pensou nele, preso na Grécia, e tentou bloquear a mente a respeito do que poderiam estar fazendo com ele, desejando que sua figura atarracada estivesse a seu lado.

Durante o passeio ela se permitiu pequenos prazeres particulares. Comprou uma toalha de mesa de linho estampada com uma imagem da capela vista dos bancos perto da entrada a oeste; deitou-se de bruços na grama curta na beira do rio, em Kings Bridge, deixando que a água coleasse verde e fria em volta de seus braços; perambulou por entre as bancas de livros no mercado, e após uma escolha cuidadosa adquiriu uma edição pequena de Keats, impressa em papel-bíblia, e uma túnica de algodão com estampa em verde, azul e marrom de diversos tons. Se o tempo quente continuasse, seria uma roupa mais fresca do que jeans e blusa para a noite.

75

Finalmente, retornou ao King's College. Havia um banco encostado no muro de pedra que ia da capela até a margem do rio, e ela sentou ali, ao sol, para almoçar. Um pardal privilegiado saltitou pelo gramado impecável e inclinou o olhar vivo e despreocupado. Cordelia jogou pedacinhos da crosta da torta de carne e riu de suas bicadas nervosas. Do rio vinham flutuando vozes, carregadas pela água, o ocasional choque entre madeiras, o grasnar rouco de um pato. Tudo em volta dela — o pedregulho que brilhava como pedra preciosa no caminho, os tufos de capim na beira do gramado, as pernas duras do pardal — era visto com extraordinária intensidade, como se a felicidade clareasse sua visão.

Então a memória recuperou as vozes. Primeiro de seu pai:

"Nossa fascistinha foi educada pelos papistas. Isso esclarece muita coisa. Como uma coisa dessas foi acontecer, Delia?"

"Você deve se lembrar, papai. Eles me confundiram com outra C. Gray, católica apostólica romana. Nós duas fizemos o exame naquele ano. Quando descobriram o engano, escreveram para você perguntando se eu poderia continuar no convento, pois tinha gostado de lá."

Ele nem chegara a responder, a bem da verdade. A madre superiora havia tentado diplomaticamente esconder que ele não se dera ao trabalho de responder, e Cordelia passara os seis anos mais tranqüilos e felizes de sua vida no convento, protegida, pela ordem e pelo ritual, da confusão e da desordem da vida lá fora, incorrigivelmente protestante, irreprimida, uma vida de ignorância invencível piedosamente lamentada. Pela primeira vez ela viu que não precisava esconder sua inteligência que uma série de mães adotivas tinha considerado ameaçadora. A irmã Perpetua dissera:

"Você não terá dificuldades em obter nota A se continuar como agora. Isso quer dizer que planejamos mandá-la para a universidade daqui a dois anos, em outubro.

Cambridge, creio. Podemos tentar Cambridge, e realmente vejo boas chances de conseguir uma bolsa."

A irmã Perpetua estudara em Cambridge antes de entrar para o convento, e ainda falava da vida acadêmica, sem saudades ou arrependimento, e sim como um sacrifício compatível com sua vocação. Até Cordelia, aos quinze anos, percebera que a irmã Perpetua era uma intelectual de verdade, considerando injusto da parte de Deus conceder uma vocação a alguém tão feliz e útil como ela. Mas, para Cordelia, o futuro pela primeira vez parecia programado e cheio de promessas. Ela iria para Cambridge, a irmã a visitaria. Criara uma visão romântica de gramados imensos sob o sol e as duas a caminhar pelo paraíso de Donne. "Rios de conhecimento passam por lá, artes e ciências fluem naquele lugar; jardins murados, profundezas abismais de conselhos inescrutáveis ali se encontram." Com ajuda de seu próprio cérebro e as orações da irmã ela conseguiria a bolsa de estudos. As preces a incomodavam, por vezes. Não duvidava em absoluto de sua eficácia, uma vez que Deus deveria necessariamente ouvir alguém que, a um custo pessoal enorme, ouvira Seu chamado. E se a influência da irmã lhe dava uma vantagem injusta sobre outros candidatos — bem, nada se podia fazer a respeito. Num assunto de tamanha importância, nem Cordelia nem a irmã Perpetua se dispunham a perder tempo com sutilezas teológicas.

Mas dessa vez o pai respondera à carta. Descobrira uma utilidade para a filha. Não haveria notas A nem bolsa de estudos, e aos dezesseis anos Cordelia tinha encerrado sua educação formal e iniciado a vida nômade de cozinheira, enfermeira, mensageira e ajudante geral do pai e seus camaradas.

Agora, por caminhos tortuosos e estranhos propósitos, ela finalmente chegara a Cambridge. A cidade não a desapontou. Em suas andanças conhecera lugares adoráveis, mas nenhum onde se sentisse mais feliz ou em paz. Incrível, pensou, que o coração pudesse permanecer indiferente a uma cidade onde pedra e vitrais, água e gramados, árvores e flores estavam dispostos em bela ordem, a serviço do saber. Mas, ao se levantar a contragosto para ir embora e limpar umas migalhas da saia, uma citação, espontânea e de origem desconhecida, veio-lhe à mente com tamanha clareza que parecia ter sido dita por voz humana — uma voz masculina irreconhecível, porém misteriosamente familiar: "Vi então que havia um caminho para o inferno mesmo nos portais do paraíso".

O prédio da central da polícia era moderno e funcional. Representava a autoridade equilibrada pela discrição; o público devia ser impressionado, não intimidado. A sala do sargento Maskell e o próprio sargento se encaixavam nessa filosofia. Surpreendentemente jovem, ele se vestia com elegância e exibia um rosto quadrado e forte, marcado pela experiência; tinha cabelo comprido, mas bem cortado, que Cordelia supôs atender por pouco as exigências do serviço, mesmo sendo um detetive que não usava farda. Ele se mostrou meticulosamente educado, sem ser galante, o que a tranqüilizou. Não seria uma conversa fácil, mas ela não tinha a menor vontade de ser tratada com a indulgência reservada a crianças bonitas porém importunas. Por vezes ajudava fazer o papel de uma moça vulnerável e inocente, ávida por informações — um papel em que Bernie procurara freqüentemente colocá-la —, mas ela sentia que o sargento Maskell reagiria melhor à competência sem charme. Ela queria parecer eficiente, mas não demais. Guardaria seus segredos; estava ali para obter informações, não fornecê-las.

Ela explicou suas intenções concisamente e mostrou a carta de sir Ronald. Ele a devolveu, comentando sem rancor:

"Sir Ronald não me disse nada que indicasse sua insatisfação com o veredicto."

"Não creio que isso esteja em questão. Ele não suspeita de fraude. Se fosse o caso, ele o teria procurado.

Creio que tem curiosidade científica em saber o que levou o filho a se matar, e não poderia investigar isso com recursos públicos. Quero dizer, os problemas particulares de Mark não lhe dizem respeito, certo?"

"Poderiam dizer, se as razões de sua morte se relacionassem com atos criminosos — chantagem, intimidação —, mas não surgiram indícios disso."

"Pessoalmente, concorda que ele se matou?"

O sargento a encarou com a inteligência súbita de um cão que encontra uma pista.

"Por que pergunta isso, senhorita Gray?"

"Por causa de suas atitudes, creio. Entrevistei a senhorita Markland e li o inquérito, na sede do jornal. Você chamou um legista; mandou fotografar o corpo antes que fosse baixado; analisou o resto de café da xícara."

"Tratei o caso como morte suspeita. É a conduta habitual. Desta vez as precauções se mostraram desnecessárias, mas poderia ser diferente."

Cordelia disse:

"Mas algo o incomodava, algo que não parecia direito?"

Ele disse, como se recordasse:

"Bem, estava tudo muito claro, aparentemente. Quase um caso típico. Temos muitos suicídios. Um jovem abandonou o curso universitário sem motivo aparente e passou a viver por sua conta, sem nenhum luxo. Temos a descrição de um estudante introspectivo, meio solitário, que não se abria nem com a família nem com os amigos. Três semanas depois de ter largado a faculdade, é encontrado sem vida. Não há sinais de luta; nenhum estrago no chalé; ele deixou um bilhete de suicida na máquina de escrever, o tipo de bilhete suicida que se poderia esperar. Por outro lado, ele se deu ao trabalho de destruir todos os papéis que estavam no chalé, mas deixou a pá de jardineiro suja e o serviço pela metade, além de preparar um jantar que não comeu. Isso, porém, não prova nada. As pessoas se comportam de modo irracional, sobretudo as suicidas. Não, nenhum desses aspectos me incomodou; foi o nó."

Ele se abaixou de repente, para procurar alguma coisa na gaveta esquerda da escrivaninha.

"Aqui está", disse. "Como usaria isso para se enforcar, senhorita Gray?"

A tira tinha cerca de um metro e meio de comprimento. Com pouco mais de dois centímetros de largura, era feita de couro marrom forte, mas maleável, escurecido pelo tempo em alguns pontos. Havia um acabamento na ponta, além de uma série de orifícios redondos protegidos por ilhoses de metal, e do outro lado uma fivela forte de latão. Cordelia a pegou nas mãos; o sargento Maskell disse:

"Foi isso que ele usou. Obviamente é uma correia, mas a senhorita Leaming testemunhou que ele costumava usá-la como cinto, dando duas voltas na cintura. Bem, senhorita Gray, como usaria isso para se enforcar?"

Cordelia pegou a correia na mão.

"Primeiro de tudo eu passaria a ponta pela fivela, para fazer o laço. Depois, com o laço no pescoço, eu subiria numa cadeira, debaixo do gancho do teto, passando a tira por dentro do gancho. Puxaria até ficar bem teso. Daria dois nós para prender bem. Puxaria a tira com força para garantir que o nó não correria e que o gancho agüentaria o peso. Depois chutaria a cadeira para longe."

O sargento abriu a pasta à sua frente e a empurrou até o outro lado da mesa.

"Veja isso", falou. "É uma foto do nó."

A foto da polícia, em preto-e-branco, mostrava o nó com admirável clareza. Era um nó tipo lais de guia, no final de uma laçada, a uns trinta centímetros do gancho.

O sargento Maskell disse:

"Duvido que ele conseguisse dar um nó desses com as mãos acima da cabeça, ninguém consegue. Então ele deve ter feito o laço primeiro, como você faria, e depois deu o nó lais de guia. Mas isso também não dá certo. Restariam apenas poucos centímetros de tira entre o nó e a fivela. Se fizesse assim, não teria folga suficiente na tira para passar o pescoço pelo laço. Só existe uma maneira de fazer isso. Ele fez o laço e o puxou no pescoço até ficar justo como uma coleira, depois fez o nó lais de guia. Em seguida, subiu na cadeira, prendeu o nó no gancho e chutou o apoio para longe. Veja isso, e entenderá o que estou dizendo."

Ele virou a página da pasta e a voltou para ela.

A foto, intransigente, sem ambigüidade, num brutal surrealismo em preto-e-branco, teria parecido uma brincadeira de mau gosto se o modelo não estivesse tão obviamente morto. Cordelia sentiu o coração disparar dentro do peito. Comparada com aquele horror, a morte de Bernie fora tranqüila. Ela abaixou a cabeça para estudar a cena lamentável à sua frente.

O pescoço estava tão alongado que os pés descalços, com os dedos em ponta como os de uma bailarina, pendiam a menos de vinte centímetros do chão. Os músculos do estômago estavam estirados. Acima deles, as costelas se projetavam como as de um pássaro. A cabeça pendia grotesca sobre o ombro direito, como uma terrível caricatura de uma boneca desconjuntada. Os olhos, virados para cima, escondiam-se atrás de pálpebras pesadas. A língua inchada se projetara para além dos lábios.

Cordelia disse, calmamente:

"Entendo onde quer chegar. Não havia nem dez centímetros de tira entre o pescoço e o nó. Qual era a posição da fivela?"

"Na parte de trás da cabeça, sob a orelha esquerda. Temos uma foto da marca que deixou na carne, nesta pasta, mais adiante."

Cordelia não quis olhar. Por que, perguntou-se, ele lhe mostrara aquela foto? Não seria necessário para sustentar seu ponto de vista. Teria tentado chocá-la, para que ela se desse conta de onde estava se metendo? Puni-la por invadir seu território? Contrastar a brutal realidade de seu desempenho profissional com sua interferência amadora? Mas por quê? A polícia não suspeitava de nenhum crime; o caso fora encerrado. Teria sido maldade, o sadismo incipiente de um sujeito incapaz de refrear o impulso de ferir e chocar? Teria ele consciência de seus motivos?

Ela disse:

"Concordo que ele só poderia ter prendido a tira do modo descrito por você, se é que o fez. Vamos supor, porém, que alguém apertou o laço em torno do pescoço dele e depois o ergueu. Ele pesaria muito. Não seria mais fácil dar o nó primeiro e depois içá-lo na cadeira?"

"Pedindo-lhe antes que cedesse o cinto?"

"Por que usar um cinto? O assassino o teria estrangulado com uma corda ou gravata. Ou isso deixaria uma marca funda e identificável sob a marca da tira?"

"O legista procurou marcas com essas características específicas. Não havia."

"Mas há outras maneiras; sacola plástica fina, do tipo usado para empacotar roupas, enfiada na cabeça e pressionada contra o rosto; um lenço fino; meias femininas."

"Percebo que seria uma assassina criativa, senhorita Gray. É possível, mas exigiria um homem bem forte, que dependeria do elemento surpresa. Não encontramos sinais de luta."

"Mas poderia ter sido assim."

"Claro, só que não temos nenhum indício disso."

"E se ele tivesse sido drogado primeiro?"

"Esta possibilidade me ocorreu, tanto que pedi a análise do café. Mas ele não foi dopado, e a autópsia confirmou isso."

"Quanto café ele bebeu?"

"Metade da caneca, apenas, de acordo com a autópsia, e morreu logo depois. Entre as sete e as nove da noite, foi a estimativa fornecida pelo legista."

"Não acha estranho que ele tenha tomado café antes da refeição?"

"Não existe lei contra isso. Não sabemos a que horas ele pretendia jantar. De todo modo, não podemos iniciar uma investigação de assassinato com base na ordem que alguém escolhe para comer e beber."

"E quanto ao bilhete que ele deixou? Suponho que não seja possível identificar impressões digitais nas teclas da máquina de escrever."

"Difícil, com aquele tipo de tecla. Tentamos, mas não conseguimos nada."

"Portanto, acabaram aceitando que se tratava de suicídio?"

"No final eu aceitei que não havia a possibilidade de provar outra coisa."

"Mas teve algum palpite? Um colega do meu sócio — ele é superintendente do D. I. C. — sempre tinha seus palpites."

"Bem, na Met eles podem se dar a esse luxo. Se eu acreditasse em palpites, não faria meu serviço; o que conta não é a suspeita, e sim o que podemos provar."

"Posso levar o bilhete do suicida e a correia?"

"Por que não? Basta assinar a requisição. Ninguém mais se interessará por eles."

"Posso ver o bilhete agora, por favor?"

Ele o retirou da pasta e passou para Cordelia. Ela começou a ler as primeiras palavras, das quais se recordava em parte:

Um vácuo ilimitado como o céu inferior surgiu sob nós...

Não foi a primeira vez que a importância da palavra escrita, a magia dos símbolos ordenados, a impressionou. Conservaria a poesia seu encanto se os versos dessem lugar à prosa, ou seria a prosa tão atraente se perdesse o padrão e a ênfase da pontuação? A srta. Leaming falara do trecho de Blake como se reconhecesse sua beleza, e contudo, ali, disposto na página, ele exercia um efeito ainda mais poderoso.

Foi então que dois aspectos da citação despertaram seu interesse. O primeiro ela não pretendia compartilhar com o sargento Maskell, mas não havia motivo para não comentar o segundo.

Ela disse:

"Mark Callender deve ter sido ótimo datilógrafo. Isso foi escrito por um especialista."

"Duvido muito. Se prestar atenção, verá que uma ou duas letras estão mais apagadas que o restante. Esta é a assinatura do amador."

"Mas as letras mais apagadas não são sempre as mesmas. Normalmente são as teclas das bordas do teclado que o datilógrafo sem experiência pressiona com menos força. E o espaçamento aqui é correto até quase o final. Parece que o datilógrafo de repente se deu conta de que precisava disfarçar a competência, mas não teve tempo de refazer o texto todo. É estranho também que a pontuação seja tão precisa."

"Ele provavelmente copiou o trecho de um exemplar impresso. Havia um exemplar de Blake no quarto do rapaz. A citação é de Blake, o poeta de 'Tigre tigre chama pura...'"

"Eu sei. Mas se ele copiou do livro, por que se dar ao trabalho de guardar o volume no quarto de novo?"

"Era um rapaz ordeiro."

"Mas não ordeiro o bastante para lavar a caneca de café ou limpar a pá do jardim."

"Isso não prova nada. Como eu já disse, as pessoas se comportam de maneira estranha quando pretendem se matar. Sabemos que a máquina de escrever era dele, comprou faz um ano. Mas não pudemos comparar o texto com outros. Todos os papéis dele foram queimados."

Ele consultou o relógio e se levantou. Cordelia compreendeu que a conversa estava encerrada. Ela assinou o recibo para o bilhete de suicida e a correia de couro, agradeceu formalmente a ajuda e apertou a mão do sargento. Quando abriu a porta para Cordelia, ele disse, como que por impulso:

"Há um detalhe intrigante que talvez seja melhor você saber. Parece que ele esteve com uma mulher no dia em que morreu, em algum momento. O legista encontrou vestígios muito leves — apenas um filete — de batom vermelho arroxeado em seu lábio superior."

3

New Hall, com seu ar bizantino, pátio fundo e domo reluzente feito uma laranja descascada, lembrava um harém para Cordelia; pertenceria a um sultão com visão liberal e curiosa predileção por moças inteligentes, mas mesmo assim um harém. A faculdade era certamente bela demais para permitir estudos sérios, favorecia a distração. Ela não tinha certeza, porém, se aprovava a importuna feminilidade dos tijolos brancos, a formosura exagerada dos laguinhos rasos onde peixinhos dourados corriam feito sombras vermelho-sangue entre os lírios aquáticos, suas árvores novas cuidadosamente dispostas. Ela se concentrou na crítica ao prédio; isso ajudava a não se sentir tão intimidada.

Ela não se apresentara no alojamento pedindo para falar com a srta. Tilling; temia que lhe perguntassem qual era o assunto ou não lhe permitissem a entrada. Pareceu-lhe mais prudente entrar e arriscar a sorte. A sorte estava do seu lado. Após duas tentativas fracassadas de localizar o quarto de Sophie Tilling, uma aluna apressada informou:

"Ela não mora na faculdade, mas está lá fora, sentada com o irmão no gramado."

Cordelia deixou o pátio sombreado e percorreu a grama suave como musgo, iluminada pelo sol forte, aproximando-se de um pequeno grupo. Havia quatro pessoas sentadas na grama. Os dois Tilling eram obviamente irmãos. Cordelia logo achou que pareciam um par de retratos pré-rafaelitas, com suas cabeças fortes sobre pescoços inusitadamente curtos, nariz fino recurvado em cima, lábios superiores reduzidos. Ao lado da elegância esbelta deles, a segunda moça era pura suavidade. Se aquela era a moça que tinha visitado Mark no chalé, a srta. Markland acertara ao chamá-la de linda. Tinha rosto ovalado, nariz fino arrebitado, boca pequena mas bem formada, olhos amendoados de um marcante azul profundo que lhe davam um ar oriental a contrastar com a alvura da pele e com o cabelo louro comprido. Usava um vestido longo de algodão estampado lilás, abotoado na cintura. O corpete valorizava seus seios fartos e uma abertura na saia revelava o short do mesmo tecido. Pelo que Cordelia pôde reparar, não usava mais nada. Estava descalça, e as pernas compridas e bem torneadas não haviam sido bronzeadas pelo sol. Cordelia pensou que aquelas coxas voluptuosas eram mais eróticas do que uma cidade inteira de pernas bronzeadas, e a moça sabia disso.

O quarto membro do grupo, à primeira vista, parecia mais comum. Rapaz atarracado, barbudo, de cabelo avermelhado e rosto em forma de pá, estava deitado ao lado de Sophie Tilling.

Todos eles, com exceção da moça loura, usavam calça jeans velha e camiseta de algodão.

Cordelia aproximou-se do grupo e parou ao lado deles por alguns segundos, até que notassem sua presença. Então, disse:

"Procuro por Hugo e Sophie Tilling. Meu nome é Cordelia Gray."

Hugo Tilling ergueu a vista.

"O que deve fazer Cordelia, amar e ser silenciosa."

Cordelia disse:

"As pessoas que sentem necessidade de zombar de meu nome costumam perguntar a respeito de minhas irmãs. É muito chato."

"Deve ser. Sinto muito. Sou Hugo Tilling. Esta é minha irmã, esta é Isabelle de Lasterie e este é Davie Stevens."

Davie Stevens levantou-se feito um boneco de mola e soltou um simpático "oi".

Ele examinou Cordelia com intensidade intrigada. Ela analisou Davie. Sua primeira impressão, influenciada talvez pela arquitetura da faculdade, fora a de um jovem sultão a se divertir com duas de suas favoritas, protegido por seu capitão da guarda. Ao topar com a fisionomia firme e inteligente de Davie Stevens, porém, a impressão inicial mudou. Desconfiava que, naquele grupo, o capitão da guarda era a personalidade dominante.

Sophie Tilling, com um meneio da cabeça, disse: "Oi".

Isabelle não falou nada, mas um sorriso lindo e neutro tomou seu rosto. Hugo disse:

"Não quer sentar, Cordelia Gray, e explicar a natureza de suas necessidades?"

Cordelia ajoelhou-se com cuidado, com medo de manchar a camurça suave de sua saia na grama. Era um modo estranho de entrevistar suspeitos — bem, na verdade aquelas pessoas não eram suspeitas —, ajoelhada como um devoto na frente deles. Ela disse:

"Sou detetive particular. Sir Ronald Callender me contratou para descobrir por que seu filho morreu."

O efeito daquelas palavras foi assombroso. O pequeno grupo, que estivera descansando descontraído como guerreiros exaustos, parou numa cena congelada, como que esculpida em mármore, com o choque instantâneo. Então, quase imperceptivelmente, eles se descontraíram. Cordelia ouviu quando expiraram lentamente. Observou o rosto deles. Davie Stevens era o menos preocupado. Abriu um sorriso algo tristonho, interessado mas despreocupado, e olhou rápido para Sophie, como se fossem cúmplices. O olhar não foi correspondido; ela e Hugo olhavam para a frente, fixamente. Cordelia sentiu que os Tilling evitavam com cuidado que seus olhares se cruzassem. Mas foi Isabelle quem ficou mais abalada. Soltou um gritinho e levou a mão ao rosto, como uma atriz de segunda classe a simular um choque. Arregalou os olhos, exibindo abismos de azul violáceo, e os fixou em Hugo, numa súplica desesperada. Cordelia temeu que pudesse desmaiar, tamanha a sua palidez. E pensou: Se eu estiver no meio de uma conspiração, já sei quem é o membro mais fraco.

Hugo Tilling disse:

"Você quer dizer que sir Ronald a contratou para descobrir por que Mark morreu?"

"Acha isso estranho?"

"Acho incrível. Ele não demonstrava o menor interesse pelo filho quando vivo, por que começar agora, que ele está morto?"

"Como sabe que ele não se interessava pelo filho?"

"Tenho esta impressão."

Cordelia disse:

"Bem, agora está interessado, mesmo que seja apenas a ânsia de um cientista em descobrir a verdade."

"Então é melhor ele continuar apenas com a microbiologia, descobrir como dissolver plástico na água salgada, algo assim. Os seres humanos não são suscetíveis a este tipo de tratamento."

Davie Stevens disse, com despreocupação característica:

"Não sei como você consegue aturar aquele fascista arrogante."

A observação sarcástica fez com que muitas lembranças aflorassem. Bancando a tonta, Cordelia disse:

"Eu não perguntei que partido político sir Ronald apóia."

Hugo riu.

"Davie não quis dizer isso. Com fascista Davie quis dizer que Ronald Callender defende posições insustentáveis. Por exemplo, que todos os homens talvez não tenham sido criados iguais, que o sufrágio universal não contribuirá necessariamente para a felicidade da humanidade, que as tiranias de esquerda não são mais liberais nem mais suportáveis que as de direita, que negros matando negros representa um avanço em relação a brancos matando negros no que diz respeito às vítimas, que o capitalismo pode não ser o responsável por todos os males que assolam a carne, da dependência de drogas aos erros de sintaxe. Não estou sugerindo que Ronald Callender defende todas ou mesmo alguma dessas opiniões condenáveis. Mas Davie acha que sim."

Davie atirou um livro em Hugo e disse, sem rancor:

"Cale a boca! Você fala que nem o *Daily Telegraph*. Está cansando nossa visitante."

Sophie Tilling perguntou, subitamente:

"Sir Ronald por acaso sugeriu que nos interrogasse?"

"Ele disse que eram amigos de Mark, pois os viu no inquérito e no funeral."

Hugo riu.

"Pelo amor de Deus, esta é a idéia dele de amizade?"

Cordelia disse:

"Mas vocês foram, certo?"

"Fomos ao inquérito — todos nós, exceto Isabelle, que em nossa opinião seria decorativa, mas inútil. Foi bem chato. Houve uma quantidade enorme de detalhes médicos irrelevantes a respeito do estado de saúde excelente do coração, pulmões e sistema digestivo de Mark. Pelo que entendi, ele viveria para sempre se não tivesse passado o cinto em volta do pescoço."

"E ao funeral vocês também foram, certo?"

"Fomos ao crematório de Cambridge. Uma cerimônia restrita. Havia apenas seis pessoas, além do pessoal da funerária; nós três, Ronald Callender, a secretária e governanta dele, e uma velha vestida de preto com jeito de babá. Ela criou um clima pesado no evento, eu achei. Na verdade, estava tão perfeita como antiga empregada da família que suspeitei que fosse uma policial disfarçada."

"Por que seria? Ela parecia policial?"

"Não, mas você também não parece detetive particular."

"Tem idéia de quem ela seja?"

"Não fomos apresentados; não foi um funeral muito social. Pelo que me lembro, nenhum de nós trocou uma pa-

89

lavra sequer com os outros. Sir Ronald usava a máscara do sofrimento público, o Rei a prantear o Príncipe Herdeiro."

"E a senhorita Leaming?"

"A consorte do Rei; deveria ter usado um véu para cobrir o rosto."

"Tive a impressão de que seu sofrimento era genuíno", Sophie disse.

"Não dá para saber. Ninguém sabe. Defina sofrimento. Defina genuíno."

De repente, Davie Stevens falou, rolando sobre a barriga feito um cachorro brincalhão.

"A senhorita Leaming me pareceu bem doente. Aliás, a velha se chamava Pilbeam; pelo menos era o nome escrito na coroa."

Sophie riu:

"Aquela cruz de rosas medonha, com cartão de bordas pretas? Eu deveria ter percebido que era coisa dela; como você sabe?"

"Eu olhei, querida. Os funcionários da funerária tiraram a coroa de cima do caixão e a encostaram na parede, por isso pude dar uma espiadela. O cartão dizia: 'Com sinceras condolências de Nanny Pilbeam'."

Sophie disse:

"Você olhou, agora eu me lembro. Mas que lindamente feudal! Pobre babá, ela deve ter gastado uma fortuna."

"Mark alguma vez mencionou Nanny Pilbeam?", Cordelia perguntou.

Eles trocaram olhares rápidos. Isabelle balançou a cabeça. Sophie disse: "Comigo, não".

Hugo Tilling respondeu:

"Ele nunca falou nela, mas creio que a vi uma vez antes do funeral. Ela visitou a faculdade faz seis semanas — no vigésimo primeiro aniversário de Mark, para ser preciso — e pediu para vê-lo. Eu estava na zeladoria naquele momento, e Robbins me perguntou se Mark estaria na faculdade. Ela subiu para o quarto dele, conversaram por uma hora, mais ou menos. Eu a vi sair, mas ele nunca me falou dela, nem naquela ocasião, nem depois."

90

Em seguida, Cordelia pensou, ele desistira da faculdade. Poderia haver alguma ligação? Era uma pista muito tênue, mas teria de segui-la.

Por curiosidade, perguntou algo meio perverso e irrelevante.

"Havia outras flores?"

Sophie respondeu:

"Um maço simples de flores de jardim, sem amarrar, sobre o caixão. Sem cartão. Da senhorita Leaming, suponho. Não fazia o gênero de sir Ronald."

Cordelia disse:

"Vocês eram amigos dele. Por favor, falem a seu respeito."

Eles trocaram olhares, como se resolvessem quem deveria falar. Seu embaraço era quase palpável. Sophie Tilling puxava pedacinhos da grama e os rolava entre os dedos. Sem erguer os olhos, ela disse:

"Mark era uma pessoa muito reservada. Não sei o quanto cada um de nós o conhecia. Ele era quieto, gentil, introvertido, pouco ambicioso. Muito inteligente, sem ser ladino. Era muito afável, importava-se com as pessoas, mas não as atormentava com sua preocupação. Tinha pouca auto-estima, embora isso pelo jeito não o incomodasse. Não creio que possamos dizer mais a respeito dele."

De repente Isabelle falou, numa voz tão baixa que Cordelia mal a escutava:

"Ele era muito meigo."

Hugo disse, com súbita impaciência, irritado:

"Ele era muito meigo e está morto. Pronto. Não temos mais nada a dizer sobre Mark Callender. Nenhum de nós o viu depois que ele abandonou a faculdade. Ele não nos consultou antes de desistir dos estudos e não nos consultou antes de se matar. Como minha irmã disse, ele era uma pessoa muito reservada. Sugiro que você respeite a privacidade dele."

"Bem", Cordelia disse, "vocês compareceram ao inquérito e ao funeral. Se tinham deixado de vê-lo, se não se preocupavam com ele, por que foram?"

"Sophie foi por afeto. Davie foi por causa de Sophie. Eu, por curiosidade e respeito; você não deve se iludir com meu ar de frivolidade descontraída e imaginar que não tenho coração."

Cordelia insistiu, obstinada:

"Alguém o visitou no chalé no dia em que ele morreu. Alguém tomou café com ele. Eu pretendo descobrir quem foi esta pessoa."

Seria só impressão sua que a notícia os surpreendeu? Sophie Tilling parecia a ponto de formular uma pergunta quando o irmão a impediu, interferindo rapidamente:

"Nenhum de nós foi lá. Na noite da morte de Mark estávamos todos na segunda fileira do balcão do Arts Theatre, assistindo a uma peça de Pinter. Não sei se posso provar isso. Duvido que a bilheteira tenha guardado o mapa dos lugares daquela noite específica, mas eu havia reservado os ingressos e ela pode lembrar de mim. Se insiste em ser meticulosa até a exaustão, posso apresentá-la a um amigo que sabia de minha intenção de convidar um grupo para assistir à peça; a outro que viu pelo menos alguns de nós no bar, durante o intervalo; e a outro com quem discuti o espetáculo, posteriormente. Nada disso prova nada; meus amigos são um bando solidário. Seria mais simples para você aceitar que estou dizendo a verdade. Por que mentiria? Nós quatro estávamos no Arts Theatre na noite de 26 de maio."

Davie Stevens disse, sem erguer a voz:

"Por que não mandar aquele canalha arrogante do Pai Callender para o inferno, deixar o filho em paz e procurar um belo e simples caso de furto para se ocupar?"

"Ou homicídio", disse Hugo Tilling.

"Isso, procure um belo e simples caso de homicídio."

Como se obedecessem a um código secreto, eles começaram a se levantar, empilhando os livros e espanando os pedacinhos de grama da roupa. Cordelia os acompanhou pelos pátios, até saírem da faculdade. O grupo seguiu em silêncio na direção do Renault branco estacionado na parte externa.

Cordelia aproximou-se deles e falou diretamente a Isabelle.

"Gostou do Pinter? Não ficou com medo na última cena, quando Wyatt Gillman é abatido a tiros pelos nativos?"

Foi tão fácil que Cordelia quase se desprezou. Os imensos olhos violáceos se arregalaram, confusos.

"Ah, não. Não fiquei com medo, nem me importei com aquilo. Estava com Hugo e com os outros, sabe."

Cordelia virou-se para Hugo Tilling.

"Sua amiga não sabe a diferença entre Pinter e Osborne."

Hugo estava se acomodando no banco do motorista. Ele se virou para abrir a porta traseira para Sophie e Davie. Respondeu, calmamente:

"Minha amiga, como escolheu chamá-la, reside em Cambridge, inadequadamente assessorada, folgo em dizer, com o objetivo de aprender inglês. Até agora seu progresso foi duvidoso, e em certos aspectos decepcionante. Nunca se sabe exatamente o que minha amiga entendeu."

O motor pegou. O carro começou a se mover. Foi então que Sophie Tilling pôs a cabeça para fora da janela e disse, impulsivamente:

"Eu não me importo em falar a respeito de Mark, se achar que pode ser útil. Não será, mas se quiser pode passar em minha casa esta tarde. Norwich Street, 57. Não se atrase muito; Davie e eu vamos até o rio. Pode ir conosco, se preferir."

O carro acelerou. Cordelia o observou até perdê-lo de vista. Hugo acenou com a mão, numa despedida irônica, mas nenhum deles virou a cabeça.

Cordelia repetiu o endereço mentalmente até conseguir anotá-lo, por segurança: Norwich Street, 57. Seria o endereço residencial de Sophie uma pensão, ou a família dela morava em Cambridge? Bem, logo descobriria. A que horas deveria chegar? Cedo demais trairia ansiedade. Muito tarde, e eles já poderiam ter seguido para o rio. Qualquer que fosse o motivo que levara Sophie Tilling a fazer o convite de última hora, Cordelia agora não podia perder o contato com eles.

Eles estavam escondendo alguma coisa, era óbvio. Caso contrário, por que reagiriam com tanta intensidade à sua presença? Eles não queriam que os fatos relativos à morte de Mark Callender fossem remexidos. Tentariam persuadir, adular e até constranger Cordelia para que ela abandonasse o caso. Chegariam ao ponto de ameaçar?, ela se perguntou. E por quê? A teoria mais provável rezava que escondiam algo. Mas, de novo, por quê? Assassinato não era uma questão de voltar tarde para o alojamento da faculdade, uma desobediência venal às regras que um amigo automaticamente acobertaria e ocultaria. Mark Callender fora amigo deles. Um conhecido no qual ele confiava passara uma tira em volta do seu pescoço, observara e ouvira sua agonia final, pendurado num gancho feito a carcaça de um animal. Como conciliar essa experiência pavorosa com o olhar ligeiramente divertido e pesaroso que Davie Stevens lançou para Sophie, com a calma cínica de Hugo, com os olhos interessados e amigáveis de Sophie? Se fossem conspiradores, então não passavam de monstros. E Isabelle? Se estavam protegendo alguém, era mais provável que fosse ela. Mas Isabelle de Lasterie não poderia ter matado Mark. Cordelia lembrou dos ombros frágeis arqueados, das mãos frágeis quase transparentes ao sol, das unhas compridas pintadas como se fossem elegantes garras rosadas. Se Isabelle fosse culpada, não teria agido sozinha. Só uma mulher alta e muito forte teria conseguido erguer o corpo inerte para a cadeira e pendurá-lo no gancho.

Norwich Street era uma rua de mão única. Inicialmente, Cordelia chegou pelo lado errado. Precisou de algum tempo para pegar o caminho de volta até a Hills Road, passar pela igreja católica e entrar na quarta travessa à direita. A rua se compunha de casas pequenas de tijolos, obviamente do início do período vitoriano. Igualmente óbvio, a rua se sofisticava. As casas em sua maioria pareciam bem cuidadas; a pintura nas portas idênticas era nova e brilhante; cortinas retas haviam substituído a renda drapeada nas janelas do térreo e o rodapé tinha sido envernizado recentemente. A porta da frente do número 57 era preta com o número pintado em branco atrás do vidro que ficava no alto. Cordelia viu com alívio uma vaga para estacionar o Mini. Nem sinal do Renault na fila quase contínua de carros velhos e bicicletas gastas que praticamente tomavam o meio-fio.

A porta da frente estava aberta. Cordelia tocou a campainha e deu alguns passos no estreito hall branco. O exterior da casa logo pareceu familiar para ela. A partir do seis anos vivera por dois anos numa casinha vitoriana geminada com a sra. Gibson, nos arredores de Romford. Reconheceu imediatamente a escada estreita e íngreme à frente, a porta à direita, que dava para a sala de visitas, a segunda porta, enviesada, para a sala de estar, cozinha e quintal. Ela sabia que haveria armários e nichos curvos nos dois lados da lareira; sabia onde ficava a porta debaixo da escada. A lembrança era tão intensa que se impunha sobre aquele interior limpo, cheirando a sol — o cheiro forte dos guardanapos sem lavar, do repolho e da gordura que permeava a casa de Romford. Quase podia ouvir as vozes das crianças a chamá-la do outro lado da fileira de casas, no parquinho do outro lado da rua, pisando com força no asfalto, usando as botas de borracha onipresentes em todas as estações, a agitar os bracinhos magros nos suéteres de lã: "Cor, Cor, Cor!".

A porta mais ao fundo, entreaberta, permitia-lhe ver um cômodo pintado de amarelo brilhante, iluminado pelo sol. A cabeça de Sophie apareceu.

"Ah, é você! Entre. Davie saiu para buscar uns livros na faculdade e para comprar comida para o piquenique. Quer um chá, ou vamos esperá-lo? Estou terminando de passar roupa."

"Prefiro esperar, obrigada."

Cordelia sentou e observou Sophie enrolar o fio no

ferro de passar e dobrar o pano. Olhando em torno viu que o aposento era atraente e aconchegante, mobiliado sem preocupação com estilo ou período, uma agradável mistura de itens baratos e valiosos, interessantes e despretensiosos. Havia uma pesada mesa de carvalho encostada na parede; quatro cadeiras meio feias; uma poltrona Windsor com almofada amarela fofa; um elegante sofá vitoriano revestido de veludo marrom, sob a janela; três bibelôs Staffordshire na cornija da lareira, acima da base de ferro fundido. Uma das paredes estava praticamente tomada por um quadro de avisos de cortiça escura com cartazes, cartões, lembretes e fotos recortadas de revistas. Duas delas, Cordelia reparou, eram belos nus muitíssimo bem fotografados.

Do outro lado da janela de cortinas amarelas o pequeno jardim murado esbanjava verdes. Uma imensa malvarosa florida se debruçava sobre uma treliça periclitante; havia rosas plantadas em vasos de barro estilo Ali Babá e uma fileira de vasos com gerânios vermelhos alinhados no alto do muro.

Cordelia disse:

"Gosto desta casa. É sua?"

"Sim, é minha. Nossa avó morreu faz dois anos, deixando uma pequena herança para Hugo e para mim. Usei a minha parte para dar entrada nesta casa e consegui um empréstimo para a reforma. Hugo gastou a parte dele armazenando vinhos. Quer garantir uma meia-idade feliz; eu me contentei com a felicidade agora. Suponho que seja a maior diferença entre nós dois."

Ela terminou de dobrar o pano de passar na extremidade da mesa e o guardou num dos armários. Sentada de frente para Cordelia, perguntou abruptamente:

"Gostou do meu irmão?"

"Não muito. Achei que ele foi meio grosso comigo."

"Não foi por querer."

"Pior ainda, então. A grossura deve ser sempre intencional, caso contrário é insensibilidade."

"Hugo chega a ser desagradável quando está com Isabelle. Ela provoca esse efeito nele."

"Ela estava apaixonada por Mark Callender?"

"Precisará perguntar a ela, Cordelia, mas eu duvido muito. Eles mal se conheciam. Mark tinha um caso comigo, não com ela. Achei melhor chamar você aqui para eu mesma lhe contar, uma vez que alguém faria isso mais cedo ou mais tarde, se continuasse a pesquisar os fatos da vida dele em Cambridge. Ele não morava comigo, claro. Tinha um quarto na faculdade. Mas ficamos juntos durante o ano passado quase inteiro. Acabou pouco antes do Natal, quando conheci Davie."

"Estava apaixonada?"

"Não tenho certeza. O sexo é uma espécie de investigação, não acha? Se quer saber se explorávamos nossas identidades por meio da personalidade um do outro, então suponho que estávamos apaixonados, ou pensávamos estar. Mark precisava se achar apaixonado. Quanto a mim, não tenho bem certeza do significado da palavra."

Cordelia identificou-se com ela. Também não tinha certeza. Pensou em seus dois namorados: Georges, com quem dormia por ele ser suave e infeliz e chamá-la de Cordelia, seu nome verdadeiro, e não Delia, a fascistinha do papai; e Carl, jovem revoltado de quem gostara tanto que parecia grosseiro não demonstrar isso do único modo que aparentava ser importante para ele. Nunca havia pensado na virgindade de outro modo que não fosse um estado temporário inconveniente, parte da insegurança e vulnerabilidade geral da juventude. Antes de Georges e Carl ela era solitária e inexperiente. Depois continuara solitária, porém menos inexperiente. Nenhum dos casos lhe dera a desejada segurança para lidar com o pai ou com as senhorias, nem fizera a inconveniência de tocar seu coração. Por Carl sentira ternura. Ainda bem que ele saíra de Roma antes que fazer amor com ele se tornasse agradável e importante demais para ela. Seria intolerável pensar que aquela ginástica estranha pudesse se tornar necessária. Fazer amor, decidira, era algo excessivamente valorizado, não doloroso, porém surpreendente. A alienação entre pensamento e ação era completa. Ela disse:

"Sabe, eu só queria saber se gostavam um do outro, e se gostavam de ir juntos para a cama."

"As duas coisas."

"E por que acabou? Vocês brigaram?"

"Nada tão normal ou pouco civilizado. Ninguém conseguia brigar com Mark. Era um dos problemas dele. Eu lhe disse que não queria continuar namorando, ele aceitou minha decisão calmamente, como se estivéssemos desmarcando uma ida ao teatro no Arts. Não discutiu nem tentou me convencer do contrário. Se imagina que o rompimento pode ter algo a ver com a morte dele, engana-se. Eu não era tão importante assim para ninguém, e muito menos para Mark. Eu provavelmente gostava mais dele do que ele de mim."

"Então, por que terminou?"

"Eu me sentia sob escrutínio moral. Não era verdade, Mark não era puritano. Mas era assim que eu me sentia, ou dizia a mim mesma que sentia. Não conseguiria atingir seu padrão, nem queria. Havia Gary Webber, por exemplo. É melhor que eu lhe conte a respeito dele, explica muita coisa sobre Mark. Ele é uma criança autista, do tipo incontrolável, violento. Mark o conheceu com os pais e seus dois outros filhos no Jesus Green, faz mais ou menos um ano; as crianças estavam brincando no balanço. Mark falou com Gary e o menino respondeu. As crianças sempre falavam com Mark. Ele passou a visitar a família e a tomar conta de Gary uma noite por semana, para que os Webber pudessem sair e ir ao cinema. Mark passou as duas últimas férias na casa deles, tomando conta de Gary sozinho, enquanto a família inteira viajava. Faltavam recursos aos Webber para tratar do menino; tinham tentando mandá-lo para uma clínica, certa vez, mas não deu certo. Porém o deixavam com Mark de bom grado. Eu às vezes ia lá vê-los juntos. Mark pegava o menino no colo e o embalava por muitas horas. Era o único jeito de acalmá-lo. Discordávamos a respeito de Gary. Eu achava que ele estaria melhor morto e disse isso para ele. Ainda acho que seria melhor que morresse, melhor para os pais, para o resto da família e para ele. Mark discordava. Lembro-me de ter dito: 'Então tá, se você acha razoável que uma criança sofra para você desfrutar o prazer emocional de cuidar dela...'. A partir daí a conversa tornou-se chata, metafísica. Mark disse: 'Nem você nem eu estaríamos dispostos a matar Gary. Ele existe. Sua família existe. Eles precisam de ajuda, e nós podemos dá-la. O que sentimos não está em questão. As ações são importantes, os sentimentos, não'."

Cordelia disse:

"Mas as ações nascem dos sentimentos."

"Ah, Cordelia, não comece! Já tive esta discussão específica muitas vezes. Claro que nascem!"

Elas passaram um momento em silêncio. Depois Cordelia, relutante, para não abalar a tênue confiança e a amizade que, percebia, começavam a se formar entre elas, perguntou:

"Por que ele se matou? Se é que ele se matou."

A resposta de Sophie foi enfática como um bater de porta.

"Ele deixou um bilhete."

"É, um bilhete. Mas, como o pai ressaltou, não foi uma explicação. Trata-se de uma citação sublime — pelo menos penso assim —, mas como justificativa para o suicídio não convence."

"Convenceu o juiz."

"Mas não me convence. Pense bem, Sophie! Sem dúvida só existem duas razões para alguém se matar. As pessoas fogem de algum lugar ou para algum lugar. O primeiro motivo é racional. Se a pessoa sofre dor, desespero ou angústia mental intolerável, sem chance de cura, então é provavelmente sensato que prefira a aniquilação. Mas não é sensato se matar na esperança de ter uma existência melhor ou ampliar a sensibilidade para incluir a experiência da morte. Não é possível experimentar a morte. Nem sei se é possível experimentar o ato de morrer. Alguém só pode experimentar os preparativos para a morte, e mesmo isso parece inútil, pois ninguém pode usar a experiência posteriormente. Se houver algum tipo de existência após a morte, todos saberemos no devido tempo. Se não houver, não estaremos lá para nos queixar por termos sido enganados. As pessoas que acreditam na vida eterna são perfeitamente razoáveis. São as únicas que estão livres da desilusão final."

"Você pensou em tudo, não é? Não sei o que os suicidas fazem. O ato é provavelmente impulsivo e irracional."

"Mark era impulsivo e irracional?"

"Eu não conhecia Mark."

"Mas vocês eram namorados! Você dormia com ele!"

Sophie olhou para ela e gritou de sofrimento e revolta: "Eu não o conhecia! Pensei que conhecia, mas não sabia de absolutamente nada a respeito dele!".

Ela sentou e passou quase dois minutos em silêncio. Cordelia perguntou:

"Você foi jantar em Garforth House, certo? O que achou?"

"A comida e o vinho eram surpreendentemente bons, mas duvido que se interesse por isso. No mais, o jantar nada teve de memorável. Sir Ronald mostrou-se simpático ao notar que eu estava lá. A senhorita Leaming, quando conseguia desgrudar sua atenção obsessiva do gênio em comando, olhava para mim como futura sogra. Mark permaneceu quieto. Creio que ele me levou lá para provar algo a mim, ou talvez a si próprio; não tenho certeza de qual dos dois. Ele nunca comentou aquele jantar nem me perguntou o que eu tinha achado. Um mês depois Hugo e eu fomos lá de novo. Foi quando conheci Davie. Ele era convidado de um dos biólogos, e Ronald Callender pretendia contratá-lo. Davie trabalhou lá nas férias, no último ano de faculdade. Se quer saber os segredos de Garforth House, deve perguntar a ele."

Cinco minutos depois chegaram Hugo, Isabelle e Davie. Cordelia havia subido para ir ao banheiro, e ouviu o barulho do carro estacionando e vozes no hall. Passos cruzaram a casa, a caminho da sala de estar. Ela ligou a água quente. A caldeira a gás na cozinha emitiu imediatamente um rugido, como se a pequena casa fosse movimentada por um dínamo. Cordelia deixou a torneira aberta e saiu do banheiro, fechando a porta com delicadeza atrás de si. Parou no alto da escada. Era uma pena desperdiçar a água quente de Sophie, pensou com certa culpa; mas pior foi a sensação de traição e oportunismo patético que teve ao se esgueirar pelos primeiros três degraus e ouvir a conversa. A porta da frente tinha sido fechada, mas a que dava para a sala de estar ficara aberta. Ela ouviu a voz alta e inalterada de Isabelle:

"Mas aquele homem, sir Ronald, a contratou para descobrir tudo sobre Mark, por que não podemos pagá-la para desistir?"

Seguiu-se a voz de Hugo, meio zombeteira, meio condescendente:

"Querida Isabelle, quando você vai aprender que nem todos podem ser comprados?"

"Ela não pode, de todo modo. Gosto da moça." Era Sophie quem falava.

O irmão retrucou:

"Todos nós gostamos da moça. A questão é: como vamos nos livrar dela?"

Por alguns minutos Cordelia ouviu apenas sussurros e palavras incompreensíveis, até que Isabelle rompeu o silêncio:

"Este trabalho é impróprio para uma mulher."

Seguiram-se sons de uma cadeira raspando o assoalho e de um arrastar de pés. Cordelia voltou para o banheiro, cheia de culpa, e fechou a torneira. Lembrou-se do conselho complacente de Bernie quando ela lhe perguntara se precisavam aceitar um caso de divórcio: "Não podemos fazer nosso trabalho, sócia, e ser cavalheiros". Ela parou, observando a porta entreaberta. Hugo e Isabelle saíam.

Esperou até ouvir a porta da frente se fechar e o carro se afastar. Depois desceu para a sala.

Sophie e Davie estavam juntos, desempacotando um saco grande de mantimentos. Sophie sorriu e disse:

"Isabelle vai dar uma festa esta noite. Ela mora numa casa aqui perto, na Panton Street. O orientador de Mark, Edward Horsfall, provavelmente comparecerá; pensamos que seria interessante você conversar com ele a respeito de Mark. A festa começa às oito, e pode passar aqui para ir conosco. No momento, estamos preparando um piquenique; pensamos em dar um passeio de barco no rio por mais ou menos uma hora. Venha, se quiser. É a maneira mais agradável de ver Cambridge."

Depois, Cordelia se recordou do piquenique no rio como uma série de imagens rápidas, porém intensamente nítidas, momentos nos quais a visão e a interpretação se fundiram; o tempo pareceu se deter por um momento, enquanto a imagem banhada de sol se fixava em sua mente. O sol a se refletir no rio e a dourar os pêlos do peito e do antebraço de Davie; a carne de seus braços fortes pintada de sardas, como um ovo; Sophie levantando o braço para limpar o suor da testa quando descansava, pois era quem impelia o barco com o varejão; algas preto-esverdeadas puxadas pelo varejão das profundezas misteriosas para se retorcerem logo abaixo da superfície; um pato reluzente a erguer a cauda branca antes de desaparecer num burburinho espalhafatoso de água esverdeada. Quando balançavam sob a ponte Silver Street, um amigo de Sophie nadou ao lado da embarcação, esguio e narigudo como uma lontra, o cabelo preto tal qual lâminas em volta das faces. Ele apoiou as mãos na amurada e abriu a boca para ganhar pedaços de sanduíche de Sophie, que reclamava. As chatas e canoas raspavam e batiam umas nas outras na água que corria turbulenta por baixo da ponte. O ar ecoava vozes e risos, as margens gramadas cheias de corpos seminus deitados de costas, com os rostos virados para o sol.

102

Davie usou o varejão para chegar à parte mais funda do rio, enquanto Cordelia e Sophie seguiam deitadas nos colchonetes, em lados opostos da embarcação. Assim distantes, era impossível manter uma conversa; Cordelia deduziu que esse era exatamente o plano de Sophie. De tempos em tempos ela fornecia informações, para enfatizar que o passeio era estritamente educativo.

"Aquele bolo de noiva é a John's — estamos passando sob a ponte Clare, na minha opinião uma das mais bonitas. Thomas Grumbold a construiu em 1639. Dizem que recebeu apenas três xelins pelo projeto. Conhece a vista, claro; mas dá para ver a Queen's muito bem."

A coragem de Cordelia a abandonou quando ela pensou em interromper aquela conversa de turista incoerente e perguntar, brutal: Você e seu irmão mataram seu namorado? Ali, balançando suavemente no rio ensolarado, a pergunta parecia tão indecente quanto absurda. Ela se arriscava a ser convencida a aceitar calmamente a derrota, assumindo suas suspeitas como uma aspiração neurótica por drama e notoriedade, uma necessidade de justificar seus honorários a sir Ronald. Acreditava que Mark Callender fora assassinado porque queria acreditar nisso. Identificava-se com ele, com seu recolhimento, auto-suficiência, distanciamento do pai, infância solitária. Chegara ao ponto — na mais perigosa de todas as presunções — de se ver como vingadora dele. Quando Sophie reassumiu o manejo do varejão, pouco depois de passarem pelo hotel Garden House, e Davie se dirigiu ao colchonete, para deitar ao lado dela no barco que balançava suavemente, Cordelia compreendeu que não seria capaz de mencionar o nome de Mark. Foi mais por curiosidade vaga, não invasiva, que ela se surpreendeu perguntando: "Sir Ronald Callender é um bom cientista?".

Davie pegou um remo curto e começou a remar preguiçosamente, olhando a água brilhar.

"Sua ciência é perfeitamente respeitável, como meus caros colegas diriam. Mais do que respeitável, na verdade.

No momento, o laboratório está trabalhando de modo a expandir o uso de monitores biológicos para avaliar a poluição dos mares e estuários; isso significa pesquisa rotineira de plantas e animais que possam servir de indicadores. R. C. não chega a ser o máximo, mas não se pode esperar muita ciência original de quem tem mais de cinqüenta anos. Porém ele é um grande descobridor de talentos e certamente sabe comandar uma equipe, se você aceitar a abordagem dedicada, um por todos, todos por um. Não é o meu caso. Eles publicam os estudos como Callender Research Laboratory, evitando a identificação individual. Para mim, não dá. Quando eu publicar algo, será para a glória exclusiva de David Forbes Stevens e, diga-se de passagem, para alegrar Sophie. Os Tilling gostam de sucesso."

"Foi por isso que não quis ficar, quando ele lhe ofereceu emprego?"

"Entre outras razões. Ele paga generosamente, mas exige demais. Eu não gosto de ser comprado e tenho fortes objeções a usar smoking todas as noites, como se fosse um macaco esperto do zoológico. Sou biólogo molecular. Não estou procurando o Santo Graal. Papai e mamãe me criaram na religião metodista, e não vejo por que devo abandonar uma crença perfeitamente satisfatória, que me serviu bem por doze anos, somente para colocar os grandes princípios científicos de Ronald Callender em seu lugar. Desconfio dos cientistas sacerdotais. Só falta a turma de Garforth House se ajoelhar três vezes por dia na direção de Cavendish."

"E quanto a Lunn? Onde é que ele entra?"

"Ora, o rapaz é um tremendo prodígio! Ronald Callender o achou num orfanato, quando tinha quinze anos — não me pergunte como —, e o treinou para ser assistente de laboratório. Não existe melhor. Chris Lunn é capaz de aprender a usar e cuidar de qualquer instrumento. Ele mesmo criou alguns equipamentos, e Callender os patenteou. Se existe alguém indispensável naquele laboratório, provavelmente é Lunn. Com certeza Ronald Callender se interessa muito mais por ele do que se interessava pelo filho. E Lunn, como você pode imaginar, vê R. C. como se fosse Deus na Terra, o que é muito gratificante para ambos. É extraordinário, realmente, ver a violência que transparecia nas brigas de rua e nos ataques a velhinhas ser domada a serviço da ciência. A gente tem de admitir. Callender sabe escolher muito bem seus escravos."

"E a senhorita Leaming é uma escrava?"

"Bem, não sei exatamente o que Eliza Leaming é. Ela é responsável pela parte administrativa e, como Lunn, deve ser indispensável. Lunn e ela parecem ter um relacionamento de amor e ódio, ou quem sabe de ódio e ódio. Nunca me destaquei na análise dessas nuances psicológicas."

"Mas como sir Ronald mantém o esquema todo?"

"Esta é a questão de mil dólares, certo? Correm rumores de que a maior parte do dinheiro veio da esposa, e que ele e Elizabeth Leaming, juntos, souberam fazer investimentos rentáveis. E certamente precisavam disso. Ele ganha alguma coisa com pesquisas encomendadas. Mesmo assim, trata-se de um passatempo caro. Quando eu estava lá, ouvi dizer que o Wolvington Trust estava interessado. Se eles propuserem algo grande — e acho que estaria abaixo de sua dignidade uma oferta miserável —, então quase todos os problemas de Ronald Callender acabarão. A morte de Mark deve ter abalado o sujeito. Mark ia receber uma soma considerável daqui a quatro anos, e disse a Sophie que pretendia entregar a maior parte ao pai."

"E por que faria isso?"

"Só Deus sabe. Aliviar a consciência, talvez. De todo modo, ele obviamente achava que Sophie precisava saber disso."

Aliviar a consciência em relação a quê?, Cordelia pensou, sonolenta. Por não amar seu pai o bastante? Por ser menos do que o pai esperava, como filho? E o que aconteceria com a fortuna de Mark, agora? Quem lucraria com a morte de Mark? Ela refletiu que precisava consultar o testamento do avô e descobrir isso. Mas, para tanto, precisaria viajar a Londres. Valeria realmente a pena?

Ela virou o rosto para o sol e enfiou uma das mãos no rio. Um jato de água do varejão atingiu seus olhos. Ao abri-los, viu que a chata deslizava perto da margem, sob a sombra das árvores. Na frente dela um galho quebrado, pendurado por um pedaço da casca, grosso como o corpo de um homem, girou lentamente quando o barco passou debaixo dele. Ela ouviu a voz de Davie; ele devia estar falando fazia bastante tempo. Que estranho ela não conseguir se lembrar do que ele falara!

"A pessoa não precisa de razões para se matar; precisa de razões para não se matar. Foi suicídio, Cordelia. Eu deixaria por isso mesmo."

Cordelia pensou ter cochilado por um momento, pois ele parecia estar respondendo uma pergunta que ela não se lembrava de haver formulado. Mas agora havia outras vozes, mais altas e insistentes. De sir Ronald Callender: "Meu filho morreu. *Meu* filho. Se sou responsável por isso, de algum modo, quero saber. Se alguma outra pessoa for responsável, quero saber também". Sargento Maskell: "Bem, senhorita Gray, como usaria isso para se enforcar?". A ponta da correia, lisa e sinuosa, deslizando por entre seus dedos como se estivesse viva.

Ela sentou, ereta, passando as mãos em torno dos joelhos repentinamente, num movimento brusco que fez o barco balançar com violência, obrigando Sophie a agarrar um galho alto para se equilibrar. Seu rosto moreno, em perspectiva curiosa, pontilhado pelas sombras das árvores, olhou para Cordelia do que parecia ser uma altura imensa. Seus olhos se cruzaram. Naquele momento Cordelia percebeu o quanto chegara perto de abandonar o caso. Fora subornada pela beleza do dia, pelo sol, pela indolência, por acenos de camaradagem, quem sabe até de amizade, para esquecer o motivo de estar ali. A noção a aterrorizou. Davie dissera que sir Ronald sabia escolher pessoas. Bem, ele a escolhera. Era seu primeiro caso, nada nem ninguém a impediria de resolvê-lo.

Ela disse, formal:

"Foi muito bom sair com vocês, mas não quero perder a festa desta noite. Preciso falar com o orientador de Mark, e talvez encontre outras pessoas que possam dar informações. Não estaria na hora de retornar?"

Sophie desviou o olhar para Davie. Ele deu de ombros, quase imperceptivelmente. Sem dizer nada, Sophie apoiou o varejão na margem e empurrou. A chata começou a virar, lentamente.

A festa de Isabelle deveria começar às oito, mas Sophie, Davie e Cordelia chegaram perto das nove. Entraram na casa, situada a cinco minutos de Norwich Street; Cordelia nunca descobriu o endereço exato. Ela gostou do jeito da casa e se perguntou quanto custaria o aluguel ao pai de Isabella. Era uma construção elegante, com dois pavimentos, janelas altas e venezianas verdes, com um meio porão e alguns degraus para alcançar a porta de entrada. Outra escada pequena ligava a sala ao jardim comprido.

A sala já estava bem cheia. Olhando para os convidados, Cordelia deu graças a Deus por ter comprado a túnica. A maioria das pessoas pelo jeito trocara de roupa, mas não necessariamente usava algo mais bonito. Ela buscava a originalidade; era preferível parecer espalhafatosa, ou até extravagante, do que banal. A sala era elegante, porém pouco mobiliada, e Isabelle sobrepusera à decoração original sua feminilidade desleixada, pouco prática e iconoclasta. Cordelia duvidava de que o lustre de cristal requintado fosse coisa dos proprietários — era muito grande e pesado para a sala, parecia um sol no meio do teto —, assim como as inúmeras almofadas e cortinas de seda, que davam ao recinto uma impressão austera, algo na linha da opulência ostentada por cortesãs em suas alcovas. Os quadros também deviam ser obra de Isabelle. Nenhum proprietário de imóvel alugaria uma casa com telas daquela qualidade na parede. Um dos quadros, pendurado acima da lareira, mostrava uma menina abraçada a um cão. Cordelia o admirou, excitada de prazer. O azul do vestido da menina era inconfundível, bem como o modo maravilhoso de retratar as faces, os bracinhos rechonchudos, que simultaneamente absorviam e refletiam a luz — carne tangível, adorável. Ela soltou um grito involuntário e várias pessoas se viraram para ela.

"Mas é um Renoir."

Hugo estava a seu lado e riu.

"Sim, mas não fique tão chocada, Cordelia. É apenas um Renoir pequeno. Isabella pediu ao papai um quadro para pôr na sala. Você não esperava que ele desse um pôster de *A carroça de feno,* de Constable, ou uma daquelas reproduções baratas da cadeira de Van Gogh, que já cansou, né?"

"Isabelle saberia a diferença?"

"Com certeza. Isabelle sabe reconhecer um objeto caro quando o vê."

Cordelia se perguntou se a amargura, se o toque de ressentimento na voz de Hugo era por causa dela ou de Isabelle. Eles olharam para a outra ponta da sala, onde ela estava sorrindo de volta. Hugo foi até lá, como se estivesse num sonho, e pegou sua mão. Cordelia observou. Isabelle penteara o cabelo de modo a formar cachos no alto, ao estilo grego. Usava um vestido longo de seda fosca cor de creme, com decote quadrado baixo e manga curta elaboradamente pregueada. Era sem dúvida um modelo exclusivo que deveria, para Cordelia, parecer deslocado numa festa informal. Mas não era o caso. Apenas fazia com que os vestidos das outras mulheres parecessem improvisados e reduzia o seu próprio, cujas cores tinham parecido discretas e sutis quando o adquiriu, a um trapo espalhafatoso.

Cordelia estava decidida a conversar com Isabelle a sós em algum momento da noite, mas percebeu que não ia ser fácil. Hugo se mantinha ao lado dela, tenaz, conduzindo-a por entre os convidados com a mão possessiva em sua cintura. Pelo jeito ele estava bebendo bastante, e o copo de Isabelle vivia cheio. Talvez os dois se descuidassem um pouco, conforme a noite avançava, e surgisse uma chance de separá-los. Nesse meio-tempo, Cordelia resolveu explorar a casa e cuidar de uma questão mais prática: descobrir onde era o banheiro. Naquele tipo de festa os convidados precisavam descobrir tudo sozinhos.

Ela subiu ao primeiro pavimento e atravessou o corredor, abrindo com cautela a porta do fundo. O cheiro forte de uísque a atingiu de imediato; Cordelia instintivamente entrou no quarto e fechou a porta, temendo que o cheiro tomasse a casa. O quarto, num estado de indescritível confusão, não estava vazio. Na cama, meio coberta pela colcha, havia uma mulher deitada; tinha cabelos cor de gengibre e usava camisola cor-de-rosa. Cordelia aproximou-se da cama e olhou para a mulher. Perdera os sentidos por causa da bebida. Deitada, exalava um hálito carregado de uísque, que saía feito bolas de fumaça invisível pela boca entreaberta. O lábio inferior e a mandíbula estavam tensos, pressionados, dando ao rosto um ar de severa censura, como se ela desaprovasse intensamente sua própria condição. Nos lábios finos, o batom roxo extravasara para as rugas em torno da boca, dando a impressão de um corpo crestado pelo frio extremo. As mãos repousavam imóveis sobre a colcha, os dedos recurvados exibiam manchas marrons de nicotina e uma profusão de anéis. Duas unhas em forma de garra estavam quebradas, e o esmalte vermelho-tijolo das outras rachara ou descascara.

A janela fora obstruída com uma penteadeira pesada. Desviando a vista da pilha de lenços de papel, frascos abertos de creme facial, pós derramados e xícaras pela metade do que aparentava ser café, Cordelia se esgueirou e abriu a janela. Respirou fundo o ar fresco, revigorante. Abaixo, no jardim, sombras claras se moviam silenciosamente no gramado e entre as árvores, como espectros de convidados mortos havia muito tempo. Ela deixou a janela aberta e voltou à beira da cama. Não poderia ajudar em

109

nada, exceto pôr as mãos frias debaixo das cobertas e pegar uma camisola mais grossa no gancho da porta e estendê-la por cima da mulher. Assim, compensaria o ar fresco que soprava na direção da cama.

Tendo feito isso, Cordelia voltou ao corredor bem a tempo de ver Isabelle sair pela porta do quarto vizinho. Ela estendeu o braço e praticamente puxou a moça para dentro. Isabelle soltou um gritinho, mas Cordelia apoiou o corpo com força contra a porta fechada e disse com um sussurro grave, incisivo:

"Conte o que sabe a respeito de Mark Callender."

Os olhos cor de violeta correram da porta para a janela, como a procurar um jeito de escapar.

"Eu não estava lá quando ele fez aquilo."

"Quando quem fez o quê?"

Isabelle recuou até a cama, como se a figura inerte, agora a roncar furiosamente, pudesse lhe dar apoio. De repente a mulher virou de lado e soltou um rugido longo, como de um animal ferido. As duas moças a olharam, alarmadas. Cordelia repetiu:

"Quando quem fez o quê?"

"Quando Mark se matou; eu não estava lá."

A mulher deitada soltou um suspiro. Cordelia baixou a voz.

"Mas esteve lá dias antes, certo? Você telefonou para a casa e perguntou por ele. A senhorita Markland a viu. Depois, você sentou no jardim e esperou até ele terminar o serviço."

Seria imaginação de Cordelia a impressão de que a moça parecia subitamente mais relaxada, até aliviada com a pergunta inócua?

"Passei lá para ver Mark. Eles me deram o endereço no alojamento da faculdade. Fui visitá-lo."

"Por quê?"

A questão direta a intrigou. Deu uma resposta simples:

"Senti saudades dele. Era meu amigo."

"Era seu amante também?", Cordelia perguntou. A franqueza brutal era preferível a perguntar se dormiam juntos, ou se tinham ido para a cama — eufemismos estúpidos que Isabelle era capaz de nem entender: difícil dizer o quanto ela compreendia, a julgar pelos lindos olhos assustados.

"Não, Mark nunca foi meu amante. Trabalhava no jardim, precisei esperá-lo no chalé. Ele me ofereceu uma cadeira para tomar sol e ler até que terminasse."

"Que livro?"

"Não me lembro, era muito maçante. Fiquei entediada até que Mark apareceu. Então tomamos chá em canecas engraçadas, com uma lista azul, e depois do chá saímos para passear. Mais tarde, jantamos. Mark preparou uma salada."

"E depois?"

"Peguei o carro e voltei para casa."

Ela havia recuperado totalmente a calma. Cordelia insistiu, atenta ao som de passos no corredor e na escada, bem como às vozes.

"E antes disso? Quando o viu, antes do dia do chá?"

"Pouco antes de Mark abandonar os estudos. Saímos no meu carro para fazer um piquenique à beira-mar. Primeiro paramos numa cidade — St. Edmunds, acho — e Mark foi ao médico."

"Por quê? Estava doente?"

"Não, ele não estava doente, e não ficou lá o suficiente para fazer o que chamam de uma consulta. Passou apenas alguns minutos dentro da casa. Era um lugar muito pobre. Esperei por ele no carro, do lado de fora, entende?"

"Ele disse o que foi fazer lá?"

"Não. Mas duvido que tenha conseguido seu objetivo. Depois da visita ele passou um tempo meio triste, mas quando chegamos à praia ele ficou feliz novamente."

Ela também parecia feliz agora. Sorriu para Cordelia, um sorriso doce sem significado. Cordelia pensou: é o chalé que a apavora. Não se importa em falar de Mark quando estava vivo. Mas não suporta pensar na morte dele. Contudo, esta repugnância não deriva de um sofrimento

111

pessoal. Ele era amigo dela; era gentil; ela gostava dele. De todo modo, estava se saindo muito bem sem ele.

Bateram na porta. Cordelia saiu de lado e Hugo entrou. Ergueu uma sobrancelha para Isabelle e, ignorando Cordelia, disse:

"A festa é sua, querida; vamos descer?"

"Cordelia queria falar comigo a respeito de Mark."

"Sem dúvida. Espero que tenha dito a ela que passou um dia com ele à beira-mar, passeando de carro. E uma tarde em Summertrees, a última vez em que o viu."

"Ela me contou", Cordelia disse. "Seu relato foi praticamente idêntico. Creio que ela já pode se virar sozinha agora."

Ele disse, seguro:

"Não deveria ser sarcástica, Cordelia, não combina com seu estilo. O sarcasmo cai bem em algumas mulheres, mas não para mulheres bonitas com uma beleza como a sua."

Estavam descendo a escada juntos, para se unirem à algazarra do salão. O elogio irritou Cordelia, que disse:

"Suponho que a mulher na cama seja a governanta de Isabelle. Ela bebe sempre?"

"Mademoiselle de Congé? Não fica assim sempre, mas admito que raramente a vi sóbria."

"Vocês não deveriam tomar alguma providência a respeito?"

"O que se poderia fazer? Entregá-la à Inquisição do século xx — um psiquiatra, como meu pai? O que ela nos fez para merecer isso? Além disso, nas raras ocasiões em que está sóbria, ela é maçante de tão conscienciosa. Acontece que a compulsão dela e meu interesse coincidem."

Cordelia disse, severa:

"Pode ser conveniente, mas não é responsável nem digno."

Ele parou, virando-se para ela, sorrindo diretamente para seus olhos.

"Ora, Cordelia, você fala feito a filha de pais progressistas que foi criada por uma babá não-conformista e educada num colégio de freira. Gosto de você!"

Ele ainda sorria quando Cordelia se afastou para se infiltrar na festa. Ponderou que o diagnóstico dele não estava tão distante assim da verdade.

Pegando uma taça de vinho, ela passeou pela sala devagar, ouvindo sem pudor trechos das conversas, torcendo para que o nome de Mark fosse mencionado. Só o escutou uma vez. Duas moças e um rapaz claro, meio insípido, atrás dela. Uma das moças disse:

"Sophie Tilling pelo jeito se recuperou bem do suicídio de Mark Callender. Ela e Davie foram à cremação, sabiam? Típico de Sophie, levar o namorado atual para ver o anterior ser incinerado. Aposto que ela se excita com isso."

A outra moça riu.

"E o irmão menor herda a namorada de Mark. Se não pode ter beleza, dinheiro e cérebro, fique com os dois primeiros. Pobre Hugo! Ele sofre de complexo de inferioridade. Não é bonito o bastante; não é inteligente o bastante — o Diploma de Primeira Classe de Sophie deve tê-lo abalado —, nem rico o bastante. Não admira que ele precise se apoiar no sexo para ter segurança."

"E, mesmo assim, não muita..."

"Minha cara, disso você sabe muito bem."

Eles se afastaram, rindo. Cordelia sentiu o rosto afogueado. A mão tremia, quase derrubou o vinho. Percebeu, surpresa, o quanto se importava com Sophie, o quanto passara a gostar dela. Mas isso, claro, fazia parte do plano, era a estratégia dos Tilling. Como não tinham conseguido constrangê-la a ponto de fazerem com que desistisse do serviço, queriam suborná-la; levá-la para passear no rio, tratá-la com carinho; trazê-la para o lado deles. E era verdade, estava ao lado deles, pelo menos contra os detratores maliciosos. Reconfortava-se com a constatação crítica de que eles eram tão maldosos como os convidados de uma festa suburbana. Nunca em sua vida Cordelia fre-

113

qüentara esses encontros inócuos ou entediantes para o consumo rotineiro de mexericos, gim e canapés, mas, como seu pai que tampouco os apreciara, ela não teve dificuldade em acreditar que eram criadouro para esnobismos, inveja e insinuações sexuais.

Um corpo quente apertava o seu. Virando-se, ela viu Davie, que carregava três garrafas de vinho. Obviamente ouvira a parte final da conversa, como fora sem dúvida a intenção das duas moças, mas sorria, simpático.

"Engraçado como as mulheres dispensadas por Hugo o odeiam tanto. Com Sophie é muito diferente. Seus ex-namorados entopem a casa de Norwich Street com suas bicicletas abomináveis e carros decrépitos. Sempre os vejo na sala, tomando minha cerveja, confidenciando a ela os terríveis problemas que enfrentam com as atuais namoradas."

"Você se incomoda?"

"Não, se ficarem apenas na sala. Está se divertindo?"

"Um pouco."

"Venha conhecer um amigo meu. Ele perguntou quem você era."

"Não, obrigada, Davie. Preciso estar disponível para o senhor Horsfall. Não quero me desencontrar dele."

Ele sorriu, parecendo sentir pena, ela pensou, e prestes a dizer alguma coisa. Mas mudou de idéia e se retirou, apertando as garrafas contra o peito, gritando alertas bem-humorados ao se movimentar no meio da turba.

Cordelia continuou a perambular pela sala, olhando e ouvindo. A sexualidade evidente a intrigava; ela tinha pensado que os intelectuais respiravam um ar rarefeito demais para se interessarem pela carne. Patente engano seu. Pensando bem, os camaradas, que supostamente viviam na promiscuidade lasciva, tinham sido notavelmente sérios. Por vezes ela sentira que suas atividades sexuais resultavam mais do dever do que do instinto, servindo como arma para a revolução ou atitude contra a moral burguesa que desprezavam, mais do que como resposta a uma necessidade humana. Sua energia básica concentrava-se na política. Não era difícil ver para onde a energia dos presentes se voltava.

114

Ela não precisou se preocupar com o sucesso da túnica. Um número razoável de homens mostrou interesse e mesmo desejo de conversar com ela, distanciando-se de suas respectivas rodas pelo prazer de sua companhia. Com um deles em particular, jovem historiador decorativo e ironicamente divertido, Cordelia pensou que passaria uma noite agradável. Desfrutar a atenção exclusiva de um homem gentil e nenhuma atenção dos outros era tudo que esperava de uma festa. Não era naturalmente gregária e, alienada de sua própria geração nos seis últimos anos, ela se intimidava com o barulho, com a rudez subjacente e com as convenções mais ou menos tácitas daqueles encontros tribais. Ela disse a si mesma com firmeza que não estava ali para se divertir às custas de sir Ronald. Nenhum dos possíveis parceiros conhecia Mark Callender ou mostrara interesse pelo rapaz, vivo ou morto. Ela não podia passar a noite conversando com gente que não tinha informação para dar. Quando corria esse risco e a conversa se tornava interessante demais, ela murmurava desculpas e discretamente ia ao banheiro ou saía para as sombras do jardim, onde alguns grupos fumavam maconha sentados na grama. Cordelia não se enganaria ao sentir o cheiro inconfundível. Ninguém ali queria conversar, ela podia passear um pouco sozinha, e se preparar para o próximo ataque, para a próxima pergunta deliberadamente casual, para a próxima resposta inevitável.

"Mark Callender? Lamento, mas não o conheci. Ele não largou a faculdade para viver uma vida simples, e acabou se enforcando, ou algo assim?"

Procurou refúgio por um momento no quarto de mademoiselle de Congé, mas viu que a figura inerte fora jogada numa pilha de almofadas sem a menor cerimônia, para que a cama pudesse ser usada com outros propósitos.

Ela se perguntou se Edward Horsfall chegaria logo, se é que viria. E, caso viesse, Hugo se lembraria ou se daria ao trabalho de apresentá-la? Não via nenhum dos Tilling na animada turma gesticulante que agora lotava a sala, se espalhava pelo hall e subia a escada. Começou a pensar que perdera a noite quando a mão de Hugo segurou seu braço. Ele disse:

"Venha conhecer Edward Horsfall. Edward, esta é Cordelia Gray. Quer falar a respeito de Mark Callender."

Edward Horsfall foi outra surpresa. Cordelia subconscientemente criara a imagem de um professor idoso, meio distraído pelo peso de seus conhecimentos, um mentor dos jovens benevolente mas distante. Horsfall não teria mais de trinta anos. Muito alto, cabelo comprido a cair sobre um dos olhos, tinha um corpo magro recurvado como uma casca de melão, comparação reforçada pela camisa pregueada amarela de onde se projetava uma gravata-borboleta.

Qualquer esperança remota e meio envergonhada que Cordelia possa ter alimentado de que ele fosse simpatizar com ela de cara e se mostrar disposto a colaborar enquanto estivessem juntos se dispersou rápido. Seus olhos inquietos pareciam atraídos obsessivamente pela porta dos fundos. Ela suspeitou que ele estivesse sozinho por escolha, deliberadamente livre de compromissos enquanto aguardava a chegada de alguém. Parecia tão inquieto que era difícil não ser contaminado por sua ansiedade. Ela disse:

"Não precisa ficar comigo o resto da noite, entende? Só preciso de algumas informações."

A voz o levou a considerar sua presença e tentar mostrar alguma civilidade.

"Não seria nenhum castigo. Lamento. O que deseja saber?"

"Qualquer coisa que possa me dizer a respeito de Mark. Foi professor de história dele, certo? Ele era bom aluno?"

Não era uma questão particularmente relevante, mas ela acreditava que todos os professores reagiam bem a ela, no início da conversa.

"Era mais gratificante ser professor dele do que de alguns estudantes que me atormentam. Ele poderia muito bem ter estudado ciência. Demonstrava uma curiosidade intensa por fenômenos físicos. Mas decidiu estudar história."

"Acredita que ele fez isso para desafiar o pai?"

"Desafiar sir Ronald?" Ele se virou e estendeu o braço para pegar uma garrafa. "O que vai beber? Uma boa coisa nas festas de Isabelle de Lasterie é a bebida excelente, presumidamente por ser Hugo quem a encomenda. Há uma admirável ausência de cerveja."

"Quer dizer, então, que Hugo não bebe cerveja?", Cordelia perguntou.

"Pelo menos é o que ele afirma. Do que falávamos? Sim, de desafiar sir Ronald. Mark disse ter escolhido história por não haver possibilidade de entendermos o presente sem entender o passado. É o tipo de clichê irritante que as pessoas empregam em entrevistas, mas acho que ele acreditava nisso. Na verdade, o inverso é verdadeiro, interpretamos o passado conforme nosso conhecimento do presente."

"Ele era bom aluno?", Cordelia perguntou. "Quero dizer, teria conseguido um Diploma de Primeira Classe?"

Esse diploma, ela acreditava inocentemente, era o máximo do triunfo acadêmico, o certificado de inteligência superior que o sujeito carregava pela vida inteira, inatacável. Ela queria ouvir que Mark tinha tudo para conseguir um Diploma de Primeira Classe.

"São duas perguntas distintas e desvinculadas. Você talvez tenha confundido mérito com esforço. Impossível prever sua classificação. Dificilmente seria de Primeira Classe. Mark era capaz de idéias boas e trabalhos originais, mas limitava sua atuação às idéias originais. O resultado tendia a ser restrito. Os examinadores gostam de originalidade, mas é preciso recitar os fatos aceitos e as opiniões ortodoxas primeiro, no mínimo para mostrar seu domínio do assunto. Memória excepcional e caligrafia rápida e legível são os segredos para um Diploma de Primeira Classe. De onde você é, afinal?" Ele notou o ar de incompreensão de Cordelia. "De qual faculdade?"

"Nenhuma. Sou detetive particular."

Ele encarou a informação com naturalidade.

"Meu tio contratou um detetive para descobrir se minha tia estava trepando com o dentista. Estava, mas ele poderia ter descoberto isso usando o simples expediente de perguntar aos dois. Do jeito que fez, perdeu simultaneamente os serviços da esposa e do dentista, e pagou caro por uma informação que poderia ter obtido de graça. Foi um tremendo escândalo na família. Eu diria que é um trabalho..."

Cordelia terminou a frase para ele.

"Impróprio para uma mulher?"

"De modo algum. Totalmente apropriado, eu diria, pois suponho que exija curiosidade infinita, sofrimento infinito e um pendor para interferir na vida alheia." Sua atenção vacilava novamente. Um grupo conversava perto deles, e fragmentos das frases chegavam a seus ouvidos.

"... típico da pior espécie de texto acadêmico. Desdém pela lógica; generosa menção de nomes da moda; profundidade duvidosa e estilo pavoroso."

O professor deu ao grupo um segundo de atenção, descartou a conversa acadêmica por ser indigna de sua condição e voltou a ouvir Cordelia com condescendência, mas sem consideração.

"Por que se interessa tanto por Mark Callender?"

"O pai me contratou para descobrir por que ele morreu. Eu esperava que você pudesse me ajudar. Por exemplo, ele deu a impressão de ser infeliz a ponto de se matar? Explicou o motivo de ter abandonado a faculdade?"

"A mim, não. Nunca consegui me aproximar dele. Veio se despedir, formalmente, agradecendo pelo que chamou de minha ajuda, e sumiu. Fiz os comentários desolados de praxe. Demos as mãos. Fiquei embaraçado, mas Mark, não. Ele não era, creio, um sujeito suscetível ao embaraço."

Houve uma ligeira comoção à porta e um grupo de recém-chegados misturou-se alegremente à multidão. Entre eles havia uma moça alta, morena, de vestido cor de fogo decotado quase até a cintura. Cordelia sentiu a tensão do professor, viu seus olhos se fixarem na recém-chegada com intensidade, meio ansiosos, meio súplices, de um modo que conhecia bem. Desanimou. Teria sorte se conseguisse alguma informação a partir de agora. Tentando desesperadamente recuperar sua atenção, ela disse:

"Não sei se Mark cometeu suicídio. Creio que pode ter sido assassinado."

Ele falou distraidamente, olhos fixos nos novos convidados.

"Improvável, com certeza. Por quem? Por que razão? Ele tinha uma personalidade insignificante. Não chegava nem a provocar antipatia, exceto talvez por seu pai. Mas Ronald Callender não poderia tê-lo assassinado, se é o que imagina. Ele jantou no Hall, no High Table, na noite da morte de Mark. Era noite de banquete da faculdade. Sentei-me a seu lado. O filho telefonou para ele."

Cordelia disse, ansiosa, a ponto de puxá-lo pela manga: "A que horas?"

"Assim que começaram a servir o jantar, creio. Benskin, um dos funcionários da faculdade, entrou e entregou-lhe um recado. Deve ter sido entre oito e oito e quinze. Callender desapareceu por uns dez minutos e retornou a tempo de tomar a sopa. Os demais aguardavam o segundo prato."

"Ele falou o que Mark queria? Parecia perturbado?"

"Nem uma coisa nem outra. Pouco falamos durante o jantar. Sir Ronald não desperdiça seus dotes de conversação com quem não é cientista. Com licença, por favor."

Ele se foi, abrindo caminho em direção a sua presa. Cordelia deixou o copo de lado e passou a procurar Hugo.

"Sabe", ela disse, "quero conversar com Benskin, funcionário de sua faculdade. Ele está lá, esta noite?"

Hugo pôs em cima da mesa a garrafa que carregava.

"Talvez. É um dos poucos que moram na faculdade. Mas duvido que consiga retirá-lo de seu covil sozinha. Se for urgente, é melhor eu acompanhá-la."

* * *

O porteiro da faculdade admitiu, curioso, que Benskin estava lá, e Benskin foi chamado. Apareceu após uma espera de cinco minutos, durante a qual Hugo conversou com o porteiro e Cordelia esperou na parte externa do prédio, divertindo-se com a leitura dos anúncios da faculdade. Benskin chegou sem pressa, imperturbável. Era um senhor idoso de cabelos prateados, formalmente vestido, de rosto enrugado, pele grossa como uma laranja anêmica, e poderia fazer o anúncio do mordomo ideal, Cordelia pensou, se não fosse a furtiva expressão de desprezo lúgubre.

Cordelia lhe deu a carta de sir Ronald e foi direto às perguntas. Nada teria a ganhar com sutilezas, e devido à presença de Hugo, que fora ajudá-la, teria pouca oportunidade de pressioná-lo.

"Sir Ronald me contratou para investigar as circunstâncias da morte do filho."

"Compreendo, senhorita."

"Soube que o senhor Mark Callender telefonou ao pai quando sir Ronald jantava no High Table, na noite de sua morte, e que o senhor entregou o recado a sir Ronald, logo após o início do jantar, certo?"

"Tive a impressão no momento de que era o senhor Callender ao telefone, mas me enganei, senhorita."

"Como pode ter certeza disso, senhor Benskin?"

"O próprio sir Ronald me disse, quando o vi na faculdade alguns dias após a morte do filho. Conheço sir Ronald desde que era aluno da graduação, e fiz questão de dar minhas condolências. Durante nossa breve conversa, referi-me ao telefonema do dia 26 de maio, e sir Ronald informou que eu me enganara, que o senhor Callender não havia telefonado."

"Ele disse quem era?"

"Sir Ronald informou que era seu assistente de laboratório, o senhor Chris Lunn."

"Isso o surpreendeu — que estivesse errado, quero dizer?"

"Confesso que fiquei meio surpreso, senhorita, mas a falha talvez seja desculpável. Minha referência subseqüente ao evento foi acidental, e as circunstâncias, lamentáveis."

"Acredita mesmo que tenha ouvido mal o nome?"

O rosto enrugado obstinado não relaxou.

"Sir Ronald não poderia se enganar a respeito da pessoa que telefonou para ele."

"Era comum que o senhor Callender ligasse para o pai, quando este jantava na faculdade?"

"Nunca atendi um telefonema dele, mas atender telefone não faz parte de minhas tarefas normais. É possível que outros funcionários da faculdade possam ajudar, mas duvido que uma pesquisa seja produtiva, ou que a notícia do interrogatório de funcionários da faculdade seja agradável a sir Ronald."

"Uma investigação que possa ajudar a estabelecer a verdade seria agradável a sir Ronald", Cordelia disse. Realmente, pensou, o estilo de Benskin começava a contaminá-la. Ela acrescentou, com mais naturalidade: "Sir Ronald está muito ansioso para descobrir tudo que for possível a respeito da morte do filho. Sabe de algo que possa me dizer, qualquer coisa que ajude no caso, senhor Benskin?"

Ela se acercou perigosamente da súplica, mas não obteve resposta.

"Nada, senhorita. O senhor Callender era um rapaz quieto e agradável, que parecia gozar de boa saúde e disposição na época em que nos deixou, pelo que pude observar. Sua morte foi muito sentida na faculdade. Algo mais, senhorita?"

Ele esperou paciente até ser liberado por Cordelia. Ela e Hugo saíram juntos da faculdade, e caminhavam de volta a Trumpington Street quando ela disse, revoltada:

"Ele não se importa, não é?"

"Por que deveria? Benskin é um velho malandro, está na faculdade faz setenta anos, já viu de tudo. A seu ver,

121

mil anos não passam de uma noite. Sei que Benskin ficou abalado certa vez com o suicídio de um aluno da graduação, que era filho de um duque. Benskin acha que a faculdade não deveria permitir que certas coisas acontecessem."

"Mas ele não se enganou a respeito do telefonema de Mark. Pelos seus modos dava para perceber isso. Pelo menos, eu percebi. Ele sabe muito bem o que ouviu. Não admitirá isso, claro, mas no fundo ele sabe que não se enganou."

Hugo disse, despreocupado:

"Ele bancou o velho funcionário da faculdade, sempre correto e cordial; é a especialidade de Benskin. 'Os jovens de hoje não são como os da época em que entrei para a faculdade.' Ainda bem! Eles usavam suíças e os nobres preferiam túnicas longas, para se distinguir dos plebeus. Benskin traria tudo de volta se pudesse. Não passa de um anacronismo, perambulando pelo pátio de braços dados com seu passado glorioso."

"Mas não é surdo. Falei em voz baixa, deliberadamente, e ele me ouviu com perfeição. Acredita que ele se equivocou?"

"'Chris Lunn' e 'seu filho'* são sons muito parecidos."

"Mas Lunn não se apresenta assim. Enquanto estive com sir Ronald e a senhorita Leaming, eles só o chamaram de Lunn."

"Bem, Cordelia, você não pode suspeitar que Ronald Callender teve algo a ver com a morte do filho! Seja lógica. Você aceita, suponho, que um assassino racional espera não ser apanhado. Admite, sem dúvida, que Ronald Callender, embora seja desagradável, é um ser racional. Mark está morto, seu corpo foi cremado. Ninguém, exceto você, mencionou homicídio. Sir Ronald a contratou para remexer tudo. Por que faria isso, se tivesse algo a esconder? Ele nem precisava desviar suspeitas, pois não houve suspeita."

(*) No original: *"Chris Lunn"* e *"his son"*. (N. T.)

"Claro que não desconfio que ele tenha assassinado o filho. Ele não sabe como Mark morreu, e precisa desesperadamente saber. Por isso me contratou. Senti isso durante a entrevista, não posso estar enganada a respeito. Mas não entendo por que ele precisava mentir a respeito do telefonema."

"Se estiver mentindo, pode haver uma dúzia de explicações inocentes. Se Mark realmente telefonou para a faculdade, deve ter acontecido algo muito urgente, talvez algo que seu pai não queria tornar público, algo que dê uma pista para o suicídio do filho."

"Então por que me contratar para descobrir o motivo do suicídio?"

"Muito bem, Cordelia. Tem razão. Vou tentar novamente. Mark pediu ajuda, talvez uma visita urgente, que o pai recusou. Pode imaginar a reação dele. 'Não seja ridículo, Mark, estou jantando no High Table com o reitor. Obviamente não posso deixar o filé e o vinho de lado só porque você me telefonou histérico e exige minha presença. Enfrente seus problemas.' Esse tipo de coisa não pega bem num tribunal; juízes são famosos pelo moralismo." A voz de Hugo assumiu um tom magistrático profundo. "'Não cabe a mim aumentar o sofrimento de sir Ronald, mas é uma pena que ele tenha preferido ignorar um apelo óbvio por socorro. Se tivesse abandonado imediatamente seu jantar e visitado o filho, talvez pudesse ter salvado um aluno brilhante.' Pelo que sei, no que diz respeito aos suicídios em Cambridge, os alunos são sempre brilhantes; estou para ver um relatório de inquérito em que as autoridades da faculdade testemunhem que o estudante se matou bem a tempo de evitar uma expulsão."

"Mas Mark morreu entre sete e nove da noite. O telefonema é o álibi de sir Ronald!"

"Ele não deve ver a coisa desse modo. Não precisa de um álibi. Se a pessoa sabe que não está envolvida, e a questão criminal não é levantada, ela não pensa em termos de álibi. Só os culpados pensam assim."

"Mas como Mark sabia onde encontrar o pai? Em seu depoimento, sir Ronald disse que não falava com o filho havia duas semanas."

"Acho que tem razão neste aspecto. Pergunte à senhorita Leaming. Melhor ainda, pergunte a Lunn se, de fato, ele ligou para a faculdade. Se procura por um vilão, Lunn se encaixa admiravelmente. Eu o considero absolutamente sinistro."

"Não sabia que o conhecia."

"Ora, ele é bem popular em Cambridge. Circula com aquela van fechada horrível com dedicação feroz, como se transportasse estudantes indisciplinados para a câmara de gás. Todos conhecem Lunn. Ele raramente ri, e quando o faz parece que zomba de si mesmo e despreza a alma capaz de sorrir para qualquer coisa. Eu me concentraria em Lunn."

Eles caminharam em silêncio pela noite quente e perfumada, enquanto a água cantarolava nos túneis de Trumpington Street. As luzes estavam acesas na porta da faculdade e na recepção. Os jardins internos e pátios interligados que viam ao passar pareciam remotos e etéreos, como num sonho. Cordelia sentiu-se subitamente oprimida pela solidão e melancolia. Se Bernie estivesse vivo, discutiriam o caso, aconchegados no canto mais discreto de um pub escondido de Cambridge, protegidos pelo barulho, fumaça e anonimato da curiosidade dos vizinhos, falando em voz baixa, usando seu jargão particular. Especulariam a respeito da personalidade do rapaz que dormia sob um quadro elegante e intelectual, mas havia comprado uma revista vulgar de mulheres nuas. Teria sido ele? Se não, como a foto fora parar no jardim do chalé? Eles discutiriam a figura do pai, que mentira sobre o derradeiro telefonema do filho, especulando em animada cumplicidade a respeito da pá suja, do canteiro pela metade, da caneca de café por lavar, da citação de Blake meticulosamente datilografada. Falariam sobre Isabelle, que estava aterrorizada, de Sophie, que sem dúvida era sincera, e de Hugo, que certamente

124

sabia de alguma coisa sobre a morte de Mark, mas era esperto, embora não tanto quanto precisava ser. Pela primeira vez desde o início do caso, Cordelia duvidou de sua capacidade de solucioná-lo sozinha. Se pelo menos houvesse uma pessoa de confiança com quem pudesse se abrir, alguém capaz de fortalecer suas convicções. Pensou novamente em Sophie, mas Sophie namorara Mark e era irmã de Hugo. Os dois estavam envolvidos. Cordelia estava só por sua conta, e, pensando bem, em essência não era diferente do modo como sempre vivera. Ironicamente, a conclusão foi reconfortante e renovou sua esperança.

Pararam na esquina de Panton Street, e ele disse:

"Você vai voltar para a festa?"

"Não, Hugo, obrigada. Preciso trabalhar."

"Está hospedada em Cambridge?"

Cordelia se perguntou se a questão envolvia mais do que um interesse educado. Subitamente cautelosa, disse:

"Só por uns dias. Encontrei uma pousada com café-da-manhã, sem graça e barata, perto da estação."

Ele aceitou a mentira sem comentários e se despediu. Ela voltou para Norwich Street. O carro continuava na frente do número 57, mas a casa estava escura e silenciosa, como a enfatizar sua exclusão, e as três janelas opacas como olhos mortos, a rejeitá-la.

Estava cansada quando voltou ao chalé e estacionou o Mini na fímbria do bosque. O portão do jardim rangeu quando o abriu. A noite estava escura, Cordelia pegou a lanterna na bolsa e seguiu seu círculo iluminado para dar a volta no chalé e entrar pelos fundos. Com ajuda da lanterna, enfiou a chave na fechadura. Tonta de exaustão, abriu a porta e entrou na sala. A lanterna, ainda acesa, pendia de sua mão, lançando fachos erráticos de luz sobre o piso de ladrilho. Devido a um movimento involuntário, ela se voltou para cima e iluminou a coisa que pendia no gancho do teto. Cordelia gritou e se apoiou na mesa.

Era o travesseiro de sua cama com uma corda amarrada numa das pontas de modo a formar uma cabeça grotesca e bulbosa. A outra extremidade fora enfiada numa calça de Mark. As pernas balançavam pateticamente vazias, uma mais baixa que a outra. Enquanto olhava para o boneco, com terror fascinante e o coração disparado, uma leve brisa entrou pela porta da frente e fez com que ele girasse lentamente sobre seu eixo, como se impulsionado por uma mão viva.

Cordelia deve ter ficado ali paralisada pelo medo, com os olhos arregalados fixos no boneco por alguns segundos apenas, mas teve a impressão de que vários minutos transcorreram até arranjar forças para puxar uma cadeira da mesa e baixá-lo. Mesmo no momento de repulsa e terror ela se lembrou de olhar o nó de perto. A corda fora presa ao gancho por um laço simples e dois nós. Portanto, ou o visitante desconhecido preferira não repetir a tática anterior, ou não sabia como o primeiro nó fora dado. Ela deitou o boneco na cadeira e saiu para pegar a arma. Em seu cansaço esquecera-se dela, mas agora sentia falta da confiança transmitida pelo frio metal em sua mão. Parada na porta, apurou os ouvidos. O jardim pareceu subitamente cheio de ruídos, ouviu um farfalhar misterioso, folhas movidas pela brisa como visões humanas, correrias furtivas no meio do mato, o guincho de um animal, talvez um morcego, assustadoramente próximo. A noite parecia prender o fôlego quando ela saiu na direção do sabugueiro. Esperou, ouvindo o próprio coração, antes de reunir coragem para se virar de costas e esticar a mão para pegar a arma. Ainda estava lá. Ela suspirou audivelmente, de alívio, e logo sentiu-se melhor. A arma não estava carregada, mas isso não fez diferença. Correu de volta para o chalé, menos apavorada.

Uma hora antes de finalmente ir para a cama, acendeu a lamparina e, de arma na mão, realizou uma busca completa no chalé. Em seguida examinou a janela. Estava claro como o invasor entrara. A janela não tinha tranca e isso facilitava sua abertura por fora. Cordelia apanhou um rolo de fita adesiva no kit para cenas de crime e fez como Bernie a ensinara. Cortou a fita em duas tiras finas e passou-as pela folha da janela e pelo batente de madeira. Duvidava que fosse possível abrir as janelas da frente, mas preferiu não arriscar e as prendeu da mesma maneira. Isso não impediria a entrada de um intruso, mas pelo menos ela saberia na manhã seguinte que alguém entrara ali. Finalmente, depois de se lavar na cozinha, ela subiu para o quarto. Não havia tranca na porta, mas ela a deixou entreaberta com uma tampa de panela no alto. Se alguém conseguisse entrar, não a pegaria de surpresa. Em seguida carregou a arma e a colocou sobre a mesinha-de-cabeceira, sempre tendo em mente que estava lidando com um assassino. Examinou a corda. Não era nova, tinha um metro e vinte de comprimento, do tipo comum, bem forte, com uma das pontas desfeita. Sentiu um aperto no coração pela impossibilidade de identificar sua origem. Mas a rotulou cuidadosamente, como Bernie ensinara, e a guardou no kit para cenas de crime. Fez o mesmo com a correia de couro e o texto de Blake datilografado, transferindo-os da mochila para os envelopes plásticos de guardar provas. Estava tão cansada que até aquela tarefa rotineira lhe custou muita força de vontade. Em seguida colocou o travesseiro de volta na cama, resistindo à tentação de jogá-lo no chão e dormir sem ele. De todo modo, naquela altura, nada — nem o medo nem o desconforto — seria capaz de mantê-la acordada. Passou alguns minutos a ouvir o ruído do relógio de pulso antes de sucumbir ao cansaço e mergulhar nas ondas escuras do sono.

4

Cordelia acordou na manhã seguinte com a conversa animada dos passarinhos e a luz forte e clara de um novo dia lindo. Passou alguns minutos ainda dentro do saco de dormir, apreciando o aroma da manhã no campo, a sutil e evocativa fusão de terra, grama molhada e odores fortes de fazenda. Lavou-se na cozinha, onde Mark obviamente fazia isso, de pé na tina de metal do barracão, sem fôlego ao despejar panelas de água gelada da torneira sobre o corpo desnudo. Havia algo na vida rústica que predispunha as pessoas a essa austeridade. Cordelia pensou que seria improvável que ela, em quaisquer circunstâncias, aceitasse tomar um banho frio em Londres, ou suportasse o cheiro de parafina do fogareiro, que cobria o aroma do bacon que fritava e da primeira xícara de chá forte do dia.

A luz do sol enchia o chalé, um santuário amigo e aconchegante a partir do qual ela poderia se aventurar com segurança e enfrentar o que o dia lhe reservava. Na calma da manhã de verão, a sala minúscula parecia intocada pela tragédia da morte de Mark Callender. O gancho no teto parecia inofensivo, como se nunca tivesse servido a seu hediondo propósito. O horror naquele momento em que o facho da lanterna capturara a sombra escura do travesseiro balançando com a brisa noturna apresentava agora a irrealidade de um sonho. Até a lembrança das precauções da noite anterior pareciam embaraçosas sob a luz sem ambigüidades do dia. Ela se sentiu meio tola ao descarregar a arma, guardar a munição entre a roupa de baixo e esconder a pistola no sabugueiro, garantindo primeiro que não a observavam. Quando terminou de se lavar e pendurou a única toalha para secar, ela apanhou um pequeno buquê de amores-perfeitos, prímulas silvestres e filipêndulas num canto do jardim e colocou as flores numa caneca improvisada como vaso.

Decidiu que sua tarefa inicial seria localizar Pilbeam, a babá. Mesmo que a mulher nada tivesse a contar a respeito da morte de Mark, ou do motivo que o levara a abandonar a faculdade, ela seria capaz de falar a respeito da infância dele. Talvez melhor do que ninguém saberia dizer qual era sua verdadeira natureza. Ela se importara o suficiente com ele para ir ao funeral e mandar uma coroa cara. Ela o tinha visitado na faculdade quando ele completou vinte e um anos. Provavelmente ele mantivera contato com ela, e talvez até confiasse na antiga babá. Não teve mãe, e a babá Pilbeam podia ter servido, em certo sentido, de substituta.

Enquanto dirigia até Cambridge, Cordelia considerou as táticas possíveis. Provavelmente a srta. Pilbeam residia na região. Não devia morar no centro, pois Hugo Tilling só a vira uma vez. De seu breve relato a respeito da mulher, Cordelia deduziu que ela era idosa e pobre. Dificilmente viajaria uma longa distância para comparecer ao funeral. Estava claro que não era um dos residentes de Garforth House, e que não fora convidada por sir Ronald. Segundo Hugo, nenhum dos presentes havia conversado com ela. Portanto, nada sugeria que a srta. Pilbeam fosse uma guardiã da tradição, uma anciã valorizada, quase um membro da família. A negligência de sir Ronald em relação a ela numa ocasião como essa intrigou Cordelia. Ela se perguntava qual fora a condição exata da srta. Pilbeam na família.

Se a velha senhora morasse perto de Cambridge, provavelmente teria encomendado a coroa de flores numa das floriculturas da cidade. Os vilarejos próximos não costumavam oferecer serviços do gênero. Era uma coroa exuberante, sugerindo que a srta. Pilbeam estava preparada para gastar muito, e talvez procurara uma das grandes floriculturas. Havia uma boa possibilidade de ter feito a encomenda pessoalmente. Senhoras idosas, além de implicarem com o telefone, gostavam de tratar desses assuntos diretamente, por terem uma desconfiança fundamentada de que apenas o contato pessoal e o meticuloso detalhamento de suas necessidades garantia o melhor serviço, Cordelia imaginava. Se a srta. Pilbeam viera de trem ou ônibus de seu vilarejo, provavelmente escolhera uma loja próxima do centro da cidade. Cordelia resolveu iniciar a busca pedindo aos passantes indicações de boas floriculturas.

Ela já sabia que Cambridge não era uma cidade para os motoristas. Abriu e consultou o mapa dobrável na contracapa de seu guia e decidiu deixar o Mini no estacionamento vizinho do Parker's Piece. Sua busca exigiria um bom tempo, e seria melhor fazê-la a pé. Não queria se arriscar a levar uma multa ou ter o carro guinchado. Consultou o relógio. Ainda faltavam alguns minutos para as nove. O dia começava bem.

A primeira hora foi decepcionante. As pessoas a quem pediu indicações se mostraram ansiosas para ajudar, mas a idéia delas do que constituía uma boa floricultura no centro da cidade era peculiar. Cordelia acabou indo parar em pequenas quitandas que vendiam pequenos buquês de flores, uma loja de equipamentos de jardinagem que vendia plantas, mas não fazia coroas, e até numa agência funerária. Nas duas floriculturas que à primeira vista pareciam viáveis, nunca tinham ouvido falar na srta. Pilbeam e tampouco haviam preparado coroas para o funeral de Mark Callender. Meio cansada de tanto caminhar, começando a desanimar, Cordelia concluiu que estava fazendo uma busca irracional, esperançosa demais. Talvez a srta. Pilbeam tivesse descido em Bury St. Edmunds ou Newmarket, trazendo a coroa da cidadezinha onde residia.

Mas a visita aos agentes funerários não foi em vão. Quando pediu indicações, eles sugeriram o nome de uma firma que "proporciona coroas de excepcional qualidade, senhorita, realmente muito finas". A loja situava-se mais longe do centro da cidade do que Cordelia esperava. Desde a calçada cheirava a casamento ou velório, e quando abriu a porta Cordelia foi recebida por uma lufada de ar quente que travou sua garganta. Havia flores por toda parte. Baldes verdes enormes alinhados na parede exibiam maços de lírios, íris, lupinos brancos e amarelos; em vasos menores amontoavam-se goivos-amarelos, goivos-encarnados e cravos-de-defunto; deitados estavam os maços de rosas em botão, sem espinho, todas as flores idênticas em tamanho e cor, parecendo ter sido cultivadas em tubo de ensaio. Vasos com plantas para interior, decoradas com fitas coloridas, alinhavam-se no balcão como uma guarda de honra floral.

Duas floristas trabalhavam numa sala nos fundos da loja. Pela porta aberta Cordelia as observou. A mais jovem, uma loura lânguida de pele sardenta, era encarregada da montagem, e abria rosas e frésias, vítimas predestinadas, classificadas conforme o tipo e a cor. Indicavam seu cargo superior o avental de caimento melhor e o ar autoritário. Ela arrancava as flores, perfurava cada botão mutilado com arame fino e os prendia bem juntos numa armação de musgo enorme, em forma de coração. Cordelia desviou a vista daquele horror.

Uma senhora robusta de avental rosa surgiu atrás do balcão, vinda aparentemente do nada. Perfumada como a loja, ela obviamente concluíra que nenhum perfume floral comum poderia competir com as flores, e que seria melhor recorrer ao exótico. Exalava um aroma de curry e pinho tão forte que o efeito era praticamente anestesiante.

Cordelia proferiu a fala decorada:

"Venho da parte de sir Ronald Callender, de Garforth House. Gostaria de saber se pode nos ajudar. O filho dele foi cremado no dia 3 de junho, e a antiga babá dele gentilmente enviou uma coroa de flores, uma cruz com rosas vermelhas. Sir Ronald perdeu o endereço dela e quer muito enviar um agradecimento. O nome dela é Pilbeam."

"Não creio que tenhamos feito nenhuma coroa do gênero no dia 3 de junho..."

"Se pudesse fazer a gentileza de consultar seu registro..."

A loura ergueu os olhos do serviço e gritou:

"Foi Goddard."

"Perdão, Shirley, não entendi", disse a senhora robusta, contrariada.

"O nome é Goddard. O cartão na coroa dizia Nanny Pilbeam, mas a cliente foi a senhora Goddard. Uma outra senhora veio aqui perguntar, da parte de sir Ronald Callender, informando esse nome. Consultei o registro para ela. Senhora Goddard, Lavender Cottage, Ickleton. Uma cruz, um metro de vinte de comprimento, rosas vermelhas. Seis libras. Está tudo no livro."

"Muito obrigada", Cordelia disse com veemência. Sorriu imparcialmente para as três mulheres e saiu rápido, para evitar uma discussão a respeito de outro emissário de Garforth House. Era esquisito, sabia disso, e as três sem dúvida se divertiriam bastante debatendo o caso após sua saída. Lavender Cottage, Ickleton. Continuou repetindo o endereço mentalmente até chegar a uma distância segura da loja e poder parar para anotá-lo.

Seu cansaço sumiu como por milagre enquanto andava apressada para o estacionamento. Consultou o mapa. Ickleton era um vilarejo perto da divisa com Essex, a uns quinze quilômetros de Cambridge. Não ficava muito longe de Duxford, ela precisaria portanto retornar um trecho. Mas dava para chegar lá em menos de meia hora.

Contudo, demorou mais do que contava, por causa do trânsito em Cambridge, e só depois de trinta e cinco minutos chegou à linda igreja de pedra de Ickleton, com sua torre afilada, e estacionou o Mini perto da entrada. Era tentador dar uma espiadinha lá dentro, mas ela resistiu. Naquele momento, a sra. Goddard poderia estar se preparando para pegar o ônibus para Cambridge. Preferiu procurar Lavender Cottage.

Não era na verdade um chalé, e sim uma casa pequena geminada de tijolos vermelhos pavorosos, no final da

High Street. Havia apenas uma estreita faixa de grama entre a porta da frente e a rua, e sem sinal ou cheiro de lavanda. A aldrava de ferro em formato de cabeça de leão caiu com força, balançando a porta. A resposta não veio de Lavender Cottage, mas da casa vizinha. Uma senhora idosa apareceu, praticamente desdentada, envolta num avental enorme com estampa de rosas. Usava chinelo, um gorro de lã com pompom e exibia um ar de vivo interesse pelo mundo em geral.

"Você quer falar com a senhora Goddard, suponho."

"Sim. Queria saber onde posso encontrá-la."

"No cemitério, sem dúvida. Ela sempre vai lá a esta hora da manhã."

"Estou vindo da igreja. Não vi ninguém lá."

"Ora, moça, ela não está na igreja! Eles não enterram ninguém lá já faz muitos anos. O marido dela está no lugar onde a levarão quando chegar sua hora, no cemitério de Hinxton Road. Não tem como errar, é só seguir em frente."

"Preciso voltar à igreja para pegar o carro", Cordelia disse. Sem dúvida seria observada até sumir, e lhe pareceu necessário explicar por que iria no sentido oposto ao indicado. A senhora sorriu e balançou a cabeça, saindo até o portão para ver Cordelia a caminhar no rumo da High Street, balançando a cabeça feito uma marionete, de modo que o pompom dançava ao sol.

Cordelia localizou o cemitério facilmente. Estacionou o Mini num trecho gramado onde um sinal indicava o caminho a pé para Duxford e caminhou alguns metros até o portão de ferro. Havia uma pequena capela de pedra com uma abside na parte leste, e a seu lado um antigo banco de madeira verde de limo e salpicado de excremento de passarinho que dava vista para o cemitério. Uma faixa larga de turfa cortava o cemitério ao meio, e dos dois lados havia túmulos identificados por cruzes de mármore branco, lápides cinzentas e pequenos círculos de ferro enferrujados voltados para o caminho de turfa, bem como

133

canteiros recentes de flores vistosas sobre a terra recémafofada. Tudo muito apaziguante. Poucos sons, apenas o chilrear dos grilos na grama e, de tempos em tempos, o soar de um sino no cruzamento ferroviário, seguido pelo apito de uma locomotiva a diesel.

Havia apenas uma pessoa no cemitério além dela, uma senhora idosa inclinada sobre um dos túmulos mais distantes. Cordelia sentou-se no banco, cruzou os braços sobre o colo e esperou um pouco antes de levantar e percorrer o gramado e abordá-la. Sabia com certeza que a entrevista seria crucial, mas paradoxalmente não sentia pressa para começar. Ela chegou perto da senhora e parou, sem ser notada, junto ao túmulo.

Era uma mulher baixa, vestida de preto, cujo chapéu de palha antiquado, com redinha desbotada nas bordas, fora preso ao cabelo com uma presilha imensa. Ela se ajoelhou, de costas para Cordelia, deixando à mostra a sola dos sapatos gastos, dos quais saía um par de pernas finas como palitos. Estava tirando o mato da cova; os dedos se moviam como a língua de um réptil sobre a grama, arrancando ervas daninhas pequenas, quase imperceptíveis. A seu lado, uma cestinha continha um jornal dobrado e uma pazinha de jardinagem. De vez em quando, ela colocava na cesta um punhado de mato arrancado.

Após alguns minutos, durante os quais Cordelia a observou em silêncio, ela parou, satisfeita, e passou a alisar a superfície da grama, como se acariciasse os ossos debaixo dela. Cordelia leu a inscrição entalhada na lápide:

Consagrado à memória de Charles Albert Goddard, amado esposo de Annie, que deixou esta vida no dia 27 de agosto de 1962, aos 70 anos. Descanse em paz.

Descanse em paz; o epitáfio mais comum de uma geração para quem o descanso parecera o maior dos luxos, a suprema bênção.

A senhora permaneceu de costas por um segundo, ainda ajoelhada, contemplando o túmulo com satisfação. Foi então que se deu conta da presença de Cordelia. Virou o rosto animado, mas cheio de rugas, e disse sem curiosidade nem ressentimento por sua presença:

"Uma bela lápide, não acha?"

"Sim, realmente. Eu estava admirando a gravação."

"Pedi baixo-relevo. Custou uma fortuna, mas valeu a pena. Vai durar, entende. Metade das inscrições aqui desaparecerão, pois foram gravadas superficialmente. Tira todo o prazer de um cemitério. As pessoas gostam de ler o que está escrito nas lápides, gostam de saber quem foram as pessoas, quando morreram e quanto tempo as mulheres viveram depois de enterrar seus maridos. Faz a gente se admirar de como conseguiram isso, e se ficaram sozinhas. Não adianta nada uma lápide se a gente não puder ler a inscrição. Claro, no momento esta lápide parece um pouco exagerada. Por isso pedi para deixarem espaço para mim: 'E também Annie, sua esposa, falecida em...' e depois a data. Isso encerrará a questão de modo adequado. Deixei dinheiro para pagar o serviço."

"E qual é o texto que pensa incluir?", Cordelia indagou.

"Ah, vai ser sem citação! Descanse em paz basta, para nós dois. Não peço mais nada ao bom Deus."

Cordelia disse:

"A coroa de flores que enviou para o funeral de Mark Callender estava muito bonita."

"Ah, você viu? Não foi ao funeral, certo? Sim, fiquei muito contente com ela. Fizeram um trabalho admirável. Pobre rapaz, não teve muito mais, né?" Ela encarou Cordelia com interesse inocente. "Você conheceu o senhor Mark? Teria sido sua namorada, talvez?"

"Não, mas eu gostava dele. Curiosamente, ele nunca falou em sua antiga babá."

"Mas eu não fui babá dele por muito tempo, querida. Só nos primeiros meses. Era bebê na época, eu não signifiquei nada para ele. Na verdade, eu era enfermeira da mãe dele."

"Mas visitou Mark no vigésimo primeiro aniversário dele, certo?"

"Então ele contou isso, foi? Fiquei muito contente por vê-lo depois de tanto tempo, mas não teria imposto minha presença. Não seria correto, por causa do que o pai dele sentia. Sabe, fui entregar uma coisa da mãe dele, fazer algo que ela pediu quando estava morrendo. Sabe, eu não via o senhor Mark fazia mais de vinte anos — curioso, considerando que morávamos relativamente perto —, mas o reconheci na hora. Tinha a boa aparência da mãe, pobre rapaz."

"Poderia me falar mais a respeito? Não é só curiosidade; para mim seria muito importante saber."

Apoiando-se na alça da cesta, a sra. Goddard levantou-se com dificuldade. Removeu algumas folhas de grama grudadas na saia, tateou o bolso, pegou e calçou uma luva de algodão cinza. As duas percorreram devagar o caminho, lado a lado.

"Importante, é? Não sei por que deveria ser. Ficou tudo no passado, agora. Ela está morta, pobre coitada, e ele também. Tantas promessas e esperanças que deram em nada. Nunca falei com ninguém a esse respeito, mas também ninguém queria saber."

"Podemos sentar num banco e conversar um pouquinho, então?"

"Não vejo nada que impeça. Não preciso voltar correndo para casa, agora. Sabe, minha cara, eu só me casei aos cinqüenta e três, mas sinto falta dele como se tivéssemos sido namorados de infância. As pessoas dizem que fui tola em me envolver com um homem naquela idade, mas convivi com a esposa dele durante trinta anos, éramos colegas de escola, eu o conhecia bem. Se um homem é bom para uma mulher, é bom para outra. Foi o que pensei na época, e tinha razão."

Elas se sentaram no banco, observando a grama plantada no túmulo. Cordelia disse:

"Fale mais a respeito da mãe de Mark."

"Seu nome de solteira era senhorita Bottley, Evelyn Bottley. Fui trabalhar como enfermeira da mãe dela antes do nascimento da menina. Na época, havia apenas o pequeno Harry. Ele morreu na guerra, em sua primeira missão aérea contra a Alemanha. O pai sofreu muito; nunca haverá alguém como Harry, o sol brilhava em seus olhos. O patrão nunca se importou com a senhorita Evie. Ele só se interessava pelo menino. A senhora Bottley morreu quando Evie nasceu, e isso pode ter feito diferença. As pessoas dizem que faz, mas nunca acreditei nisso. Conheço pais que conseguem amar ainda mais a criança. Coitadinhos dos inocentes, como podem ter culpa? Se quer saber minha opinião, era só um pretexto para não se apegar à filha, dizer que ela matou a mãe."

"Sei, também conheço um pai que usou isso como desculpa. Mas não é culpa deles. Não podemos nos forçar a amar alguém só porque queremos."

"Uma pena, minha cara, pois assim o mundo seria um lugar mais fácil de viver. Mas recusar a própria filha não é normal!"

"Ela o amava?"

"Como poderia? A gente não recebe amor de uma criança se não der amor primeiro. E ela nunca conseguiu agradá-lo, diverti-lo — era um sujeito enorme, enérgico, falava alto, amedrontava as crianças. Teria sido diferente com uma filha atrevida, que não sentisse medo dele."

"E o que aconteceu a ela? Como conheceu sir Ronald Callender?"

"Ele não era sir Ronald na época, minha cara. Claro que não! Era Ronny Callender, o filho do jardineiro. Moravam em Harrogate, entende. Ah, que casa maravilhosa! Quando fui trabalhar lá havia três jardineiros. Foi antes da guerra, claro. O senhor Bottley trabalhava em Bradford, no ramo de lãs. Bem, você perguntou sobre Ronny Callender. Eu me lembro bem, era um rapaz bem-apessoado, belicoso, mas extremamente discreto, guardava seus pensamentos para si. Era inteligente, e como era! Conseguiu bolsa de estudos para o primeiro grau e se saiu muito bem."

"Evelyn Bottley se apaixonou por ele?"

"Bem provável, minha cara. Quando o caso envolve dois jovens, a gente nunca sabe. De todo modo, quando a guerra começou, ele foi embora. Ela sentia uma necessidade enorme de contribuir com esse esforço, foi aceita como enfermeira voluntária, mas não sei como passou no exame médico. Eles se encontraram novamente em Londres, como as pessoas faziam durante a guerra, e quando soubemos já estavam casados."

"E vieram morar nas imediações de Cambridge?"

"Só depois da guerra. No início eu cuidava dela, pois ele foi mandado para o exterior. Ele teve o que os homens chamam de uma boa guerra; eu diria que foi uma péssima guerra, muitas mortes e combates, prisões e fugas. Deveria ter enchido o senhor Bottley de orgulho e tê-lo levado a aceitar o casamento, mas isso não ocorreu. Creio que ele achava que Ronny queria o dinheiro, pois havia muito dinheiro em jogo, quanto a isso não resta dúvida. Talvez tivesse razão, mas como acusar o rapaz? Minha mãe costumava dizer: 'Não se case por dinheiro, mas case-se onde houver dinheiro!'. Não há mal em querer dinheiro, desde que haja carinho também."

"E a senhora acredita que havia carinho?"

"Pelo que pude notar, nunca faltou carinho. Depois da guerra ele foi para Cambridge. Sempre sonhara ser cientista, conseguiu uma bolsa por ter lutado na guerra. Ela conseguiu algum dinheiro com o pai, eles compraram a casa onde ele reside agora, para que pudessem morar durante os estudos dele. A casa não era assim naquela época, claro, ele realizou muitas reformas desde então. Eram quase pobres, a senhorita Evie não contava com ajuda de ninguém, exceto a minha. O senhor Bottley costumava visitar a filha de tempos em tempos. Ela morria de medo das visitas, coitadinha. Ele queria um neto, sabe, mas não vinha. O senhor Callender terminou a faculdade e arranjou emprego de professor. Queria continuar na faculdade, ser lente ou algo assim, mas não o aceitaram. Costumava dizer que foi recusado por não ter influência; eu acho, porém, que não era inteligente o bastante. Em Harrogate pensávamos que fosse o aluno mais inteligente do curso básico. Mas Cambridge está cheia de jovens brilhantes."

"E então Mark nasceu?"

"Sim, em 25 de abril de 1951, nove anos após o casamento. Nasceu na Itália. O senhor Bottley ficou tão contente quando ela engravidou que aumentou a mesada e eles passaram a tirar férias na Toscana. Minha patroa adorava a Itália, creio que desejava que a criança nascesse lá. Caso contrário, não teria viajado no último mês de gravidez. Fui visitá-la cerca de um mês depois de sua volta para casa com o bebê, e nunca vi uma pessoa tão feliz. Ele era um menininho lindo!"

"Mas por que foi visitá-la? A senhora não residia e trabalhava lá?"

"Não, minha cara. Fazia vários meses que não. Ela não passou bem nos primeiros meses de gravidez, vivia tensa, infeliz, e um dia o senhor Callender mandou me chamar e disse que ela não queria mais meus serviços, que eu estava demitida. Não acreditei, mas quando a procurei ela apenas estendeu a mão e disse: 'Lamento, Nanny, mas acho melhor você ir embora'. Eu sei que mulheres grávidas têm manias estranhas, e o bebê era muito importante para os dois. Achei que ela poderia me chamar de volta depois, e foi o que fez. Mas não para morar. Arranjei um quarto no vilarejo, na casa da chefe do correio, trabalhava quatro dias por semana para minha patroa, e os demais para outras senhoras do vilarejo. Deu certo, mas eu tinha saudades do bebê quando não estava com ele. Não a vira durante a gravidez, só uma vez nos encontramos em Cambridge. Ela estava no fim da gestação, enorme, coitada, mal conseguia andar. Primeiro ela fingiu não ter me visto, depois pensou bem e atravessou a rua. 'Vamos para a Itália na semana que vem, Nanny', ela disse. 'Não é sensacional?' Respondi: 'Se não tomar cuidado, minha cara, o bebê nascerá meio italiano', e ela riu. Parecia que ela não via a hora de voltar ao país do sol."

"E o que aconteceu depois que ela voltou para casa?"

"Faleceu nove meses depois, minha cara. Nunca foi muito forte, como eu já expliquei, e contraiu influenza. Ajudei a cuidar dela, teria feito mais se o senhor Callender não assumisse o tratamento pessoalmente. Ele não aceitava mais ninguém perto dela. Passamos apenas alguns minutos juntas, pouco antes de sua morte; foi quando ela me pediu para dar o livro de orações a Mark em seu vigésimo primeiro aniversário. Ouço sua voz até hoje: 'Dê isso a Mark quando ele completar vinte e um anos, Nanny. Embrulhe e guarde com muito cuidado, e leve para ele quando completar a maioridade. Não vai esquecer, não é?'. Eu falei: 'Não esquecerei, minha cara, sabe muito bem disso'. Depois ela disse uma coisa estranha: 'Se você esquecer, ou morrer antes da época, ou se ele não entender, tudo bem. Será tudo como Deus quiser'."

"O que ela quis dizer, na sua opinião?"

"Como saber, minha cara? A senhorita Evie era muito religiosa, até demais, o que não lhe fazia bem, eu pensava às vezes. Creio que devemos aceitar nossas responsabilidades, resolver nossos problemas, sem deixar tudo por conta de Deus, como se Ele já não tivesse tanta coisa a fazer no mundo do jeito em que está. Mas foi o que ela falou, menos de três horas antes de morrer, e foi o que prometi. Portanto, quando o senhor Mark fez vinte e um anos, descobri qual faculdade cursava e fui visitá-lo."

"O que aconteceu?"

"Ah, passamos momentos muito agradáveis. Sabe, o pai nunca falou na mãe. Isso acontece às vezes, quando a esposa morre, mas na minha opinião o filho tem o direito de conhecer a mãe. Ele fez muitas perguntas, coisas que o pai deveria ter contado. Ficou satisfeito com o livro de orações. Poucos dias depois ele me procurou. Pediu o nome do médico que tratara de sua mãe. Eu disse que tinha sido o doutor Gladwin. O senhor Callender e ela nunca consultaram outro médico. Uma pena, eu pensava, pois a senhora Evie era muito frágil. O doutor Gladwin devia ter uns setenta anos, e, embora ninguém diga uma palavra contra ele, nunca o tive em alta conta. Sabe, minha cara, ele bebia, nunca confiei muito nele. Mas já deve ter descansado há muito, coitadinho. De todo modo, dei seu nome a Mark, que o anotou. Depois tomamos chá, conversamos um pouco e ele foi embora. Nunca mais o vi."

"E ninguém mais sabe do livro de orações anglicano?"

"Ninguém neste mundo, minha cara. A senhorita Leaming viu meu nome no cartão da floricultura e pediu meu endereço. Veio até aqui no dia seguinte ao do funeral, agradecer minha presença, mas percebi que era mera curiosidade. Se ela e sir Ronald haviam gostado tanto de me ver, o que os impedira de vir me cumprimentar? Ela chegou ao ponto de insinuar que fui lá sem ser convidada. Convite para um funeral! Já ouviu disparate maior?"

"E a senhora não lhe contou nada?", Cordelia perguntou.

"Não contei a ninguém, só a você, minha cara, e nem sei por que acabei falando nisso. Com certeza não contei nada a ela. Nunca simpatizei com a senhorita Leaming, para ser sincera. Não estou dizendo que havia algo entre ela e sir Ronald, pelo menos enquanto a senhora Evie estava viva não houve nada. Nunca ouvi comentários, ela morava num apartamento em Cambridge, era muito reservada, admito. O senhor Callender a conheceu quando lecionava ciências numa escola do vilarejo. Ela era professora de inglês. Só depois da morte da senhora Evie ele montou o laboratório."

"Quer dizer que a senhorita Leaming tem diploma de letras?"

"Claro que sim! Minha cara, ela não era secretária. Mas deixou de lecionar quando começou a trabalhar para o senhor Callender, como era de se esperar."

"E a senhora, portanto, deixou Garforth House após a morte da senhora Callender? Não ficou para cuidar do bebê?"

"Eles não quiseram. O senhor Callender contratou uma

moça com formação universitária e mandou Mark para o colégio interno logo depois, quando ele ainda era pequeno. O pai deixou claro que não gostava que eu visitasse a criança, e afinal de contas um pai tem certos direitos. Eu não podia continuar a visitar Mark sem a aprovação dele. Só serviria para colocar o menino numa situação delicada. Mas agora ele morreu, todos nós o perdemos. O legista disse que ele se matou, e talvez tenha razão."

Cordelia disse:

"Não acho que ele se matou."

"Não, minha cara? Muito gentil de sua parte. Mas ele está morto, né? O que importa isso, agora? Creio que está na hora de eu voltar para casa. Se não se incomoda, não vou convidá-la para um chá; hoje estou muito cansada. Mas sabe onde me encontrar e, se quiser me ver novamente, é muito bem-vinda."

Elas saíram juntas do cemitério. Despediram-se no portão. A sra. Goddard deu um tapinha no ombro de Cordelia com a afeição desajeitada de quem acaricia um animal, e saiu caminhando lentamente na direção do centro.

Quando fez a curva na rua, Cordelia avistou a passagem de nível. Um trem acabara de passar, e a cancela estava sendo erguida. Três veículos haviam sido detidos no cruzamento, e o último da fila demonstrou pressa, acelerando rapidamente para passar pelos dois primeiros carros, que atravessavam os trilhos com cuidado. Cordelia viu que era uma pequena van preta.

Cordelia pouco se recordou da volta ao chalé, mais tarde. Dirigiu apressada, concentrada na estrada à frente, tentando controlar a excitação crescente com a atenção meticulosa nos freios e nas marchas. Entrou com o Mini no mato, na frente da casa, sem se importar se ele ficaria visível. O chalé parecia estar na mesma condição que o deixara. Esperava que pudessem tê-lo saqueado e roubado o livro de orações. Com um suspiro de alívio avistou sua lombada branca no meio das capas mais altas e escuras. Cordelia o abriu. Não sabia o que esperar; uma dedicatória, talvez, ou uma mensagem, cifrada ou direta, ou uma carta entre as páginas. Mas a única inscrição não tinha ligação possível com o caso. Fora escrita com caligrafia trêmula, fora de moda; a pena de aço percorrera a página feito uma aranha. A EVELYN MARY, POR OCASIÃO DE SUA CONFIRMAÇÃO, COM MUITO AMOR DE SUA MADRINHA. 5 DE AGOSTO DE 1934.

Cordelia balançou o livro. Não caiu nenhuma folha de papel. Folheou as páginas. Nada.

Sentada na cama, sentiu-se desapontada. Teria sido irracional imaginar algo significativo no pedido de entrega do livro de orações? Teria formulado um conjunto de conjeturas e mistérios a partir das recordações confusas de uma senhora idosa para um ato perfeitamente corriqueiro e compreensível — a mãe devota e moribunda que deixava o livro de orações para o filho? E, mesmo que não estivesse errada, que tipo de mensagem ele poderia conter? Se Mark havia encontrado uma mensagem da mãe entre as páginas, era bem capaz de tê-la destruído após a leitura. E se não a destruíra, outra pessoa talvez o tivesse feito. A mensagem, se é que existira, provavelmente fazia parte agora da pilha de cinzas brancas e carvão na lareira do chalé.

Ela tentou se livrar do desânimo. Ainda havia uma linha de investigação a seguir; podia localizar o dr. Gladwin. Após um instante de reflexão, guardou o livro de orações na bolsa. Consultou o relógio e viu que era quase uma da tarde. Resolveu almoçar ao ar livre, comer queijo e frutas no jardim antes de voltar a Cambridge para visitar a biblioteca central e consultar a relação de médicos.

Menos de uma hora depois ela obteve a informação desejada. Na lista havia apenas um dr. Gladwin que poderia ter atendido a sra. Callender quando já tinha mais de setenta anos, vinte anos antes. Era Emlyn Thomas Gladwin, cujo diploma fora emitido pelo hospital de St. Thomas em 1904. Ela anotou o endereço em seu bloco: 4 Pratts

Way, Ixworth Road, Bury St. Edmunds. No centro de Edmunds! A cidade que Isabelle e Mark haviam visitado no dia do passeio à beira-mar.

Portanto, o dia não fora totalmente perdido, afinal de contas — ela seguia as pegadas de Mark Callender. Impaciente para consultar um mapa, seguiu para a seção de cartografia da biblioteca, às duas e quinze. Se pegasse a via A45 direto, passando por Newmarket, chegaria em Bury St. Edmunds em cerca de uma hora. Calculou uma hora para a conversa com o médico e outra para a viagem de volta. Poderia retornar ao chalé antes das cinco e meia.

Ela seguia de carro pelos campos tranqüilos e inexpressivos que cercavam Newmarket quando notou uma van preta atrás de si. Estava muito longe para identificar quem a dirigia, mas calculou que fosse Lunn e que estivesse sozinho. Acelerou, tentando manter a distância entre os veículos, porém a van se aproximava mais e mais. Nada impedia, é claro, que Lunn fosse a Newmarket para sir Ronald Callender, porém a visão da pequena van preta em seu espelho retrovisor a incomodou. Cordelia resolveu despistá-lo. Havia poucas estradas vicinais na via que estava percorrendo, e lhe faltava familiaridade com a região. Decidiu esperar até chegar a Newmarket e aproveitar a primeira oportunidade.

Na rua principal da cidade havia trânsito intenso e todas as transversais pareciam engarrafadas. Só no segundo semáforo Cordelia viu sua chance. No farol vermelho, a van preta ficou uns cinqüenta metros atrás dela. Quando o sinal abriu Cordelia acelerou muito e entrou à esquerda. Dobrou à esquerda novamente e depois à direita. Seguiu por ruas desconhecidas e após cinco minutos parou numa esquina e esperou. A van preta não apareceu. Pelo que tudo indicava, conseguira se livrar dele. Aguardou mais cinco minutos para retornar lentamente à rua principal e seguir o fluxo do tráfego para leste. Meia hora mais tarde ela passava por Bury St. Edmunds, seguindo bem devagar pela Ixworth Road, procurando Pratts Way. Cinqüenta metros adiante topou com a ruela desejada, uma série de seis casas pequenas de alvenaria recuadas. Ela parou o carro na frente do número 4, pensando em Isabelle, submissa e dócil, que fora obviamente instruída a seguir um pouco adiante e esperar no carro. Seria porque Mark julgara o Renault branco chamativo demais? Mesmo a chegada do Mini despertara interesse. Surgiram rostos nas janelas do andar superior e um grupo de crianças pequenas apareceu do nada. Elas se reuniram em volta do portão da casa vizinha e a observavam com olhos arregalados e inexpressivos.

O número 4 era uma casa deprimente; o jardim da frente era só mato, a cerca exibia vãos onde faltavam ripas, por furto ou apodrecimento. A pintura externa descascara, a porta da frente marrom fora crestada pelo sol e desbotara. Mas Cordelia viu que as janelas do térreo brilhavam, e que as cortinas de renda estavam limpas. A sra. Gladwin provavelmente era uma boa dona de casa, lutava para manter o local em ordem, mas era idosa e pobre demais para suportar o trabalho mais pesado ou contratar alguém. No entanto, a mulher que finalmente abriu a porta minutos depois, após batidas insistentes — a campainha não funcionava —, era um antídoto desconcertante para a piedade sentimental. Qualquer compaixão morria perante aqueles olhos duros desconfiados, os lábios cerrados, os braços magros cruzados numa barreira esquelética na altura do peito, como se a repelir qualquer contato humano. O cabelo, preso num coque pequeno, ainda era preto, mas seu rosto profundamente enrugado e o pescoço cheio de veias e tendões como uma corda revelavam sua idade avançada. Usava chinelos e avental de algodão espalhafatoso. Cordelia disse:

"Meu nome é Cordelia Gray. Gostaria de conversar com o doutor Gladwin, se ele estiver em casa. É a respeito de um antigo paciente."

"Claro que ele está. Onde poderia ter ido? Está no jardim, no fundo. Pode entrar."

145

O cheiro repugnante da casa misturava velhice extrema, odor ácido de excrementos e comida azeda com um poderoso desinfetante. Cordelia a atravessou para chegar ao quintal, evitando cuidadosamente olhar para a sala ou para a cozinha, pois a curiosidade pareceria impertinente.

O dr. Gladwin estava sentado numa poltrona Windsor de encosto alto, tomando sol. Cordelia nunca vira um sujeito tão velho. Usava um abrigo de lã, as pernas inchadas terminavam em pés com chinelos, e um xale de patchwork cobria seus joelhos. As mãos pendiam nos braços da poltrona, como se fossem pesadas demais para os pulsos frágeis, mãos manchadas e delicadas como folhas de outono, a tremer com suave insistência. O crânio pontudo, salpicado de raros cabelos brancos, parecia pequeno e vulnerável como o de uma criança. Os olhos eram pálidas gemas a nadar no branco viscoso cheio de veias azuladas.

Cordelia aproximou-se dele e pronunciou seu nome com suavidade. Não recebeu resposta. Ajoelhou-se na grama aos pés dele e o encarou.

"Doutor Gladwin, gostaria de falar a respeito de um paciente. Faz muito tempo. A senhora Callender. Lembra-se da senhora Callender, de Garforth House?"

Nenhuma resposta. Cordelia percebeu que não haveria. Perguntar novamente pareceria desrespeitoso. A sra. Gladwin estava parada ao lado dele, como se o exibisse a um mundo curioso.

"Vamos lá, pergunte! Está tudo na cabeça dele, sabe. Era o que costumava me dizer. 'Não gosto de fichas e anotações. Guardo tudo na minha cabeça.'"

Cordelia disse:

"O que aconteceu com os registros médicos, quando ele se aposentou? Alguém os conservou?"

"Foi o que acabei de dizer. Ele nunca registrou nada. E não adianta perguntar para mim. Falei isso para o rapaz, também. O doutor casou comigo porque precisava de uma enfermeira, mas não discutia os problemas dos pacientes. Claro que não! Ele bebia praticamente todo o dinheiro das consultas, e ainda era capaz de falar em ética médica."

A amargura em sua voz era horrível. Cordelia não conseguia olhar para ela. Foi quando viu os lábios do médico se mexerem. Ela abaixou a cabeça e captou uma palavra. "Frio."

"Acho que ele disse que está com frio. Seria possível arranjar outro xale para cobrir os ombros?"

"Frio? Neste sol! Ele sente frio sempre."

"Talvez outra manta possa ajudar. Quer que eu pegue?"

"Deixe ele em paz, moça. Se quer cuidar dele, então cuide. Vamos ver se gosta de deixá-lo limpinho feito um bebê, trocar a fralda e a cama todas as manhãs. Vou buscar mais um xale, mas daqui a dois minutos ele vai jogá-lo no chão. Ele não sabe o que quer."

"Lamento", Cordelia disse, perdida. Perguntou-se se a sra. Gladwin estava recebendo o apoio a que tinha direito, se a enfermeira distrital a visitava, se ela pedira a seu médico que arranjasse um leito no hospital. Mas seria inútil fazer essas perguntas. Até ela reconhecia a teimosa recusa de ajuda, o desespero de quem não tem sequer a energia para procurar auxílio. Disse apenas: "Lamento; não vou mais incomodar vocês".

Elas voltaram juntas para dentro de casa. Mas restava uma pergunta que Cordelia precisava fazer. Quando chegaram ao portão da frente, ela disse:

"Falou a respeito da visita de um rapaz. Seria Mark o nome dele?"

"Mark Callender. Perguntou a respeito da mãe. E depois de uns dez dias o outro veio aqui."

"Que outro?"

"Um cavalheiro, isso era. Entrou como se fosse dono da casa. Não deu o nome, mas eu já tinha visto aquele rosto em algum lugar. Pediu para falar com o doutor Gladwin, e eu deixei. Estávamos sentados na sala naquele dia, pois ventava. Ele se aproximou do doutor e disse: 'Boa tarde, Gladwin', em voz alta, como se falasse com um serviçal. Depois abaixou e olhou para ele. Olhos nos olhos.

Em seguida levantou-se, deu bom-dia e foi embora. Puxa vida, estamos ficando populares! Mais uma visita e vou começar a cobrar pelo espetáculo."

As duas estavam paradas no portão. Cordelia pensou em estender a mão, mas sentiu que a sra. Gladwin não ia gostar. De repente a mulher falou, em voz alta e rouca, olhando para a frente.

"Seu amiguinho, o rapaz que veio aqui. Ele deixou o endereço. Disse que gostaria de passar um domingo tomando sol com o doutor, caso eu quisesse tirar uma folga; disse que providenciaria um jantar para ele. Estou com vontade de visitar minha irmã em Haverhill no próximo domingo. Diga a ele para vir, se quiser."

Foi uma capitulação sem gentileza, e o convite, de má vontade. Cordelia imaginou o esforço que lhe custara. Disse, num impulso:

"Posso vir no domingo, se quiser. Tenho carro. Posso chegar cedo."

Seria um dia inútil para sir Ronald Callender, mas não lhe cobraria nada. Até um detetive particular tinha direito a folga no domingo.

"Ele não quer ajuda de moças. Certas coisas que ele precisa exigem a presença de um homem. Ele gostou do rapaz. Diga a ele que venha."

Cordelia a encarou.

"Ele viria com o maior prazer, se pudesse. Mas não pode. Morreu."

A sra. Gladwin não disse nada. Cordelia estendeu a mão e tocou sua manga. Ela sussurrou:

"Lamento. Agora preciso ir." E quase acrescentou: "Se não houver nada que eu possa fazer pela senhora", mas parou a tempo. Não havia nada que ela ou alguém pudesse fazer.

Cordelia olhou para trás apenas uma vez quando a rua fez uma curva na direção de Bury, vendo a figura rígida ainda ao portão.

Cordelia não sabia ao certo o que a fez parar em Bury e caminhar por dez minutos no jardim da abadia. Não conseguiria encarar a viagem de volta a Cambridge sem acalmar o espírito, e a idéia de ver o gramado e as flores pelo imenso portão normando era irresistível. Estacionou o Mini em Angel Hill, depois andou pelo jardim até a margem do rio. Sentou e desfrutou dez minutos de sol. Lembrou-se do dinheiro da gasolina, que precisava lançar no caderno de despesas, e tateou a bolsa para procurá-lo. Sua mão puxou o livro branco de orações. Refletiu por algum tempo, com calma. Se fosse a sra. Callender e quisesse deixar um recado, uma mensagem que Mark compreendesse e outros deixassem passar, onde a colocaria? A resposta lhe pareceu até infantil, de tão simples. Sem dúvida na página do dia de são Marcos, na coleta, no Evangelho ou na epístola. Ele havia nascido no dia 25 de abril. Recebera o nome por causa do santo. Ela localizou o capítulo rapidamente. No sol brilhante que se refletia na água, viu o que uma folheada rápida havia deixado passar. Ali, ao lado do comovente pedido do arcebispo Cranmer por força para suportar os golpes da falsa doutrina, havia um minúsculo amontoado de hieróglifos tão leves que a marca no papel mais parecia uma manchinha. Ela decifrou o grupo de letras e números.

E M C
A A
14.1.52

As primeiras três letras eram as iniciais da mãe, claro. A data, provavelmente de quando ela escrevera a mensagem. A sra. Goddard não havia dito que a sra. Callender falecera quando o filho tinha nove meses? Mas e o duplo A? A mente de Cordelia passou por associações como a Automobile Association, até ela se lembrar do cartão na carteira de Mark. Sem dúvida as letras abaixo das iniciais só podiam indicar uma coisa, o grupo sanguíneo. Mark era

B. Sua mãe, A. Só havia um motivo para ela querer que Mark recebesse a informação. O passo seguinte seria descobrir o grupo sanguíneo de sir Ronald Callender.

Ela quase gritou de triunfo ao correr através do jardim e pegar o Mini para chegar logo em Cambridge. Não pensara nas implicações de sua descoberta, ou se seus argumentos eram válidos. Pelo menos, porém, teria algo a fazer, pelo menos conseguira uma pista. Dirigia depressa, desesperada para chegar à cidade antes do fechamento do correio. Lá, pelo que se lembrava, seria possível obter um exemplar da lista dos médicos locais. Distribuição gratuita. Feito isso, precisava de um telefone. Só conhecia uma casa em Cambridge onde teria chance de ser deixada em paz para telefonar durante uma hora. Seguiu para Norwich Street, 57.

Sophie e Davie estavam em casa, jogando xadrez na sala, cabelos pretos e louros quase a tocar no tabuleiro. Não demonstraram surpresa com o pedido de Cordelia para usar o telefone para fazer várias ligações.

"Pagarei, claro. Anotarei todas as ligações."

"Quer ficar sozinha, suponho", Sophie disse. "Vamos terminar a partida no jardim, Davie."

Sem a menor curiosidade, felizmente, eles levaram o tabuleiro de xadrez para o jardim e o puseram em cima da mesa. Cordelia puxou uma cadeira até a mesa e abriu a lista. Era formidavelmente longa. Ela não tinha a menor pista de por onde começar, e achou que a melhor opção seriam os médicos com consultório no centro da cidade. Começaria por eles, ticando os nomes após cada ligação. Lembrou-se de outra suposta pérola da sabedoria do superintendente: "A investigação exige persistência paciente e uma boa dose de obstinação". Ela pensou nisso ao discar o primeiro número. Que chefe irritante e intoleravelmente exigente ele devia ter sido! Mas estaria velho, agora — uns quarenta e cinco anos, pelo menos. Provavelmente relaxara um pouco.

A primeira hora de obstinação, porém, revelou-se infrutífera. Os telefonemas foram todos atendidos; uma vantagem de ligar para consultórios médicos era haver sempre alguém para atender o telefone. Mas as respostas bem-educadas, lacônicas ou apressadas, dadas por uma variedade de recepcionistas e médicos, ou faxineiras que só poderiam anotar um recado, foram iguais. Sir Ronald Callender não era paciente do doutor. Cordelia repetia a fórmula. "Lamento ter incomodado. Devo ter entendido o nome errado."

Após setenta minutos de paciência, porém, conseguiu a informação. A esposa do médico atendeu.

"Sinto muito, mas ele não é paciente da clínica. O doutor Venables é o médico de sir Ronald Callender."

Muita sorte, realmente! O dr. Venables não constava de sua lista inicial, e só chegaria ao V dali a uma hora, no mínimo. Ela percorreu a relação de nomes com o dedo e discou pela última vez.

A atendente do dr. Venables atendeu. Cordelia recitou o discurso previamente preparado:

"Estou ligando da parte da senhorita Leaming, de Garforth House. Lamento incomodar, mas poderia por favor confirmar o grupo sanguíneo de sir Ronald Callender? Ele quer essa informação antes da conferência de Helsinque, no mês que vem."

"Um minuto, por favor." Após uma breve espera ela ouviu o som de passos que retornavam. "O tipo sanguíneo de sir Ronald é A. Se eu fosse você, anotaria isso com cuidado. O filho dele ligou há um mês fazendo a mesma pergunta."

"Muito obrigada! Muito obrigada! Claro, vou anotar, sem dúvida." Cordelia resolveu correr o risco. "Sou nova aqui, sou assistente da senhorita Leaming, e ela me pediu para anotar a informação da última vez, mas esqueci, sinto muito. Se ela por acaso ligar, por favor, não conte que tive de perturbar você novamente."

A voz riu, indulgente com a ineficiência dos jovens. Afinal de contas, a inconveniência não foi das piores.

"Não se preocupe, não contarei nada. Fico contente em saber que ela arranjou alguém para ajudá-la, finalmente. Estão todos bem, espero?"

"Sim, claro. Todos estão ótimos."

Cordelia desligou o telefone. Olhou pela janela e viu Sophie e Davie, que tinham terminado o jogo e guardavam as peças na caixa. Conseguira o que precisava bem a tempo. Sabia a resposta de sua dúvida, mas precisava confirmá-la. A informação era importante demais para ela confiar em sua vaga lembrança das regras mendelianas de hereditariedade que constavam no capítulo sobre sangue e identidade no livro de medicina forense de Bernie. Davie saberia, claro. O mais rápido seria perguntar a ele. Mas ela não podia consultar Davie. Precisava retornar à biblioteca pública, e correndo, se quisesse chegar lá antes do horário de fechamento.

Conseguiu entrar bem a tempo. A bibliotecária, que já se acostumara a vê-la, foi prestimosa como sempre. Entregou-lhe o livro de referência adequado rapidamente. Cordelia confirmou o que já sabia. Marido e mulher do grupo sanguíneo A não poderiam ter um filho com sangue tipo B.

Cordelia sentia um profundo cansaço quando chegou ao chalé. Muita coisa acontecera num único dia; muita coisa fora esclarecida. Parecia impossível que menos de doze horas antes ela iniciara a busca de Nanny Pilbeam, com apenas uma vaga esperança de que a mulher, se fosse encontrada, pudesse dar alguma pista sobre a personalidade de Mark Callender ou contar algo sobre sua infância. Cordelia estava animada com o sucesso, inquieta de tanta excitação, porém mentalmente exausta demais para desenrolar o novelo de conjeturas emaranhado no fundo de seu cérebro. No momento, os fatos estavam desordenados; não havia um padrão claro, uma teoria que explicasse de imediato o mistério do nascimento de Mark, o terror de Isabelle, o segredo conhecido por Hugo e Sophie, o interesse obsessivo da srta. Markland pelo chalé, as suspeitas quase relutantes do sargento Maskell, enfim, as singularidades e incoerências que rodeavam a morte de Mark.

Ela se atarefou no chalé com a energia dos mentalmente exaustos. Lavou o chão da cozinha, acendeu o fogo em cima da pilha de cinzas da lareira, para o caso de esfriar à noite, depois preparou um omelete de cogumelos e sentou para comer, como ele devia ter feito, na mesa simples. Por último, pegou a arma no esconderijo e a colocou sobre a mesinha-de-cabeceira. Trancou cuidadosamente a porta dos fundos e fechou as cortinas das janelas, confirmando mais uma vez que os lacres continuavam intactos. Mas não equilibrou uma panela em cima da porta. Naquela noite essa precaução em particular parecia infantil e desnecessária. Acendeu a vela ao lado da cama e foi até a janela para escolher um livro. A noite sem vento incitava ao repouso; a chama da vela ardia constante no ar parado. Lá fora a escuridão ainda não tomara todo o quintal silencioso, apenas o ruído distante de um carro na estrada e o grito dos pássaros noturnos rompia o sossego. Então, no lusco-fusco, ela viu a silhueta de uma figura no portão. Era a srta. Markland. A mulher hesitou, com a mão no trinco, como se pensasse se devia entrar ou não no jardim. Cordelia virou-se de lado, pressionando o corpo contra a parede. A figura na sombra parou como se sentisse a presença de um observador e ficou imóvel feito um animal apanhado de surpresa. Após dois minutos ela se afastou e desapareceu entre as árvores do pomar. Cordelia relaxou, pegou o livro *O guardião* na estante de Mark e entrou no saco de dormir. Meia hora mais tarde, apagou a vela e esticou o corpo confortavelmente, para a lenta queda consentida no sono.

Ela acordou de madrugada e logo estava desperta, olhos abertos na penumbra. O tempo parecia suspenso, o ar parado na expectativa, como se o dia tivesse sido apanhado de surpresa. Ela ouvia o tiquetaque de seu relógio

153

de pulso na mesinha-de-cabeceira, via ao lado dele a silhueta recortada e reconfortante da pistola e o cilindro negro da lanterna. Permaneceu deitada, atenta aos ruídos da noite. Uma pessoa vivia tão raramente aquelas horas paradas, em geral gastas em sono e sonhos, que as encarava insegura e vacilante como um recém-nascido. Ela não estava consciente do medo, apenas de uma paz abrangente, de uma lassidão calma. Sua respiração enchia o quarto, e o ar parado, imaculado, parecia respirar em uníssono com ela.

De repente Cordelia se deu conta do motivo para ter acordado. Havia visitantes no chalé. Seu subconsciente, na breve fase do sono inquieto, deve ter reconhecido o som de um carro. Agora o portão rangia, pés se arrastavam, furtivos como um animal no mato, e vozes soavam baixo, murmurando palavras curtas. Ela saiu do saco de dormir e foi até a janela. Mark não tentara limpar o vidro das janelas da frente, por falta de tempo ou por preferir a proteção da sujeira contra curiosos. Cordelia esfregou os dedos com pressa desesperada sobre o acúmulo de sujeira de anos. Finalmente sentiu o frio do vidro liso. Ele guinchou com a fricção dos dedos, um guincho alto e agudo como o de um animal que, ela temeu, fosse denunciá-la. Espiou através da pequena faixa de vidro limpo, fixando a vista no jardim, lá embaixo.

O Renault estava quase todo oculto pela sebe alta, mas ela viu a ponta do capô reluzente perto do portão, e duas manchas de luz das lanternas laterais a brilhar como duas luazinhas no caminho. Isabelle usava uma roupa comprida e justa; sua silhueta pálida tremia como uma onda em contraste com a escuridão do mato. Hugo era apenas uma sombra negra a seu lado. Mas, quando ele se virou, Cordelia viu o reflexo de sua camisa branca. Os dois usavam traje a rigor. Percorreram o caminho juntos, sorrateiros, conversaram rapidamente à porta e depois seguiram para a lateral do chalé.

Cordelia apanhou a lanterna e correu em silêncio, descalça. Desceu a escada e cruzou a sala para destrancar a porta dos fundos. A chave virou sem fazer barulho, facilmente. Sem ousar sequer respirar, ela recuou para os fundos, escondendo-se nas sombras ao pé da escada. Bem na hora. A porta se abriu, lançando um facho de luz esmaecida. Ela ouviu a voz de Hugo:

"Um minuto. Vou acender um fósforo."

O fósforo aceso lançou sua luz fraca e fugaz nos dois rostos sérios, temerosos, destacando os imensos olhos aterrorizados de Isabelle. E se apagou. Ela ouviu um palavrão resmungado por Hugo, seguido pelo ruído do segundo fósforo sendo riscado na lateral da caixa. Dessa vez ele levantou o braço. Iluminou a mesa, o gancho silenciosamente acusador e a observadora silenciosa ao pé da escada. Hugo engasgou; um movimento da mão fez o fósforo apagar. Imediatamente, Isabelle começou a gritar.

A voz de Hugo soou, alarmada.

"Mas que diabo..."

Cordelia acendeu a lanterna e deu um passo à frente.

"Sou eu, Cordelia."

Mas Isabelle não estava ouvindo nada. Os gritos soavam com uma intensidade tão aguda que Cordelia temeu que acordassem os Markland. Um som inumano, um guincho de animal aterrorizado. Foi cortado pelo giro do braço de Hugo; som de bofetada; soluço. Seguiu-se um segundo de silêncio absoluto, e logo Isabelle agarrou Hugo, soluçando baixinho.

Ele se voltou para Cordelia, furioso:

"Por que diabos fez uma coisa dessas?"

"Fiz o quê?"

"Assustou a gente, escondida desse jeito. O que está fazendo aqui, afinal?"

"Eu poderia perguntar a mesma coisa."

"Viemos buscar o quadro de Antonello, que Isabelle emprestou a Mark quando ele foi jantar em sua casa, e também curá-la de uma obsessão mórbida pelo local. Fomos ao baile do Pitt Club. Tivemos a idéia de passar aqui, na volta para casa. Obviamente, foi uma idéia idiota. Tem alguma coisa para se beber neste chalé?"

"Só cerveja."

"Cordelia, pelo amor de Deus! Ela precisa de algo mais forte."

"Não tem. Mas posso fazer café. Acenda a lareira, a lenha já está lá dentro."

Ela colocou a lanterna virada para cima sobre a mesa, acendeu um fogo brando na lamparina de mesa e ajudou Isabelle a se acomodar numa das poltronas ao lado da lareira.

A moça tremia. Cordelia pegou um suéter grosso de Mark para cobrir-lhe os ombros. Os gravetos pegaram fogo depressa, graças à habilidade atenta de Hugo. Cordelia foi para a cozinha preparar o café, deixando a lanterna de lado no beiral da janela, para que iluminasse o fogareiro. Acendeu o queimador maior e pegou um bule de cerâmica na prateleira, duas canecas de borda azulada e uma xícara para si. Na segunda xícara, lascada, estava o açúcar. Precisou apenas de alguns minutos para ferver meia chaleira de água e despejar sobre o pó de café. Ela ouvia a voz de Hugo na sala, baixa, urgente, consoladora, intercalada pelas respostas monossilábicas de Isabelle. Sem esperar que o café terminasse de ser coado, pôs o bule na única bandeja que havia, uma de lata meio amassada, com uma foto do castelo de Edimburgo, e a levou para a sala, depositando-a perto da lareira. Os gravetos queimavam e estalavam, lançando chuvas de fagulhas brilhantes que salpicavam de estrelas o vestido de Isabelle. Uma acha mais grossa incendiou-se, o fogo ganhou força e brilhou mais firme, forte, animado.

Quando se abaixou para mexer o café, Cordelia viu um besouro pequeno a correr desesperado pela superfície de uma acha de lenha. Ela pegou um graveto na beirada da lareira e o estendeu para que ele pudesse escapar. Mas isso confundiu mais ainda o besouro. Em pânico, ele voltou correndo no sentido das chamas, mudou de idéia e finalmente caiu numa fresta na lenha. Cordelia se perguntou se ele compreendera por um instante qual seria seu pavoroso fim. Acender o fogo com um fósforo era um ato trivial demais para causar tamanha agonia, tamanho terror.

Ela passou as canecas para Isabelle e Hugo, depois pegou sua xícara. O aroma agradável do café fresco misturou-se com o cheiro acre da madeira que queimava. O fogo lançava longas sombras sobre o piso de lajota e a lamparina iluminava suavemente seus rostos. Com certeza, Cordelia pensou, suspeitos de assassinato jamais tinham sido interrogados num ambiente mais aconchegante. Até Isabelle perdera o medo. Fosse pela proteção dos braços de Hugo em volta do ombro, o estímulo do café ou o calor e o estalar do fogo, ela parecia quase à vontade.

Cordelia disse a Hugo:

"Você disse que Isabelle tinha uma obsessão mórbida por este lugar. Por quê?"

"Isabelle é muito sensível, não é durona como você."

Cordelia achava que todas as mulheres bonitas eram duronas — de que outro modo conseguiriam sobreviver? —, e que as fibras de Isabelle podiam ser comparadas às suas em termos de poder de recuperação. Mas nada havia a ganhar no questionamento das ilusões de Hugo. A beleza era frágil, transitória, vulnerável. A sensibilidade de Isabelle precisava ser protegida. Os durões podiam cuidar de si mesmos. Ela disse:

"Segundo você, ela veio aqui apenas uma vez. Sei que Mark Callender morreu nesta casa, mas não espere que eu creia que ela se sente assim por causa dele. Vocês dois sabem de alguma coisa, e seria melhor que me contassem já. Do contrário, terei de informar a sir Ronald Callender que Isabelle, sua irmã e você sabem algo a respeito da morte do filho dele, e deixar por conta dele a decisão de chamar a polícia ou não. Não consigo imaginar Isabelle suportando o interrogatório policial mais cordial de todos, e você?"

Até a Cordelia o discurso pareceu precário, arrogante, sem substância, uma acusação gratuita baseada numa ameaça vazia. Quase esperava que Hugo lhe respondesse com desprezo jocoso. Mas ele a encarou por um minuto, como se ponderasse a respeito da existência de um perigo. Depois disse, em voz baixa:

"Você não pode aceitar minha palavra de que Mark morreu por suas próprias mãos, e que se chamar a polícia causará infelicidade e aborrecimento para seu pai e seus amigos, sem com isso ajudar ninguém?"

"Não posso, Hugo."

"Então, se lhe contarmos o que sabemos, promete que não seguirá adiante com a investigação?"

"Como eu poderia? Tampouco posso prometer que acreditarei em você."

Isabelle gritou de repente:

"Vamos lá, Hugo, conte para ela! Que diferença faz?"

Cordelia disse:

"Acho melhor. Não creio que tenham escolha."

"É isso aí. Tudo bem." Ele bateu a caneca de café na mesa e olhou para o fogo. "Eu lhe disse que havíamos ido — Sophie, Isabelle, Davie e eu — ao Arts Theatre na noite em que Mark morreu, mas como já percebeu isso foi apenas três quartos verdade. Havia apenas três lugares disponíveis quando fiz a reserva, e os destinamos às pessoas que melhor poderiam apreciar a peça. Isabelle vai ao teatro para ser vista, e não para ver, sente tédio em qualquer espetáculo com menos de cinqüenta pessoas no palco. Portanto, abandonada pelo queridinho do momento, ela resolveu procurar consolo com o próximo."

Isabelle disse, com um sorriso secreto, antecipado:

"Mark não era meu namorado, Hugo."

Ela falou sem rancor ou ressentimento. Era só uma questão factual a ser corrigida.

"Sei disso. Mark era romântico. Ele nunca levava uma moça para a cama — ou para qualquer outro lugar, que eu saiba — até considerar que já existia uma profundidade adequada na comunicação interpessoal, ou fosse lá qual fosse seu jargão preferido, entre eles. Na verdade, isso é injusto. Meu pai é que costuma usar frases sem sentido como esta. Mas Mark concordava com o sentido geral da idéia. Duvido que ele conseguisse desfrutar o sexo antes de se convencer de que ele e a moça estavam apaixonados. Era uma preliminar necessária — como tirar a roupa. Creio que o relacionamento com Isabelle ainda não havia atingido a profundidade indispensável, não alcançara o envolvimento emocional exigido. Era só uma questão de tempo, claro. No que dizia respeito a Isabelle, Mark era tão capaz de se iludir quanto qualquer um de nós." A voz aguda, ligeiramente hesitante, estava carregada de ciúmes.

Isabelle disse, lenta e paciente, como uma mãe que explica algo a um filho teimoso de propósito:

"Mark nunca fez amor comigo, Hugo."

"Pois é isso que estou dizendo. Coitado do Mark! Ele trocou a substância pela sombra, e agora não tem nenhum dos dois."

"E o que aconteceu naquela noite?"

Cordelia fez a pergunta a Isabelle, mas foi Hugo quem respondeu:

"Isabelle veio para cá de carro, chegou pouco depois das sete e meia. A cortina fechada impedia a visão pela janela dos fundos, a da frente estava suja e impenetrável como sempre, mas a porta estava aberta. Ela entrou. Mark já havia morrido. Seu corpo estava pendurado no gancho. Mas ele não tinha a aparência com que a senhorita Markland o encontrou pela manhã." Ele se virou para Isabelle: "Pode contar".

Ela hesitou. Hugo avançou um passo e a beijou de leve, nos lábios.

"Vá em frente, pode contar. Nem todo o dinheiro do papai pode proteger você de alguns momentos desagradáveis como este, querida."

Isabelle virou a cabeça e olhou com intensidade para os quatro lados da sala, como se quisesse confirmar que os três estavam realmente sozinhos ali. Sua íris parecia púrpura na luz da lareira. Ela se virou para Cordelia com um ar de prazer cúmplice de uma fofoqueira de aldeia pronta para contar o escândalo mais recente. Cordelia viu que o pânico a abandonara. As agonias de Isabelle eram viscerais, violentas e curtas, ela facilmente as superava. Manteria o segredo enquanto Hugo assim o ordenasse, mas estava aliviada com a ordem de revelar tudo. Provavelmente seu instinto lhe dizia que a história, depois de contada, perderia seu potencial aterrorizante. Ela disse:

"Eu pensei em fazer uma visita a Mark, talvez jantar com ele. Mademoiselle de Congé não estava passando bem, Hugo e Sophie foram ao teatro, eu me sentia entediada. Entrei pela porta dos fundos porque Mark havia contado que a da frente não abria. Achei que o encontraria no jardim, mas ele não estava lá, só a pá enterrada no chão e a bota na porta. Empurrei a porta. Não bati porque queria fazer uma surpresa ao Mark."

Ela hesitou, olhou para a caneca de café, que girava entre as mãos.

"E depois?", Cordelia indagou.

"Então eu o vi. Ele estava pendurado no teto pelo cinto, e percebi que havia morrido. Cordelia, foi horrível! Estava vestido de mulher, com sutiã preto e calcinha preta de renda. Mais nada. E o rosto! Pintara os lábios, os lábios inteiros, feito um palhaço! Era terrível e também engraçado. Eu queria gritar e rir ao mesmo tempo. Ele não parecia com Mark. Não parecia com um ser humano. Sobre a mesa havia três fotos. Não eram decentes, Cordelia. Eram fotos de mulheres nuas."

Seus olhos arregalados se fixaram em Cordelia, desesperados, confusos. Hugo disse:

"Não faça esta cara, Cordelia. Foi horrível para Isabelle no momento, e é desagradável pensar nisso agora. Mas não chega a ser incomum. Acontece. Trata-se provavelmente de um desvio sexual inócuo. Ele não envolveu ninguém, só ele mesmo. E talvez não quisesse se matar, pode

160

ter dado azar. Imagino que a fivela do cinto escorregou e ele não conseguiu se soltar."

Cordelia disse:

"Não acredito nisso."

"Achei que não acreditaria. Mas é a verdade, Cordelia. Por que não vem conosco e telefona para Sophie? Ela pode confirmar tudo."

"Não preciso da confirmação da história de Isabelle. Isso eu já tenho. Quero dizer que ainda não acredito que Mark tenha se suicidado."

Assim que falou ela percebeu ter cometido um erro. Não deveria ter revelado suas suspeitas. Mas agora era tarde demais, teria de responder a algumas questões. Viu o rosto de Hugo, o franzir impaciente da testa por causa da obtusidade dela, de sua obstinação. Em seguida, percebeu uma ligeira alteração de seu estado de espírito; seria irritação, medo, desapontamento? Ela falou diretamente a Isabelle:

"Você disse que a porta estava aberta. Lembra-se da posição da chave?"

"Do lado de dentro da porta. Eu a vi quando saí."

"E as cortinas?"

"Como agora, fechadas."

"E onde estava o batom?"

"Que batom, Cordelia?"

"O batom usado para pintar os lábios de Mark. Não estava nos bolsos da calça dele, ou a polícia o teria encontrado. Então, onde estava? Você o viu sobre a mesa?"

"Não havia nada na mesa, só as fotos."

"De que cor era o batom?"

"Roxo. Uma cor de batom de senhoras idosas. Ninguém mais escolheria uma cor daquelas, acho."

"E a lingerie, poderia descrevê-la?"

"Claro. Era da M&S. Reconheci na hora."

"Você quer dizer que reconheceu especificamente aquelas peças, que elas eram suas?"

"Ah, não, Cordelia! Não eram minhas. Nunca uso lingerie preta. Só gosto de branco na minha pele. Mas eram do tipo que costumo comprar; sempre compro minha lingerie na M&S."

Cordelia refletiu que Isabelle dificilmente seria uma das melhores clientes da loja, mas que nenhuma outra testemunha teria sido mais confiável em termos de detalhes, particularmente de roupas. Mesmo naquele momento de absoluto terror e repulsa, Isabelle notara o tipo de lingerie. E, se declarava não ter visto o batom, é porque o batom não estivera à vista.

Cordelia prosseguiu, inexorável:

"Tocou em algo? No corpo de Mark, por exemplo, para ver se ele estava morto?"

Isabelle ficou chocada. Os fatos da vida ela tirava de letra, mas não os da morte.

"Eu não poderia tocar em Mark! Não mexi em nada. Sabia que ele estava morto."

Hugo disse: "Um cidadão responsável e cumpridor da lei teria corrido ao telefone mais próximo para chamar a polícia. Felizmente Isabelle não é nada disso. Seu instinto lhe disse para me procurar. Esperou a peça terminar e nos encontrou na saída do teatro. Quando a vimos, ela caminhava de um lado para o outro, na calçada oposta. Davie, Sophie e eu voltamos para cá com ela, no Renault. Paramos rapidamente em Norwich Street para pegar a máquina fotográfica e o flash de Davie".

"Para quê?"

"Foi idéia minha. Claro, não tínhamos a menor intenção de deixar Ronald Callender e a polícia saberem como Mark havia morrido. Nosso objetivo era simular um suicídio. Pretendíamos vesti-lo com suas roupas, lavar o rosto e depois deixá-lo aí para que outros o encontrassem. Não pensamos em escrever o bilhete suicida; seria um refinamento fora de nosso alcance. Trouxemos a máquina para poder fotografá-lo como ele estava. Não sabíamos que lei específica estaríamos transgredindo, mas deve haver alguma. A gente não consegue fazer um simples favor a um amigo hoje em dia sem se expor a uma interpretação equivocada por parte da polícia. Se houvesse problemas, queríamos ter uma prova de que dizíamos a verdade. Todos nós gostávamos de Mark, cada um a seu modo, mas não o suficiente para enfrentar uma acusação de homicídio. Contudo, nossas boas intenções foram frustradas. Alguém chegou aqui primeiro."

"Explique melhor."

"Não tenho muito a contar. Pedimos às moças que esperassem no carro. Isabelle já tinha visto demais, e Sophie precisava fazer companhia a ela, que estava muito apavorada para ficar sozinha. Além disso, parecia justo com Mark deixar Sophie fora daquilo, evitar que ela o visse. Não considera curioso, Cordelia, a preocupação que as pessoas têm com a susceptibilidade dos mortos?"

Pensando no pai e em Bernie, Cordelia disse:

"Talvez só quando as pessoas morrem possamos mostrar com segurança o quanto gostávamos delas. Sabemos que é tarde demais para elas fazerem algo a respeito."

"Cínico, porém verdadeiro. De todo modo, não havia mais nada a fazer por aqui. Encontramos o corpo de Mark e esta sala do jeito que a senhorita Markland os descreveu no inquérito. A porta estava aberta, as cortinas fechadas. Mark estava só de calça jeans. Não havia páginas de revista sobre a mesa nem batom em seu rosto. Além disso, surgiu o bilhete suicida e o monte de cinzas na lareira. Ao que tudo indica, o visitante fez o serviço completo. Não hesitou. Alguém — talvez um morador da casa — pode ter entrado em algum momento. Admito que já era um pouco tarde, mas parece que foi uma noite atraente para visitas. Mark deve ter recebido mais gente naquela noite do que no período inteiro em que morou no chalé. Primeiro Isabelle, depois o samaritano desconhecido, depois nós."

Cordelia pensou que houvera mais alguém antes de Isabelle. O assassino de Mark chegara lá primeiro. Ela perguntou, subitamente:

"Alguém fez uma brincadeira de mau gosto comigo, na noite passada. Quando voltei da festa havia um travesseiro pendurado no gancho. Foram vocês?"

Se a surpresa não foi genuína, Hugo era um ator muito melhor do que Cordelia previa.

"Claro que não! Pensei que estivesse hospedada em Cambridge, e não aqui. E por que eu faria isso?"

"Para me espantar."

"Seria loucura! Não a espantaria, certo? Poderia assustar outras mulheres, não você. Queríamos convencê-la de que não havia nada a investigar a respeito da morte de Mark. Uma brincadeira assim só serviria para convencê-la do contrário. Outra pessoa está querendo assustá-la. O mais provável é que seja quem entrou aqui antes de nós."

"Sei disso. Alguém correu riscos por Mark. Ele — ou ela — não quer me ver por aqui, investigando. Mas poderia se livrar de mim de um modo mais correto, contando a verdade."

"E como saber se poderia confiar em você? O que fará agora, Cordelia? Voltará para a cidade?"

Ele tentava falar descontraidamente, mas ela percebeu um toque inconfundível de ansiedade. E respondeu:

"Espero que sim. Preciso primeiro conversar com sir Ronald."

"O que dirá a ele?"

"Vou pensar em alguma coisa. Não se preocupe."

A aurora manchava o céu a leste, os primeiros pássaros enfrentavam o amanhecer aos gritos quando Hugo e Isabelle partiram. Levaram o Antonello com eles. Cordelia sentiu uma pontada de dor quando o despenduraram da parede. Foi como se uma parte de Mark deixasse o chalé. Isabelle examinou a pintura de perto, com ar profissional sério, antes de colocá-la debaixo do braço. Cordelia pensou que ela devia ser generosa com seus bens, tanto pessoas como quadros, desde que fossem apenas emprestados, imediatamente devolvidos quando ela quisesse, e nas mesmas condições de quando ela se separara deles. Cordelia observou do portão da frente quando o Renault saiu das sombras dos arbustos, dirigido por Hugo. Ela ergueu a mão num gesto formal de adeus, como uma anfitriã cansada a se despedir dos últimos convidados, e retornou ao chalé.

A sala parecia fria e deserta sem eles. O fogo estava morrendo, ela apressou-se em juntar os derradeiros gravetos na lareira e soprou para atiçar o fogo. Andou irrequieta pela sala pequena. Estava agitada demais para voltar à cama, mas a noite curta e atrapalhada a deixara nervosa, exausta. Contudo, algo mais fundamental que a falta de sono atormentava sua mente. Pela primeira vez percebeu que sentia medo. O mal existia — não precisara da educação no colégio de freiras para se convencer dessa realidade — e estivera presente naquela sala. Algo ali fora mais intenso que a perversidade, a crueldade, a insensibilidade ou o oportunismo. O mal. Ela não tinha dúvida de que Mark fora assassinado, e com que astúcia diabólica isso fora feito! Se Isabelle contasse sua história, quem acreditaria agora que ele não havia morrido acidentalmente, e sim pelas próprias mãos? Cordelia não precisava consultar seu livro de medicina forense para saber como a polícia trataria a questão. Como Hugo dissera, esses casos eram relativamente comuns. Como filho de psiquiatra, ele devia ter ouvido falar em vários. Quem mais saberia? Provavelmente qualquer pessoa razoavelmente sofisticada. Mas não poderia ter sido Hugo. Ele tinha um álibi. Sua mente se revoltou contra a idéia de que Davie e Sophie pudessem ter participado daquele horror. Mas fora típico da parte deles levar a máquina fotográfica. Nem a compaixão os afastara da cautela protetora. Teriam Hugo e Davie coragem de parar ali, sob o corpo grotesco de Mark, discutindo calmamente distância e exposição antes de tirar a foto que, se fosse necessário, os inocentaria às custas do morto?

Ela foi para a cozinha preparar um chá, aliviada por estar livre do fascínio maligno do gancho no teto. Antes ele não a incomodara, agora era importuno como um fetiche. Parecia ter crescido desde a noite anterior, e continuava a crescer enquanto compulsivamente atraía seus olhos. E a própria sala com certeza tinha diminuído; o lugar não era mais um santuário, e sim uma cela claustrofóbica, escandalosa e vergonhosa como uma barraca de execução. Até o ar fino da manhã exalava maldade.

Enquanto esperava a água ferver na chaleira, ela meditou sobre as atividades do dia. Ainda era cedo para teorizar, a mente ocupada demais com o terror não conseguia lidar racionalmente com as novas informações. A história de Isabelle complicara o caso, em vez de esclarecê-lo. Ainda precisava descobrir fatos relevantes. Seguiria com a programação que já havia feito. Era dia de ir a Londres examinar o testamento do avô de Mark.

Mas ainda restavam duas horas até a saída. Decidira viajar de trem para Londres, deixando o carro na estação ferroviária de Cambridge; seria mais fácil e rápido. Era irritante passar o dia na capital, pois o mistério obviamente estava em Cambridgeshire, mas dessa vez não lamentou a perspectiva de se afastar do chalé. Chocada e inquieta, ela perambulou sem rumo de um cômodo a outro, circulou pelo jardim, ansiosa para partir. Finalmente, desesperada, pegou a pá e completou o serviço de Mark no canteiro. Não tinha certeza de que fosse uma boa idéia: o trabalho interrompido de Mark ajudava a provar que fora assassinado. Mas outras pessoas, inclusive o sargento Maskell, haviam visto o canteiro e testemunhariam se necessário, pois a visão da pá torta enfiada no chão e o serviço por terminar era insuportavelmente irritante. Quando o canteiro ficasse pronto, ela se sentiria mais calma. Cavou sem parar durante uma hora, depois limpou a pá com cuidado e a guardou no barraco com as outras ferramentas de jardinagem.

Finalmente era hora de partir. A previsão do tempo das sete horas anunciava tempestades com trovões no sudeste, por isso vestiu o tailleur, a proteção mais pesada que trouxera. Não o usava desde a morte de Bernie, e descobriu que a cintura estava desconfortavelmente frou-

166

xa. Perdera um pouco de peso. Após um momento de reflexão, pegou o cinto de Mark no kit para cenas de crime e o passou duas vezes pela cintura. Não sentiu repugnância quando o couro apertou sua cintura. Era impossível acreditar que algo que ele tivesse tocado ou possuído pudesse assustar ou incomodar Cordelia. A força e o peso do couro tão perto de sua pele chegava a ser obscuramente reconfortante, como se o cinto fosse um talismã.

5

A tempestade caiu quando Cordelia desceu do ônibus número 11, na frente de Somerset House. Um raio riscou o céu em ziguezague, e quase instantaneamente um trovão explodiu como uma bomba em seu ouvido. Ela correu para o pátio interno, entre as fileiras de carros estacionados, debaixo de uma chuva torrencial, com água a respingar nos tornozelos como se as pedras do calçamento rechaçassem uma saraivada de balas. Abriu a porta e parou, formando uma poça d'água no capacho, rindo alto de alívio. Um ou dois dos presentes ergueram os olhos dos testamentos que consultavam e sorriram, enquanto uma matrona atrás do balcão pigarreou sua desaprovação. Cordelia sacudiu o casaco em cima do capacho, depois o pendurou nas costas de uma cadeira e tentou sem sucesso secar o cabelo com o lenço antes de se aproximar do balcão.

A matrona foi solícita. Consultada por Cordelia a respeito do procedimento adequado, ela indicou prateleiras lotadas de volumes encadernados, no meio do salão, explicando que os testamentos eram indexados pelo sobrenome do falecido e o ano em que o documento fora transferido para Somerset House. Cordelia precisava localizar o número de catálogo e levar o livro até o balcão. O original seria localizado, e por uma taxa de vinte *pence* ela poderia consultá-lo.

Sem saber quando George Bottley havia falecido, Cordelia ficou na dúvida de por onde começar sua busca. Deduziu, porém, que o testamento devia ter sido feito após o nascimento ou, pelo menos, após a concepção de Mark, pois o avô lhe deixara uma fortuna. Contudo, o sr. Bottley deixara bens para a filha também, e essa parte da fortuna fora dada ao marido, quando ela morreu. A probabilidade maior era que o pai tivesse morrido antes dela, caso contrário certamente teria feito outro testamento. Cordelia resolveu começar a busca pelo ano de nascimento de Mark, 1951.

Suas deduções se revelaram corretas. George Albert Bottley, de Stonegate Lodge, Harrogate, falecera no dia 26 de julho de 1951, exatos três meses e um dia após o nascimento do neto, e somente três semanas depois de ter feito o testamento. Cordelia se perguntou se a morte fora súbita ou se aquele era o testamento de um moribundo. Viu que ele deixara bens no valor de quase setecentos e cinqüenta mil libras. Como as conseguira?, pensou. Não ganhara tudo isso vendendo lã. Ela carregou o pesado volume através da sala até o balcão, onde a funcionária anotou os detalhes num formulário branco e indicou o caminho para o caixa. Em poucos minutos, surpreendentemente, pagando o que lhe pareceu uma importância modesta, Cordelia sentou e acendeu a luz de uma das mesas perto da janela, com o testamento nas mãos.

Não gostara do que ouvira Nanny Pilbeam falar a respeito de George Bottley, e gostou menos ainda do sujeito quando leu seu testamento. Temia que o documento fosse longo demais, complicado, difícil de entender; mas era surpreendentemente curto, simples e compreensível. O sr. Bottley tinha determinado que todos os seus bens seriam vendidos, "pois prefiro evitar a inevitável disputa pelas miudezas". Deixara somas modestas para os empregados de sua residência na época da morte, mas não havia menção, Cordelia notou, ao jardineiro. Deixara metade do restante da fortuna para a filha, "agora que ela demonstrou possuir pelo menos um dos atributos normais de uma mulher". A outra metade iria para seu amado neto, Mark Callender, quando ele completasse vinte e cinco anos, "uma idade em que, se ainda não tiver aprendido o valor do dinhei-

169

ro, pelo menos terá capacidade de evitar exploração". O rendimento do capital fora legado a seis parentes de Bottley, alguns deles, pelo jeito, apenas distantes. O testamento criava um fundo residual; quando um beneficiário morresse, seu quinhão seria distribuído entre os sobreviventes. Bottley acreditara que, desse modo, o acerto estimularia nos beneficiários um vívido interesse pela saúde e sobrevivência uns dos outros, além de estimulá-los a atingir o benefício da longevidade, não havendo outros ao seu alcance. Se Mark morresse antes dos vinte e cinco anos, o fundo familiar continuaria a existir até que todos os beneficiários morressem, e o capital seria então distribuído a uma formidável lista de entidades beneficentes, escolhidas, pelo que Cordelia pôde ver, mais por sua fama e sucesso do que por representarem alguma preocupação pessoal ou identificação por parte do sr. Bottley. Dava a impressão de que ele pedira aos advogados uma relação de entidades sérias, sem interesse real pelo destino de sua fortuna quando sua própria família não estivesse mais viva para herdá-la.

Era um testamento estranho. O sr. Bottley não deixara nada para o genro, embora aparentemente não tivesse se preocupado com a possibilidade de sua filha, que ele sabia não ser forte, morrer e legar a parte dela ao marido. Em certos aspectos era um testamento de jogador, e Cordelia não pôde deixar de pensar novamente na maneira como George Bottley teria amealhado sua fortuna. Mas, apesar da grossura cínica dos comentários, o testamento não era nem injusto nem mesquinho. Ao contrário de muitos milionários, ele não tentara controlar a fortuna do túmulo, obsessivamente decidido a evitar que um centavo que fosse pudesse chegar a outras mãos. A fortuna da filha e do neto tinha ficado integralmente para eles. Era impossível simpatizar com o sr. Bottley, mas difícil não respeitá-lo. As conseqüências de seu testamento eram muito claras. Ninguém teria nada a ganhar com a morte de Mark, exceto uma longa lista de entidades assistenciais respeitáveis.

Cordelia anotou as principais cláusulas do testamento, mais devido à insistência de Bernie pelo registro meticuloso do que por medo de esquecer algo; guardou o recibo dos vinte pence entre as páginas do caderno de despesas; acrescentou o preço da passagem promocional de ida e volta a Cambridge no mesmo dia, mais a passagem de ônibus, e devolveu o testamento no balcão. A tempestade fora tão violenta quanto curta. O sol já secava janelas e poças que brilhavam no pátio. Cordelia decidiu cobrar sir Ronald apenas por metade do dia e passar um tempo em Londres, no escritório. Talvez houvesse alguma correspondência. Quem sabe até outro caso a aguardasse.

Mas a decisão foi infeliz. O escritório pareceu ainda mais sórdido do que quando ela saíra, e o ar tinha um cheiro acre em contraste com as ruas lavadas pela chuva. Havia uma grossa camada de poeira sobre a mobília e a mancha de sangue no tapete escurecera até um marrom-tijolo que parecia ainda mais sinistro que o vermelho forte inicial. Não havia nada na caixa de correio, exceto um aviso final da companhia de eletricidade e a conta da papelaria. Bernie pagara caro — ou melhor, não pagara — pelo papel de carta pavoroso.

Cordelia fez um cheque para pagar a eletricidade, tirou o pó da mobília e fez uma última tentativa malsucedida de limpar o tapete. Depois trancou o escritório e caminhou até Trafalgar Square. Buscaria consolo na National Gallery.

Ela pegou o trem das seis e dezesseis em Liverpool Street e chegou no chalé por volta das oito horas. Estacionou o Mini no lugar de sempre, protegido pelo bosque, e deu a volta no chalé. Hesitou por um momento, pensando em pegar a arma no esconderijo, mas concluiu que isso poderia esperar até mais tarde. Sentia fome; a prioridade era preparar uma refeição. Ela havia trancado cuidadosamente a porta dos fundos e passado um pedaço de fita adesiva no batente da janela antes de sair, de manhã. Se algum visitante secreto entrara, ela queria saber. Mas a fita estava intacta. Pegou a chave na mochila e, abaixando-se, enfiou-a na fechadura. Não esperava problemas na parte externa do chalé, e o ataque a apanhou de surpresa. O meio segundo de percepção não evitou que jogassem um cobertor em sua cabeça. Passaram uma corda em seu pescoço, puxando a cobertura de lã grosseira e quente até que tampasse seu nariz e a boca. Ela tentou respirar, sentiu a secura das fibras na língua e seu forte odor. Uma dor forte, explosiva, no peito, fez com que apagasse completamente.

O movimento de libertação foi um milagre e um horror. Tiraram o cobertor de sua cabeça. Ela não chegou a ver quem a atacara. Houve um segundo de ar fresco, revigorante, tão rápido que mal foi compreendido, de céu cegante entrevisto através do verde, e depois ela percebeu que caía, surpresa e impotente, na escuridão gelada. A queda se confundiu com pesadelos antigos, inacreditáveis segundos de terror infantil voltaram. Então seu corpo bateu na água. Mãos frias como gelo a arrastaram para o vórtice do horror. Instintivamente ela havia fechado a boca no momento do impacto, e lutou para atingir a superfície, por um tempo que lhe pareceu eterno na escuridão fria que a envolvia. Ela ergueu a cabeça e com dor na vista abriu os olhos. O túnel negro que se erguia acima dela terminava numa lua de luz azul. Enquanto olhava, a tampa foi lentamente arrastada de volta, como o obturador de uma câmera. A lua tornou-se meia lua, depois minguante. Finalmente não havia nada além de oito tirinhas de luz.

Desesperada, ela mergulhou, tentando pôr os pés no fundo. Não havia fundo. Movendo freneticamente as mãos e os pés, esforçando-se ao máximo para não entrar em pânico, tateou as paredes do poço em busca de um apoio para os pés. Não havia nenhum. Os tijolos lisos, cobertos por musgo, estendiam-se lateralmente e acima dela como uma tumba circular. Conforme olhava para cima eles encolhiam, se expandiam, oscilavam e se viravam como a barriga de uma cobra monstruosa.

Foi então que sentiu a raiva salvadora. Não ia se afogar, não ia morrer sozinha e apavorada naquele lugar terrível. O poço era fundo mas pequeno, seu diâmetro não chegava a um metro. Se não perdesse a cabeça e tivesse paciência, poderia apoiar as pernas e os ombros nos tijolos e subir lentamente.

Cordelia não se machucara ao bater nas paredes do poço durante a queda. Milagrosamente, não tinha nenhum ferimento. A queda fora inofensiva. Estava viva e conseguia raciocinar. Sempre sobrevivera. Sobreviveria agora.

Boiou de costas, apoiando os ombros contra a parede fria, estendendo os braços e firmando os cotovelos nos desníveis dos tijolos para melhor se agarrar nela. Tirando os sapatos, ela levou os pés à parede em frente. Logo abaixo da linha d'água um dos tijolos estava ligeiramente fora do prumo. Curvou os dedos do pé em torno dele, o que lhe deu o apoio precário mas indispensável para iniciar a escalada. Graças a ele pôde erguer o corpo para fora da água e aliviar por um momento a pressão sobre os músculos das costas e das coxas.

Lentamente ela começou a subir, primeiro levantando um pé, depois o outro, em movimentos breves e curtos, para em seguida erguer o corpo dolorido, centímetro por centímetro. Mantinha os olhos fixos na parede curva à frente, esforçando-se para não olhar para baixo nem para cima, contando o avanço pela altura de cada tijolo. O tempo passou. Ela não conseguia ver o relógio de Bernie, embora ele tiquetaqueasse alto demais, um metrônomo regular importuno para a batida forte do seu coração e a sua respiração rápida. A dor nas pernas era intensa e a blusa grudara nas costas com uma efusão cálida, quase prazerosa, que ela sabia ser sangue. Tentou não pensar na água lá embaixo, nem nas frestas acima, cada vez mais largas, por onde a luz entrava. Para sobreviver, precisava direcionar toda a energia para os próximos centímetros dolorosos.

173

Durante a subida as pernas escorregaram e ela deslizou alguns centímetros até que seus pés, pressionando inutilmente a parede lisa, finalmente encontraram um apoio. A queda esfolara suas costas machucadas e provocou gemidos de desapontamento e autocomiseração. Mas ela recuperou a coragem e retomou a escalada. Em seguida sofreu câimbras e precisou parar, ficando esticada como numa prateleira até a agonia passar e seus músculos recuperarem os movimentos. De tempos em tempos, os pés localizavam outra saliência e ela conseguia esticar as pernas e descansar um pouco. A tentação de ficar em relativa segurança e conforto era quase irresistível. Só com muita força de vontade ela insistia na penosa subida.

Parecia que ela estava subindo havia muitas horas, movendo-se numa paródia de um trabalho de parto difícil até o nascimento desesperado. Escurecia. A luz que se via pelas frestas do poço era mais difusa agora e mais fraca. Ela tentou se convencer de que a escalada não era difícil. A escuridão e a solidão faziam com que tivesse essa impressão. Se fosse uma corrida de obstáculos artificiais, um exercício no ginásio da escola, sem dúvida o teria feito sem dificuldade. Ela lotou a mente com imagens tranqüilizadoras de cavalos e outros aparelhos de ginástica, e com os gritos de encorajamento da torcida da quinta série. A irmã Perpetua estava lá. Mas por que não olhava para Cordelia? Por que lhe dera as costas? Cordelia a chamou, a figura virou-se lentamente e sorriu para ela. Mas não era a irmã. Era a srta. Leaming, o rosto pálido e comprido, sarcástico, sob o véu branco.

Quando percebeu que não conseguiria ir adiante sem ajuda, Cordelia vislumbrou sua salvação. A uma pequena distância de onde estava, viu o último degrau de uma pequena escada de madeira presa na parede, que levava ao topo do poço. No princípio pensou tratar-se de ilusão, uma miragem nascida da exaustão e do desespero. Ela fechou os olhos por alguns segundos; seus lábios se moveram. Abriu os olhos e viu que a escada continuava lá, oculta na

174

penumbra mas promissoramente sólida. Ergueu as mãos impotentes em sua direção, sabendo que estava fora de alcance. A escada poderia salvar sua vida, mas ela sentia que não teria forças para alcançá-la.

Foi então que, sem esforço consciente ou planejamento, ela se lembrou do cinto. Baixou a mão à cintura, tocou a fivela pesada de latão. Abriu-a e puxou a longa serpente de couro que trazia junto ao corpo. Cuidadosamente, atirou o lado da fivela na direção do último degrau da escada. Nas primeiras três tentativas a fivela bateu na madeira com um estalo seco, mas não passou por cima do degrau; na quarta vez, passou. Ela ergueu a outra extremidade do cinto até a fivela descer e estendeu a mão para segurá-la. Prendeu as duas pontas. Depois puxou, primeiro com cuidado, depois com força, até apoiar a maior parte do peso na correia. O alívio foi indescritível. Ela se apoiou nos tijolos, reunindo forças para o esforço final. Então, a surpresa. O degrau estava podre nas junções, quebrou-se com um estalo e despencou na escuridão, passando por ela, quase batendo em sua cabeça. O ruído ao cair na água distante pareceu levar minutos e não segundos para chegar a ela, ecoando nas paredes.

Ela desafivelou o cinto, para nova tentativa. O degrau seguinte, mais alto uns trinta centímetros, tornava o lanço mais difícil. Em sua condição atual até o pequeno esforço era exaustivo, por isso tentou se recuperar um pouco. Cada tentativa malsucedida dificultava a seguinte. Ela não contou o número de tentativas, insistiu até que finalmente a fivela passou por cima do degrau e caiu em sua direção. Quando chegou ao seu alcance, ela verificou que mal dava para passar a fivela. O degrau seguinte estava alto demais. Se este quebrasse, seria o fim.

Mas o degrau agüentou firme. Ela não se lembrava bem da última meia hora de escalada, porém conseguiu atingir a escada e se prender com firmeza à estrutura. Pela primeira vez considerou-se fisicamente segura. Enquanto a escada agüentasse ela não precisava temer a queda. Sentiu que relaxava, que perdia a consciência por um breve período. Mas as engrenagens da mente que haviam se soltado logo voltaram a se encaixar e Cordelia recomeçou a pensar. Sabia que não tinha a menor chance de empurrar a tampa pesada de madeira sem ajuda. Estendeu as mãos e tentou empurrá-la, mas ela não cedeu, e o domo alto e côncavo impossibilitava que apoiasse o ombro para levantar a tampa. Dependeria de ajuda externa, o que só poderia acontecer quando clareasse. Talvez nem de dia a ajuda viesse, mas ela afastou tal pensamento. Mais cedo ou mais tarde alguém apareceria. Ela só precisava agüentar firme, presa à escada, mesmo que fosse por vários dias. Mesmo que perdesse a consciência havia uma chance de ser resgatada viva. A srta. Markland sabia que ela estava no chalé; suas coisas continuavam lá. A srta. Markland viria salvá-la.

Cordelia passou a pensar em maneiras de atrair a atenção. Havia espaço para empurrar alguma coisa entre as tábuas, se conseguisse algo duro para empurrar. A ponta do cinto seria viável, se ela conseguisse apertar mais o cinto que a prendia. Contudo, precisaria esperar que amanhecesse. Nada poderia ser feito no momento. Melhor relaxar, dormir e aguardar o salvamento.

Então o horror final eclodiu em sua mente. Não haveria salvamento. Alguém se aproximaria do poço, silenciosa e furtivamente, protegido pela escuridão. Mas seria seu assassino. Ele precisava voltar; fazia parte do plano. O ataque, que no momento parecera tão surpreendente, tão brutalmente estúpido, não fora de modo algum estúpido. O objetivo era fazer com que a queda parecesse um acidente. Ele voltaria naquela noite para remover a tampa outra vez. Então, no dia seguinte ou em algum momento dos próximos dias, a srta. Markland descobriria tudo quando passeasse pelo jardim. Ninguém jamais seria capaz de provar que a morte de Cordelia não fora acidental. Ela recordou as palavras do sargento Maskell: "O que conta não é

176

a suspeita, e sim o que podemos provar". Será que dessa vez pelo menos suspeitariam? Uma jovem impulsiva, excessivamente curiosa, estava hospedada no chalé sem autorização do dono. Obviamente, resolvera explorar o poço. Forçara o cadeado, puxara a tampa com a corda que o assassino se lembraria de deixar à mão e, tentada pela descoberta da escada, descera alguns degraus. Mas o último degrau cedera sob seus pés. Só as suas impressões digitais seriam encontradas na escada, e as de mais ninguém, se por acaso investigassem. O chalé estava vazio; a possibilidade de que seu assassino fosse visto era remota. Não poderia fazer nada a não ser esperar até ouvir seus passos, sua respiração pesada, e sua mão a puxar lentamente a tampa para revelar seu rosto.

Após o momento inicial de terror intenso, Cordelia esperou pela morte sem esperança, sem enfrentar o problema. Encontrou uma espécie de paz na resignação. Presa como vítima nas laterais da escada, ela escapou de bom grado para a inconsciência, pedindo que estivesse desacordada quando o assassino chegasse, que ele a encontrasse inconsciente no momento do golpe fatal. Ela não tinha mais interesse em conhecer o rosto do agressor. Não se humilharia implorando pela vida, não pediria misericórdia ao homem que enforcara Mark. Sabia que não encontraria piedade.

Mas ela estava consciente quando a tampa do poço começou a se mover devagar. A luz surgiu acima de sua cabeça, que pendia. A fresta cresceu. Então ouviu uma voz de mulher, baixa, assustada, aguda de terror.

"Cordelia!"

Ela levantou a cabeça.

Ajoelhada na borda do poço, o rosto pálido imenso que parecia flutuar no espaço, livre do corpo como um fantasma de pesadelo, pertencia à srta. Markland. Os olhos fixos em Cordelia estavam tão arregalados de terror quanto os dela.

Dez minutos mais tarde Cordelia estava largada numa

poltrona, à beira da lareira. Seu corpo inteiro doía, ela não conseguia controlar os tremores violentos. A blusa fina colara nas costas feridas e cada movimento era doloroso. A srta. Markland acendera o fogo e agora preparava um café. Cordelia ouvia o barulho na cozinha conforme ela se movimentava de um lado para o outro, sentia o cheiro do fogareiro aceso e logo o aroma inconfundível do café. Os sons e visões familiares eram reconfortantes, aconchegantes, mas ela sentia um desejo desesperado de ficar sozinha. O assassino voltaria. Ele tinha de voltar, e quando o fizesse ela queria estar pronta para recebê-lo. A srta. Markland trouxe duas canecas e pôs uma nas mãos trêmulas de Cordelia. Depois subiu e voltou com um suéter de Mark, que colocou em volta do pescoço da moça. O terror a abandonara, mas ela estava agitada como uma menina em sua primeira aventura clandestina. Seus olhos estavam arregalados e o corpo inteiro tremia de excitação. Sentou diretamente na frente de Cordelia e a encarou com olhos firmes, inquisitivos.

"O que aconteceu? Preciso saber."

Cordelia não perdera a capacidade de raciocínio.

"Não sei. Não me lembro de nada que aconteceu antes de eu mergulhar na água. Creio que fui explorar o poço e perdi o equilíbrio."

"Mas e a tampa? A tampa estava no lugar!"

"Sei disso. Alguém a colocou de volta."

"Por quê? Quem poderia ter passado por aqui?"

"Não sei. Mas alguém deve ter visto a tampa deslocada. Alguém a empurrou de volta." Ela disse, mais calma: "Você salvou minha vida. Como percebeu o que havia acontecido?".

"Vim ao chalé ver se você ainda estava aqui. Passei mais cedo, e não vi sinal de sua presença. Havia uma corda — aquela que você usou, presumo — no meio do caminho, e tropecei nela. Depois notei que a tampa não estava exatamente no lugar e que o cadeado fora forçado."

"Você salvou minha vida", Cordelia repetiu. "Mas, por

favor, vá embora agora. Estou bem. Fique tranqüila, estou bem mesmo."

"Mas você não está em condições de ficar sozinha! E aquele homem — o que empurrou a tampa — pode voltar. Não gosto de pensar que algum estranho pode entrar no chalé enquanto você está aqui sozinha."

"Estou perfeitamente segura. Além disso, tenho uma arma. Só quero ficar sossegada e descansar. Por favor, não se preocupe comigo!"

Cordelia não conseguiu evitar o tom de desespero, quase histérico, em sua voz.

Mas a srta. Markland não lhe deu ouvidos. De repente caiu de joelhos na frente de Cordelia, despejando uma enxurrada de frases em tom agudo, excitado. Sem pensar, sem consideração, ela estava contando à moça sua terrível história, a história de seu filho, o menino de quatro anos que tivera com o amante, que passara pela sebe do chalé e caíra dentro do poço, onde morrera. Cordelia tentou se livrar dos olhos faiscantes. Era certamente uma fantasia. A mulher devia ser louca. E, se fosse verdade, era tão horrível e insuportável que ela não agüentava escutar. Ela lembraria da história, às vezes, recordaria cada palavra e pensaria na criança, em seu terror final, no grito desesperado pela mãe, da água fria sufocante a sugá-lo para a morte. Ela viveria aquela agonia dos pesadelos, ao reviver as suas. Mas não agora. Na torrente de palavras, nas acusações que a srta. Markland fez a si mesma, no terror reencenado, Cordelia notou o alívio da liberação. O que representava para ela puro terror, para a srta. Markland era uma forma de liberação. Uma vida por uma vida. De repente, Cordelia não suportou mais. Ela disse, enfática:

"Lamento! Você salvou minha vida, sou muito grata. Mas não agüento mais escutar. Não quero que fique aqui. Pelo amor de Deus, vá embora!"

Ela se lembraria pelo resto da vida do olhar magoado daquela mulher, de sua saída silenciosa. Cordelia nem a ouviu ir embora, não se lembrava da porta sendo delicadamente fechada. Só sabia que estava sozinha. A tremedeira cessara, embora ainda sentisse muito frio. Ela subiu, vestiu a calça, tirou o suéter de Mark do pescoço e o vestiu. Cobriria as manchas de sangue da blusa e seu calor foi imediatamente revigorante. Ela agiu com muita rapidez. Pegou a munição e a lanterna, saiu pela porta dos fundos do chalé. A arma continuava onde a deixara, no buraco da árvore. Ela a carregou e sentiu a forma e o peso familiares na mão. Depois escondeu-se no meio do mato e esperou.

Estava muito escuro para ver os ponteiros do relógio, mas Cordelia calculou que tinha passado cerca de meia hora imóvel nas sombras, até seus ouvidos captarem o som que tanto aguardava. Um carro se aproximava, na estrada. Cordelia prendeu o fôlego. O som do motor aumentou por um instante, depois foi sumindo. O carro passou sem parar. Era difícil passar um carro por aquele caminho depois de escurecer, e ela se perguntou quem seria o ocupante. Voltou a esperar, afundando mais no abrigo dentro do sabugueiro para poder recostar no tronco. Segurava a pistola com tanta força que o pulso doía, por isso a passou para a outra mão e girou lentamente o punho, esticando os dedos entorpecidos.

E esperou mais. Os minutos passavam lentamente. O silêncio foi quebrado apenas pela corrida furtiva de um animal noturno na grama e pelo pio de uma coruja. De repente, ouviu outra vez um ruído de motor. Dessa vez o ruído era fraco e não chegou mais perto. Alguém parara o carro na beira da estrada.

Ela empunhou a arma com a mão direita, segurando o cano com a esquerda. O coração batia tão forte que ela temeu que o barulho a delatasse. Ela imaginou, mais do que ouviu, o guincho agudo do portão da frente, mas o som dos pés a se moverem em volta do chalé era claro, inconfundível. Agora já dava para vê-lo, corpulento, de ombros largos, negro contra a luz. Vinha a seu encontro, e ela viu sua mochila pendurada no ombro esquerdo dele. Ela se esquecera completamente da mochila. Mas entendeu imediatamente por que ele a levara. Queria revistar a mochila em busca de provas, mas era importante que, no final, a mochila fosse encontrada junto com o corpo, no poço.

Ele avançou com cautela, na ponta dos pés, os braços longos simiescos a balançar ao longo do corpo como uma caricatura de caubói de cinema, pronto para sacar a arma. Quando chegou na beira do poço, parou, e a luz se refletiu no branco dos olhos, conforme olhava em torno, devagar. Então ele se abaixou e tateou a grama em busca do rolo de corda. Cordelia o deixara onde a srta. Markland o encontrara, mas houve algo, talvez uma ligeira mudança no modo como fora enrolado, que o alertou. Ele ficou de pé por um momento, hesitante, com a corda a pender na mão. Cordelia tentou controlar a respiração. Parecia impossível que ele não a escutasse ou sentisse seu cheiro, que ele fosse tão parecido com um predador, sem contudo possuir os instintos bestiais necessários para localizar uma presa no escuro. Ele avançou um pouco. Chegou na beira do poço. Abaixou-se e prendeu uma das pontas da corda num gancho de ferro.

Cordelia deu um passo adiante, na escuridão. Segurava a arma com firmeza, reta, como Bernie ensinara. Desta vez o alvo estava muito próximo. Ela sabia que não ia atirar, mas naquele momento ela entendeu o que poderia levar alguém a matar. E disse, bem alto:

"Boa noite, senhor Lunn."

Cordelia nunca soube se ele chegou a ver a arma. Mas num segundo inesquecível, quando a lua nublada apareceu num trecho de céu limpo, ela viu o rosto dele claramente; viu o ódio, o desespero, a agonia e o ricto de terror. Ele soltou um grito rouco, largou a mochila e a corda no chão e correu pelo jardim, cego de pânico. Ela o perseguiu sem saber o motivo, ou o que esperava conseguir, decidida apenas a evitar que ele chegasse a Garforth House primeiro. Mesmo assim, não disparou a arma.

Mas ele tinha uma vantagem. Ao passar pelo portão

ela viu que ele estacionara a van a uns cinqüenta metros, estrada acima, e deixara o motor ligado. Ela correu, percebendo, porém, que seria inútil. Sua única esperança de alcançá-lo seria no Mini. Ela seguiu pela trilha, vasculhando a mochila enquanto corria. O livro de orações e o caderno haviam sumido, mas seus dedos se fecharam em torno da chave do carro. Ela destravou o Mini, entrou e deu ré violentamente até a estrada. A lanterna traseira da van estava a cerca de cem metros de distância. Ela não sabia que velocidade atingiria, mas duvidava de que superasse o Mini. Pisou no acelerador, firme na perseguição. Virou à esquerda, entrando na pista, e pegou a estrada vicinal. A van continuava à sua frente. Ele ia rápido, mantendo a distância. Surgiu uma curva, por alguns segundos ela o perdeu de vista. Ele devia estar bem perto da intersecção com a estrada de Cambridge.

Ela ouviu o barulho da batida antes de chegar no cruzamento, um som instantâneo de explosão que balançou as sebes e fez o minúsculo automóvel tremer. As mãos de Cordelia se fecharam com força sobre o volante por um momento, e o Mini parou com um tranco. Ela correu até o final da curva e viu à frente a superfície reluzente da estrada principal de Cambridge, iluminada por faróis. Pessoas corriam. O caminhão, ainda tombado, era uma imensa massa retangular a cobrir o céu, uma barricada no meio da estrada. A van fora esmagada contra as rodas dianteiras feito um brinquedo de criança. Ela sentiu o cheiro de combustível, ouviu o grito desesperado de uma mulher, o barulho de freios. Cordelia aproximou-se lentamente do caminhão. O motorista continuava ao volante, olhando rigidamente para a frente, seu rosto uma máscara de pura concentração. As pessoas gritavam com ele, abanavam os braços. Ele não se mexia. Alguém — um homem de casaco de couro grosso e óculos — disse:

"Está em estado de choque. Acho melhor tirá-lo de lá."

Três sombras passaram entre Cordelia e o motorista. Ombros foram levantados com força. Ouviram-se grunhidos de esforço. O motorista foi retirado, rígido como um manequim, de joelhos dobrados e mãos crispadas como se ainda segurasse o volante enorme. Os ombros se debruçaram sobre ele em conclave secreto.

Havia outras pessoas em volta da van esmagada. Cordelia juntou-se à multidão de rostos anônimos. Pontas de cigarro acendiam e apagavam como sinais, lançando um brilho momentâneo sobre mãos trêmulas e olhos arregalados, horrorizados.

Ela perguntou:

"Ele morreu?"

O sujeito de óculos respondeu, lacônico:

"O que você acha?"

Uma voz jovem, feminina, ofegante, insegura:

"Alguém chamou a ambulância?"

"Sim, já. O motorista do Cortina foi telefonar."

O grupo não sabia o que fazer. Uma moça e o rapaz que a acompanhava recuaram um pouco. Outro carro parou. Um sujeito alto abriu caminho na multidão. Cordelia ouviu uma voz firme, autoritária:

"Sou médico. Alguém já chamou a ambulância?"

"Sim, senhor."

A resposta foi deferente. As pessoas abriram caminho para a passagem do especialista. Ele se virou para Cordelia, talvez por ser ela a mais próxima.

"Se não é testemunha do acidente, minha cara, é melhor seguir seu caminho. Os outros, para trás. Não há nada que possam fazer. E apaguem os cigarros!"

Cordelia afastou-se e voltou lentamente para o Mini, pisando com um pé cuidadosamente, antes de colocar o outro no chão, como um convalescente tentando os primeiros passos dolorosos. Ela passou com cautela pelo local do acidente, usando o acostamento gramado. Ouviu o uivo das sirenes que se aproximavam. Ao voltar para a pista, o espelho retrovisor ficou vermelho e ela ouviu um som sibilante, seguido de um ronco grave quebrado pelo grito solitário de uma mulher. Uma muralha de chamas tomou a estrada. O alerta do médico chegara tarde demais. Não havia esperança para Lunn; de todo modo, nunca houvera.

Cordelia sabia que estava dirigindo sem controle. Carros buzinavam ao passar por ela e piscavam os faróis, um motorista reduziu a marcha e gritou algo, furioso. Ela viu um portão, embicou o carro e desligou o motor. O silêncio era absoluto. Suas mãos úmidas tremiam. Ela as limpou no lenço e as baixou ao colo, sentindo-as distantes do resto do corpo. Mal percebeu a passagem de um carro, que diminuiu a velocidade e parou. Um rosto surgiu na janela. A voz empastada e nervosa era terrivelmente insinuante. Ela sentiu o hálito de bebida.

"Algum problema, moça?"

"Nada. Só parei para descansar um pouco."

"Não é bom parar aqui sozinha. Ainda mais uma moça bonita que nem você."

Ele levou a mão à maçaneta. Cordelia pegou a bolsa e sacou a arma. E a ergueu até a altura do rosto dele.

"Está carregada. Saia daqui agora ou o mato."

A voz ameaçadora pareceu fria até a seus próprios ouvidos. O rosto pálido e suado se desmanchou de surpresa, o queixo caiu. Ele recuou.

"Desculpe, moça. Não quis assustar você."

Cordelia esperou até o carro desaparecer de vista. Depois ligou o motor. Mas sabia que não conseguiria dirigir. Desligou o carro novamente. Ondas de exaustão a engolfavam, uma maré irresistível, gentil como uma bênção à qual nem sua mente nem seu corpo exausto poderiam resistir. Sua cabeça pendeu para a frente e Cordelia dormiu.

6

O sono pesado de Cordelia durou pouco. Ela não saberia dizer o que a despertou, se o farol ofuscante de um carro ao bater em seus olhos fechados ou a noção subconsciente de que o descanso precisava ser racionado a meia hora no máximo, o mínimo necessário que a capacitaria a fazer o que precisava ser feito antes de se entregar definitivamente ao sono. Ao endireitar o corpo, ela sentiu uma pontada dolorida nos músculos tensos e a coceira quase prazerosa do sangue seco nas costas. O ar da noite, pesado e aromático, carregava os odores e o calor do dia; até a estrada à frente parecia pegajosa sob a luz de seus faróis. Mas o corpo frio e dolorido de Cordelia agradecia a proteção do pulôver de Mark. Pela primeira vez, desde que o vestira, notou sua cor verde-escura. Curioso que não tivesse notado antes a cor!

Ela dirigiu durante o resto do percurso como se fosse novata, bem ereta no banco, olhos fixos à frente, mãos e pés tensos nos controles do veículo. E finalmente atingiu os portões de Garforth House. Eles se erguiam monumentais sob os faróis, mais altos e rebuscados do que se recordava, e estavam fechados. Ela saiu correndo do Mini, torcendo para que não estivessem trancados. O pesado trinco de ferro, porém, foi levantado por suas mãos desesperadas. Os portões se abriram sem fazer ruído.

Não havia outros carros na frente da casa, e ela estacionou o Mini a certa distância. As janelas estavam escuras, uma única luz, suave e convidativa, brilhava na porta de entrada aberta. Cordelia sacou a pistola e, sem tocar a campainha, entrou no hall. Estava mais exausta fisicamente do que na primeira vez em que entrara em Garforth House, mas nessa noite viu o local com renovada intensidade, os nervos sensíveis a cada detalhe. O hall estava deserto, o ar, pleno de expectativa. Parecia que a casa esperava por ela. Pairava o mesmo aroma de rosa e lavanda, mas nessa noite ela reparou que a lavanda vinha de um vaso chinês enorme, sobre a mesinha lateral. Ela lembrava do tiquetaque insistente de um relógio, mas agora notava pela primeira vez os elaborados entalhes na caixa do relógio e os intricados arabescos e outros ornamentos no mostrador. Parou no meio do hall, oscilando de leve, com a pistola a pender da mão direita baixa, e olhou para baixo. O tapete exibia uma estampa sóbria em tons de verde-oliva, azul-claro e carmim, cada estampa assemelhava-se a uma figura humana de joelhos. Parecia puxá-la para baixo, incentivando-a a se ajoelhar. Seria por acaso um tapete oriental de oração?

Ela percebeu a chegada silenciosa da srta. Leaming, que descia a escada em sua direção, o vestido vermelho longo a esvoaçar na altura do tornozelo. A pistola foi retirada subitamente, com firmeza, da mão inerte de Cordelia. Ela sabia que a pistola se fora, pois sentia a mão mais leve. Não fazia diferença. Jamais poderia se defender com ela, nunca mataria ninguém. Aprendera isso a respeito de si mesma quando Lunn tinha fugido apavorado. A srta. Leaming disse:

"Não há ninguém aqui de quem você precise se defender, senhorita Gray."

Cordelia disse:

"Vim fazer meu relatório a sir Ronald. Onde ele está?"

"No mesmo lugar em que estava quando veio aqui da outra vez, no escritório dele."

Como antes, encontrou-o sentado na frente da escrivaninha. Ele estivera ditando, com o gravador perto da mão direita. Quando viu Cordelia, desligou o aparelho, foi até

186

a parede e puxou o fio da tomada. Voltou à mesa e sentou na frente dela. Cruzou as mãos sob o círculo de luz da lâmpada de leitura e olhou para Cordelia. Ela quase gritou de espanto. O rosto dele lembrava as faces grotescamente refletidas nas janelas sujas dos trens noturnos: cavernosa, ossos descarnados, olhos em órbitas fundas. Faces de mortos ressuscitados.

Quando falou, sua voz saiu baixa, saudosa.

"Soube há meia hora que Chris Lunn morreu. Ele foi o melhor assistente de laboratório que já tive. Eu o tirei de um orfanato, faz quinze anos. Nunca conheceu os pais. Era um menino feio, problemático, cometera delitos. A escola nada fez por ele. Mas Lunn era um dos melhores cientistas natos que já vi. Se tivesse estudado, seria tão bom quanto eu."

"Então por que não lhe deu uma chance, por que não o ensinou?"

"Porque ele era mais útil como assistente de laboratório. Disse que ele seria tão bom quanto eu. Mas isso não é o suficiente. Conheço muitos cientistas assim. Contudo, jamais encontraria um assistente como Lunn. Sua intimidade com os instrumentos era maravilhosa."

Ele ergueu os olhos para Cordelia, sem curiosidade e aparentemente sem interesse.

"Veio fazer seu relatório, claro. É muito tarde, senhorita Gray, e como pode ver estou cansado. Não poderíamos esperar até amanhã?"

Cordelia pensou que ele chegara o mais perto possível de um apelo. Ela disse:

"Não. Também estou cansada. Mas quero encerrar este caso hoje, agora." Ele pegou um abridor de cartas de ébano da mesa, sem olhar para Cordelia, e o equilibrou no indicador.

"Então diga por que meu filho se matou. Suponho que tenha novidades para mim. Você não entraria aqui a esta hora sem avisar se não tivesse algo a relatar."

"Seu filho não se matou. Ele foi assassinado. Foi morto por alguém que ele conhecia muito bem, alguém que deixou entrar no chalé sem hesitar, alguém que chegou preparado. Foi estrangulado ou sufocado, depois pendurado no gancho com seu próprio cinto. Finalmente, o assassino pintou seus lábios, o vestiu com trajes íntimos femininos e espalhou retratos de mulheres nuas na mesa em frente. Foi uma tentativa de fazer com que parecesse uma morte acidental durante uma experiência sexual; casos assim não são incomuns."

Seguiu-se meio minuto de silêncio. Depois ele disse, com perfeita calma:

"E quem foi o responsável, senhorita Gray?"

"O senhor. O senhor matou seu filho."

"Por que razão?" Ele parecia um examinador a formular perguntas inexoráveis.

"Porque ele descobriu que sua mulher não era mãe dele, e que o dinheiro deixado a ela e a ele pelo avô resultava de uma fraude. Porque ele não tinha a menor intenção de se beneficiar do dinheiro, por um momento que fosse, e não ia aceitar a herança daqui a quatro anos. O senhor temia que ele divulgasse esses fatos. E quanto ao Wolvington Trust? Se a verdade viesse à tona, seria o fim da subvenção prometida. O futuro do laboratório estava em jogo. O senhor não podia correr o risco."

"E quem o vestiu novamente, datilografou o bilhete suicida e limpou o batom de seu rosto?"

"Creio que sei quem foi, mas não lhe direi. Na verdade, foi para descobrir isso que me contratou, não foi? Era isso que não suportava ignorar. Mas o senhor matou Mark. Preparou um álibi até, em caso de necessidade. Pediu a Lunn que telefonasse para a faculdade, dizendo que era o seu filho. Nele o senhor podia confiar plenamente. Duvido que tenha lhe dito a verdade. Ele não passava de um assistente de laboratório. Não precisava de explicações, cumpria ordens suas e pronto. Mesmo que ele adivinhasse a verdade, estava tranqüilo, certo? Pois o senhor preparara um álibi que não ousou utilizar, pois não sabia quan-

188

do o corpo de Mark foi descoberto. Se alguém o tivesse encontrado e simulado o suicídio antes do momento em que o senhor alegou ter falado com ele pelo telefone, seu álibi seria destruído, e um álibi falso é fatal. Portanto, criou uma oportunidade para falar com Benskin e endireitar as coisas. Disse-lhe a verdade, que Lunn telefonara. Podia confiar em Lunn para confirmar a história. Mas isso não importaria realmente, mesmo que ele falasse, certo? Ninguém acreditaria nele."

"Não. Assim como não acreditarão em você. Mostrou empenho em justificar seus honorários, senhorita Gray. Sua explicação é engenhosa; há até detalhes plausíveis; mas sabe, e eu sei, que nenhum policial do mundo a levaria a sério. Infelizmente não pode interrogar Lunn. Pois Lunn, como falei, está morto. Ele morreu queimado num acidente de automóvel."

"Sei disso, vi tudo. Ele tentou me matar esta noite. Sabia disso? Antes, tentou me assustar para eu largar o caso. Teria sido porque ele estava começando a desconfiar da verdade?"

"Se ele tentou matá-la, excedeu-se nas instruções. Eu pedi apenas que ficasse de olho em você. Eu a contratei com exclusividade, por tempo integral, deve se lembrar; queria ter certeza de que valeria a pena. Está valendo a pena, de certo modo. Mas você não deve dar vazão a sua imaginação fora desta sala. Nem a polícia nem os juízes toleram calúnia e histeria disparatada. Além disso, que provas possui? Nenhuma. Minha mulher foi cremada. Não há nada, vivo ou morto nesta terra, capaz de provar que Mark não era filho dela."

Cordelia disse:

"O senhor visitou o doutor Gladwin para confirmar que ele estava senil demais para testemunhar. Não precisava temer. Ele nunca suspeitou, certo? Escolheu-o para ser médico de sua mulher porque era velho e incompetente. Mas tenho uma prova. E Lunn a estava trazendo para cá."

"Então deveria ter tomado conta dela com mais cuidado. Nada restou do acidente, exceto os ossos de Lunn."

"Ainda restam as roupas de mulher, a calcinha e o sutiã pretos. Alguém pode se lembrar quem os comprou, principalmente se a pessoa for um homem."

"Homens compram lingerie para suas mulheres. Mas, se eu tivesse planejado tal assassinato, não creio que a compra dos acessórios seria motivo de preocupação. Será que uma balconista sobrecarregada numa loja popular imensa se lembraria de uma peça específica, paga com dinheiro, no meio de compras variadas, na hora de maior movimento do dia? O sujeito em questão talvez tenha até usado um disfarce simples. Duvido que ela tenha olhado seu rosto. Acha realmente que ela se lembraria, semanas depois, a ponto de identificar um entre milhares de clientes, com certeza suficiente para convencer um júri? E, mesmo que conseguisse, o que isso provaria, a não ser que você tivesse as roupas em questão? Aprenda uma coisa, senhorita Gray, se eu precisasse matar, faria isso com eficiência. Não seria descoberto. Se a polícia descobrir como meu filho foi encontrado, o que é provável, pois pelo jeito mais gente além de você sabe disso, eles só acreditarão com mais força que ele se matou. A morte de Mark era necessária e, ao contrário da maioria das mortes, serviu a um propósito. Os seres humanos apresentam uma tendência irresistível para o auto-sacrifício. Morrem por qualquer razão ou por nenhuma, por abstrações sem sentido como patriotismo, justiça, paz; pelos ideais de outros homens, pelo poder de outros homens, por um pedaço de terra. Você, sem dúvida, daria a vida para salvar uma criança ou se estivesse convencida de que seu sacrifício renderia a descoberta da cura do câncer."

"Pode ser. Gosto de pensar que sim. Mas preferiria que a decisão fosse minha, e não sua."

"Claro. Isso lhe daria a indispensável satisfação emocional. Mas não alteraria o fato de que morreria, nem as conseqüências de sua morte. E não me venha dizer que minhas atividades aqui não valem uma vida humana. Poupeme da hipocrisia. Você não sabe nem tem a capacidade de entender o valor do que faço aqui. Que diferença a morte de Mark faz para você? Nunca tinha ouvido falar nele até entrar em Garforth House."

Cordelia disse:

"Fará diferença para Gary Webber."

"Devo perder tudo que construí aqui só porque Gary Webber quer alguém para jogar squash ou discutir história?"

De repente, ele olhou direto para Cordelia e disse, sem rodeios:

"Qual é o problema? Está doente?"

"Não estou doente. Eu sabia que tinha razão. Sabia que meu raciocínio era correto. Mas não conseguia acreditar. Duvidava que um ser humano pudesse ser tão mau."

"Se você é capaz de imaginar, então eu sou capaz de fazer. Ainda não descobriu isso, com referência aos seres humanos, senhorita Gray? É a chave para o que chama de maldade humana."

Cordelia não agüentava mais aquele discurso cínico. Gritou subitamente, num protesto passional:

"Mas de que adianta tornar o mundo mais belo, se as pessoas que nele vivem não podem se amar?"

Ela finalmente conseguira despertar a raiva dele.

"Amor! A palavra mais abusada da língua. Tem algum significado, além da conotação específica que você escolhe para ela? O que quer dizer com amor? Que os seres humanos precisam aprender a conviver e se preocupar com o bem-estar alheio de verdade? A lei promove isso. O maior bem do maior número. Ao lado desta declaração fundamental de senso comum, todas as filosofias não passam de abstrações metafísicas. Ou você define amor por seu sentido cristão, a caridade? Estude história, senhorita Gray. Veja os horrores, a violência, o ódio e a repressão que a religião do amor impôs à humanidade. Talvez prefira uma definição mais feminina, mais individual, o amor como envolvimento passional com a personalidade do outro. O envolvimento pessoal intenso sempre conduz ao ciúme e à escravidão. O amor é mais destrutivo que o ódio. Se quer dedicar a vida a algo, dedique-a a uma idéia."

"Falo do amor que um pai tem pelo filho."

"Azar dos dois, talvez. Mas, se ele não ama, não há poder na face da terra que possa simular isso, ou obrigar alguém a amar. E onde não há amor não pode haver nenhuma das obrigações do amor."

"Poderia ter deixado que ele vivesse! O dinheiro não era importante para Mark. Ele teria compreendido sua necessidade e permanecido calado."

"Teria mesmo? Como ele — ou eu — explicaria a rejeição de uma fortuna, daqui a quatro anos? As pessoas que vivem à mercê do que chamam de sua consciência nunca estão seguras. Meu filho era um fariseu pedante. Como eu poderia me colocar, e meu trabalho, em suas mãos?"

"Está nas minhas mãos, sir Ronald."

"Engano seu. Não estou nas mãos de ninguém. Infelizmente para você o gravador está desligado. Não tem testemunhas. Não repetirá nada do que foi dito nesta sala a ninguém de fora. Se fizer isso, vou arruiná-la. Nunca mais conseguirá um emprego, senhorita Gray. Primeiro vou provocar a falência de sua ridícula empresa. Pelo que a senhorita Leaming falou, não deve ser difícil. Brincar de calúnia pode sair muito caro. Lembre-se disso quando sentir a tentação de falar. E lembre-se de mais uma coisa. Fará mal a si mesma, prejudicará a memória de Mark, mas não me afetará."

Cordelia nunca soube quanto tempo a figura alta de vestido vermelho ficou ouvindo atrás da porta. Ela nunca soube quanto a srta. Leaming escutou, nem em que momento ela se afastou, silenciosamente. Mas via agora a sombra vermelha que se movia muda sobre o carpete, olhos fixos na figura sentada na frente da escrivaninha, a arma apertada contra o peito. Cordelia a observou fascinada de horror, sem respirar. Sabia exatamente o que ia acontecer. Menos de três segundos transcorreram, mas eles passaram lentamente, como se fossem minutos. Sem dúvida daria tempo de gritar, alertar, tempo de saltar e tirar a arma da mão firme, ou não? Mas ele não emitiu nenhum som. Levantou-se incrédulo, olhando para o cano em cega descrença. Então virou a cabeça na direção de Cordelia, como a suplicar. Ela nunca se esqueceria de seu derradeiro olhar. Superara todo o terror, toda a esperança. Não revelava nada além da pura aceitação da derrota.

Foi uma execução limpa, sem pressa, ritualmente precisa. O tiro entrou pela orelha direita. O corpo pulou no ar, os ombros caíram, amoleceram diante dos olhos de Cordelia como se os ossos se transformassem em cera, e desabaram sobre a mesa. Uma coisa; como Bernie; como seu pai.

A srta. Leaming disse:

"Ele matou meu filho."

"Seu filho?"

"Claro. Mark era meu filho. Filho meu e dele. Pensei que já havia deduzido isso."

Ela continuou parada com a arma na mão, olhando inexpressivamente para o gramado, através da janela. Não se ouvia som algum. Nada se movia. A srta. Leaming disse:

"Ele tinha razão quando disse que ninguém poderia pegá-lo. Não havia provas."

Cordelia gritou, assustada:

"E como teve coragem de matá-lo? Como pôde ter tanta certeza?"

Sem largar a pistola, a srta. Leaming levou a mão ao bolso do vestido. A mão ergueu-se acima do tampo da mesa. Um pequeno cilindro rolou na superfície de madeira envernizada, na direção de Cordelia, e parou. A srta. Leaming disse:

"O batom era meu. Eu o encontrei faz um minuto, no bolso do casaco dele. Não usava o smoking desde o último jantar no Hall, desde a noite do banquete. Ele sempre foi uma pega. Instintivamente, guardava pequenos objetos no bolso."

Cordelia não duvidara da culpa de sir Ronald, mas agora cada nervo seu clamava por confirmação.

"Pode ter sido plantado lá! Lunn pode ter posto o batom no bolso para incriminá-lo."

"Lunn não matou Mark. Estava comigo na cama no momento em que Mark morreu. Ele só saiu do meu lado por cinco minutos, quando foi telefonar, pouco depois das oito."

"Você amava Lunn?"

"Não olhe para mim desse jeito! Só amei um homem durante minha vida, e foi este que acabei de matar. Fale sobre coisas que você compreende. O amor não tinha nada a ver com o que Lunn e eu tínhamos um com o outro."

Após um momento de silêncio, Cordelia falou:

"Há mais alguém na casa?"

"Não. Os empregados foram para Londres. Ninguém ficou trabalhando até tarde no laboratório esta noite."

E Lunn estava morto. A srta. Leaming disse, com melancólica resignação:

"Não é melhor você chamar a polícia?"

"Quer que eu faça isso?"

"Que diferença faz?"

"A cadeia faz diferença. Perder a liberdade faz diferença. Quer realmente que a verdade venha à tona, num tribunal? Quer que todos saibam como seu filho morreu e quem o matou? Mark gostaria disso?"

"Não. Mark nunca acreditou em punição. Diga-me o que tenho de fazer."

"Precisamos agir depressa e planejar tudo com muito cuidado. Temos de confiar uma na outra e usar a inteligência."

"Somos inteligentes. Como vamos proceder?"

Cordelia tirou o lenço e o passou por cima da arma, que tirou da srta. Leaming e depositou em cima da mesa. Ela agarrou o pulso fino da mulher e empurrou a mão indócil até a palma da mão de sir Ronald, apesar da oposição instintiva, forçando os dedos duros, porém vivos, contra a mão mole e maleável do morto.

"Assim deve haver resíduos de pólvora. Não sei muito a respeito disso, mas a polícia vai fazer exames. Agora lave as mãos e arranje luvas finas. Depressa."

Ela saiu sem dizer mais nada. Sozinha, Cordelia olhou para o cientista morto. Caíra com o queixo na mesa e os braços a pender soltos ao lado do corpo, numa posição esquisita que parecia desconfortável e dava a impressão de que espiava maldosamente por cima da mesa. Cordelia não conseguia olhá-lo nos olhos, mas tinha consciência de não sentir nada, nem ódio, nem raiva, nem piedade. Entre seus olhos e o corpo caído havia uma forma alongada, cabeça caída de lado, dedos dos pés a apontar para baixo, pateticamente. Ela foi até a janela aberta e olhou para o jardim com a curiosidade gratuita de um hóspede que aguarda alguém num quarto estranho. No ar quente e parado o odor das rosas vinha em ondas, alternadamente enjoativo de tão doce e fugidio como uma lembrança ardilosa.

Aquele curioso hiato de paz atemporal deve ter durado menos de meio minuto. Em seguida, Cordelia começou a planejar o que fazer. Pensou no caso Clandon. Lembrou de Bernie e ela sentados num tronco caído em Epping Forest, fazendo piquenique na hora do almoço. Isso trouxe de volta o aroma dos pães frescos, manteiga e queijo picante, bem como o cheiro de fungo da mata no verão. Ele deixara a pistola no tronco, entre os dois, e resmungou para ela, comendo sanduíche de queijo: "Como atiraria em você mesma atrás da orelha? Vamos lá, Cordelia — mostre".

Cordelia tinha apanhado a pistola com a mão direita, levado o dedo indicador com leveza ao gatilho, e com certa dificuldade levantara o braço e o torcera para trás, para posicionar o cano na base do crânio. "Assim?" "Você sabe que não faria isso. Não se estivesse acostumada a usar uma arma. Foi o erro cometido pela senhora Clandon, e que quase provocou seu enforcamento. Ela atirou no marido atrás da orelha, com o revólver de serviço dele, depois tentou simular um suicídio. Mas ela colocou o dedo errado no gatilho. Se ele realmente se matasse com um tiro atrás da orelha direita, teria apertado o gatilho com o polegar, segurando o revólver com a palma da mão em volta da parte traseira da coronha. Eu me lembro bem do caso. Foi o primeiro homicídio em que trabalhei com o superintendente — inspetor Dalgliesh, na época. A senhora Clandon confessou tudo, no final." "E o que aconteceu a ela, Bernie?" "Perpétua. Provavelmente teria recebido uma condenação menor, se não tivesse tentado simular o suicídio. O júri não gostou do que ouviu a respeito dos hábitos secretos do major Clandon."

Mas a srta. Leaming não poderia se safar, a não ser que contasse toda a história da morte de Mark.

Ela retornou ao escritório. Entregou um par de luvas finas de algodão a Cordelia, que disse:

"Acho melhor você esperar lá fora. O que não vir não exigirá o esforço de esquecer. O que estava fazendo quando foi me encontrar no hall?"

"Preparando um drinque, antes de dormir. Um uísque."

"Então você me encontrou novamente quando saí do escritório, pois levava a bebida para o quarto. Faça isso agora, deixe o copo na mesa lateral do hall. É o tipo de detalhe que a polícia sempre nota, por força do treinamento."

Novamente sozinha, Cordelia pegou a arma. Era intrigante como achava repulsivo aquele peso inerte de metal agora. Como pudera considerá-lo um brinquedo inofensivo? Ela o limpou com o lenço, removendo as impressões digitais da srta. Leaming. Depois o pegou. A arma era sua. A polícia esperaria encontrar impressões suas na coronha, bem como do morto. Ela a colocou novamente sobre a mesa e calçou a luva. Chegara à parte mais difícil. Ergueu a pistola com destreza e a passou para a mão direita do morto. Apertou o polegar com firmeza contra o gatilho, depois envolveu a mão fria e maleável em torno da coronha.

196

Em seguida soltou os dedos e deixou que a arma caísse. Ela bateu no tapete com um baque surdo. Cordelia tirou a luva e saiu para encontrar a srta. Leaming no hall, fechando a porta do escritório ao passar.

"Ei, é melhor guardar a luva onde estava. Não podemos deixá-la por aí, para a polícia encontrar."

Ela sumiu por alguns segundos apenas. Quando retornou, Cordelia disse:

"Agora precisamos encenar o resto exatamente como teria acontecido. Você me encontrou quando eu saí do escritório. Passei uns dois minutos com sir Ronald. Você colocou o copo de uísque sobre a mesa do hall e conversou comigo na porta da frente. Você disse... o que foi que você disse?"

"Ele pagou você?"

"Não, devo voltar de manhã, para receber. Lamento que não tenha tido sucesso. Disse a sir Ronald que não posso continuar no caso."

"Você é quem sabe, senhorita Gray. Foi perda de tempo desde o começo, mesmo."

Estavam a caminho da porta da frente. De repente a srta. Leaming se virou para Cordelia e disse, preocupada, com sua voz normal:

"Acho melhor você saber de uma coisa. Fui eu que encontrei Mark e simulei o suicídio. Ele me telefonara naquele mesmo dia, pedindo que fosse visitá-lo. Eu não podia sair antes das nove por causa de Lunn. Não queria que ele desconfiasse de nada."

"Mas não lhe ocorreu que havia algo de estranho na morte de Mark quando encontrou o corpo? A porta estava destrancada, porém as cortinas haviam sido fechadas. Faltava o batom."

"Nunca suspeitei de nada até esta noite, quando parei do outro lado da porta e ouvi a conversa de vocês. Todos são sexualmente sofisticados hoje em dia. Acreditei no que vi. Um horror absurdo, mas eu sabia o que precisava fazer. Agi rápido, apavorada com a possibilidade de chegar alguém. Limpei o rosto dele com meu lenço umedecido com água da pia da cozinha. Parecia que o batom não ia sair nunca. Eu o despi e vesti a calça jeans que estava pendurada nas costas da cadeira. Não calcei o sapato, não achei importante. Datilografar o bilhete foi o pior. Eu sabia que havia um volume de Blake no chalé, pertencente a ele, e que a passagem escolhida seria mais convincente do que um bilhete suicida comum. O som das teclas soou desnaturadamente alto naquela quietude; temia que alguém ouvisse. Ele mantinha uma espécie de diário. Não tive tempo de ler e queimei tudo na lareira. No final, juntei a lingerie e as fotos, que trouxe para queimar no incinerador do laboratório."

"Deixou cair uma das fotos no jardim. E não conseguiu limpar todo o batom do rosto dele."

"Então foi assim que descobriu?"

Cordelia não respondeu imediatamente. De qualquer maneira, precisava manter Isabelle de Lasterie fora do caso.

"Eu não tinha certeza de que fora você que estivera lá primeiro, mas pensei que devia ser. Havia quatro razões. Você não queria que eu investigasse a morte de Mark; lecionou inglês em Cambridge, saberia localizar uma citação de Blake; é datilógrafa experiente e eu sabia que o bilhete não fora escrito por um amador, apesar da tentativa no final de fazer com que parecesse obra de Mark; quando estive pela primeira vez em Garforth House e pedi o bilhete, você declamou a citação inteira de Blake; na versão datilografada faltam dez palavras. Notei isso quando visitei a delegacia e vi o bilhete. Apontava direto para você. Foi o indício mais forte que obtive."

Chegando ao carro, elas pararam. Cordelia disse:

"Não podemos perder mais tempo antes de ligar para a polícia. Alguém pode ter escutado o tiro."

"Improvável. Estamos longe do vilarejo. Nós ouvimos o tiro agora?"

"Sim. Ouvimos agora." Após um segundo de pausa, Cordelia disse: "O que foi isso? Parece um tiro".

"Não pode ser. Provavelmente foi o escapamento de um carro."

A srta. Leaming falava como uma atriz ruim, as palavras saíam declamadas, pouco convincentes. Mas ela as pronunciou; poderia se lembrar delas depois.

"Mas não passou nenhum carro. E veio de dentro de casa."

Elas trocaram um olhar e correram juntas, passaram pela porta aberta e atravessaram o hall. A srta. Leaming parou por um momento e encarou Cordelia antes de abrir a porta do escritório. Cordelia entrou atrás dela. A srta. Leaming disse:

"Ele levou um tiro! Vou chamar a polícia!"

Cordelia disse:

"Não pode falar isso! Nem pense nisso! Você deve se aproximar do corpo primeiro e depois dizer: 'Ele se matou. Vou chamar a polícia!'."

A srta. Leaming fitou sem emoção o corpo do amante, depois percorreu a sala com o olhar. Esquecendo seu papel, ela perguntou:

"O que você fez aqui? E quanto às impressões digitais?"

"Não se preocupe. Cuidei de tudo. Você só precisa se lembrar de que não sabia que eu tinha uma arma quando vim a Garforth House; você não sabia que sir Ronald a tirou de mim. Não viu a arma até este momento. Quando cheguei esta noite, você me conduziu até o escritório e me encontrou novamente quando saí, dois minutos depois. Caminhamos juntas até o carro, conversamos as coisas que acabamos de conversar. Esqueça o resto, de tudo que aconteceu. Quando a interrogarem, não enfeite, não invente, não tenha medo de dizer que não se lembra. E agora, chame a polícia."

Três minutos depois as duas, paradas na entrada da casa, de porta aberta, esperavam a chegada da polícia. A srta. Leaming disse:

"Não devemos conversar enquanto eles estiverem aqui. Depois, não podemos nos encontrar nem mostrar nenhum interesse uma pela outra. Eles perceberão que só pode ser assassinato se estivermos nisso juntas. E por que iríamos conspirar, se nos encontramos apenas uma vez, e nem sequer simpatizamos uma com a outra?"

Ela tinha razão, Cordelia concordou. Não simpatizavam. Ela realmente não se importaria se Elizabeth Leaming fosse para a cadeia; mas queria evitar que a mãe de Mark fosse presa. Ela estava se empenhando também em evitar que os fatos de sua morte fossem revelados. A força dessa determinação lhe parecia irracional. Não poderia fazer diferença para ele agora, e de todo modo ele não era do tipo que levava em conta o que os outros pensavam a seu respeito. Mas Ronald Callender profanara seu corpo, após a morte; planejara fazer dele objeto de desprezo, ou no máximo de piedade. Ela enfrentara Ronald Callender. Não queria que ele morresse; não teria sido capaz de puxar o gatilho. Mas ele estava morto e ela não sentia arrependimento, nem poderia se tornar um instrumento de vingança por sua morte. Era conveniente, nada mais, que a srta. Leaming escapasse à punição. Olhando para a noite de verão, esperando o som dos carros de polícia, Cordelia aceitou definitivamente o peso enorme e a justificativa do que fizera e ainda planejava fazer. Nunca sentiria a menor pontada de arrependimento ou remorso.

A srta. Leaming disse:

"É provável que você queira me fazer algumas perguntas sobre coisas que, suponho, tem o direito de saber. Podemos nos encontrar na capela do King's College, após a oração vespertina, no primeiro domingo depois do encerramento do inquérito. Entrarei pela sacristia, você espera na nave. Será um encontro natural, fortuito, se ainda estivermos soltas, claro."

Cordelia reparou, interessada, que a srta. Leaming assumia o controle da situação novamente. Ela disse:

"Estaremos. Se não perdermos a cabeça, nada poderia dar errado."

Após um momento de silêncio, a srta. Leaming disse: "Eles estão demorando. Não deveriam estar aqui a esta altura?"

"Não tardarão."

A srta. Leaming riu subitamente, dizendo com reveladora amargura:

"O que haveria a temer, afinal? Vamos lidar com homens, apenas."

E passaram a esperar em silêncio. Ouviram o som dos carros que se aproximavam antes de verem os faróis iluminarem o caminho, iluminarem cada pedregulho, destacando as plantinhas na borda dos canteiros, banhando o azul das glicínias com sua luz forte, cegando as duas observadoras. As luzes se apagaram logo e os carros estacionaram sem alarde na frente da casa. Figuras surgiram das sombras, caminhando sem pressa, mas resolutas. O hall de repente estava cheio de homens grandes e calmos, alguns sem farda. Cordelia encostou na parede e a srta. Leaming os recebeu, falando em voz baixa, e os levou até o escritório.

Dois guardas uniformizados permaneceram no hall. Conversavam, sem dar importância a Cordelia. Os colegas iam demorar. Devem ter usado o telefone do escritório, pois outros carros e homens chegaram. Primeiro o médico da polícia, identificado por sua maleta antes que o cumprimentassem:

"Boa noite, doutor. Por aqui, por favor."

Quantas vezes ele deve ter escutado essa frase! Ele lançou um rápido olhar curioso para Cordelia enquanto atravessava o hall, o rosto amassado e petulante como o de uma criança arrancada à força da cama onde dormia. Em seguida entraram o fotógrafo com câmera, tripé e caixa de equipamento; um perito em impressões digitais; dois homens em trajes civis, que Cordelia, instruída em matéria de procedimentos por Bernie, calculou serem policiais especialistas em cena de crime. Então estavam tratando o caso como morte suspeita. E por que não? Era mesmo suspeita.

O chefe da casa estava morto, mas a casa parecia ganhar vida. Os policiais não falavam em voz baixa, e sim normalmente, sem nenhum constrangimento por causa da morte. Eram profissionais, faziam seu trabalho, agindo à vontade dentro da rotina prescrita. Eram iniciados nos mistérios da morte violenta; as vítimas não os espantavam. Haviam visto cadáveres demais: corpos raspados de estradas; carregados aos pedaços em ambulâncias; puxados por anzol e rede do fundo de rios; arrancados da terra dura, já apodrecidos. Como os médicos, eram cordiais e condescendentemente gentis com os leigos, mantendo seu medonho conhecimento inviolado. Aquele corpo, enquanto respirava, fora mais importante que outros. Não era importante agora, mas ainda podia criar problemas para eles. Precisariam ser mais meticulosos ainda, agir com mais tato. Mesmo assim, não passava de mais um caso.

Cordelia esperou, sentada sozinha. O cansaço subitamente a engolfou. Não ansiava por outra coisa a não ser encostar a cabeça na mesa do hall e dormir. Mal percebeu a passagem da srta. Leaming a caminho do escritório e o policial alto que conversava com ela. Nem se deu conta da figura miúda num pulôver de lã enorme, sentada junto à parede. Cordelia esforçou-se para permanecer acordada. Sabia o que devia dizer; estava tudo claro em sua mente. Se pelo menos a interrogassem logo e a deixassem dormir...

Só quando o fotógrafo e o perito em digitais terminaram seu serviço, um dos policiais responsáveis foi ter com ela. Não se recordaria de seu rosto depois, mas da voz, cuidadosa, sem ênfase, uma voz da qual todos os traços de emoção haviam sido excluídos. Ele mostrou a arma para ela. Estava na palma de sua mão, protegida da contaminação por um lenço.

"Reconhece este armamento, senhorita Gray?"

Cordelia achou curioso ele usar a palavra armamento; por que não dizer logo pistola?

"Creio que sim. Acho que é minha."

"Não tem certeza?"

"Deve ser a minha, a não ser que sir Ronald possua uma igual. Ele a tomou de mim quando estive aqui pela primeira vez, faz uns quatro ou cinco dias. Prometeu devolver quando eu voltasse amanhã de manhã para receber meu pagamento."

"Então esta é a segunda vez que vem a esta casa?"

"Sim."

"Conhecia sir Ronald Callender ou a senhorita Leaming, antes disso?"

"Não. Até sir Ronald me chamar para investigar o caso, não."

Ele se afastou. Cordelia encostou a cabeça na parede de novo e tirou breves cochilos. Outro policial a abordou. Dessa vez era um policial fardado, que tomou notas. Formulou outras perguntas. Cordelia contou a história combinada. Ele registrou tudo sem fazer comentários e se afastou.

Ela deve ter cochilado. Acordou e viu um policial alto, uniformizado, na sua frente. Ele disse:

"A senhorita Leaming está fazendo chá, na cozinha. Não quer ajudá-la? Assim você arranja algo para fazer, certo?"

Cordelia pensou: eles vão levar o corpo. Ela disse:

"Não sei onde é a cozinha."

Os olhos dele brilharam de leve.

"Ah, não sabe? Você é uma estranha na casa? Bem, é por aqui."

A cozinha ficava nos fundos da casa. Cheirava a especiarias, azeite e molho de tomate, trazendo de volta memórias de refeições na Itália, ao lado do pai. A srta. Leaming pegava as xícaras num armário grande. A chaleira elétrica já estava soltando vapor. O policial permaneceu com elas. Não permitiriam que ficassem sozinhas. Cordelia disse:

"Posso ajudar?" A srta. Leaming nem olhou para ela.

"Pegue os biscoitos daquela lata e ponha numa bandeja. O leite está na geladeira."

Cordelia moveu-se como um autômato. O litro de leite era uma coluna gelada em suas mãos, a tampa da lata de biscoitos resistia a seus dedos enfraquecidos, e ela quebrou uma unha ao forçar a abertura. Notou detalhes da cozinha — um calendário de parede de santa Teresa d'Ávila com o rosto artificialmente alongado e pálido, de modo que ela ficou parecida com a srta. Leaming com auréola; um macaco de louça com dois cestinhos de flores artificiais, a cabeça melancólica enfeitada por um chapeuzinho de palha; uma tigela azul imensa com ovos vermelhos.

Havia duas bandejas. O policial pegou a maior das mãos da srta. Leaming e seguiu para o hall. Cordelia o acompanhou com a segunda bandeja, que transportou na altura do peito, como uma criança a quem a mãe concedeu um privilégio. Os policiais a rodearam. Ela pegou uma xícara para si e retornou à cadeira que ocupara antes.

Ouviram o som de outro carro. Uma senhora de meia-idade entrou, com um chofer uniformizado logo atrás. No meio da confusão causada pelo cansaço, Cordelia ouviu uma voz aguda, didática.

"Minha querida Eliza, é espantoso! Você precisa voltar ao alojamento esta noite. Não, eu insisto. O chefe de polícia está aqui?"

"Não, Marjorie, mas os policiais são muito gentis."

"Deixe a chave com eles. Trancarão a casa quando terminarem. Você não pode passar a noite aqui, sozinha."

Seguiram-se as apresentações e consultas apressadas com os detetives, nas quais a voz da recém-chegada predominava. A srta. Leaming subiu com a visitante e reapareceu cinco minutos depois com uma maleta e o casaco no braço. As duas saíram juntas, escoltadas até o carro pelo chofer e um dos detetives. Ninguém do grupo olhou para Cordelia.

Cinco minutos depois o inspetor aproximou-se de Cordelia, com a chave na mão.

"Vamos fechar a mansão por esta noite, senhorita Gray. Hora de voltar para casa. Está pensando em continuar no chalé?"

"Apenas por uns dias, se o major Markland permitir."

"Parece muito cansada. Um dos policiais dirigirá seu carro. Precisamos de um depoimento escrito amanhã. Poderia comparecer ao distrito assim que for possível, depois do café-da-manhã? Sabe onde é?"

"Sim, eu sei."

Um dos carros de polícia partiu na frente, seguido pelo Mini. O motorista ia depressa, o carrinho derrapava nas curvas. A cabeça de Cordelia batia no encosto do banco e, de vez em quando, esbarrava no braço do motorista. Ele usava camisa de manga comprida e ela sentiu uma vaga noção do aconchego da carne quente através do algodão. Pela janela aberta do carro soprava em seu rosto uma brisa noturna cálida, ela viu as nuvens velozes e as primeiras cores do dia a manchar o céu a leste. Não reconheceu a estrada, e o próprio tempo parecia deslocado; ela se perguntou por que o carro havia parado, e precisou de um momento para reconhecer a cerca viva alta que se debruçava sobre o acesso como uma sombra ameaçadora, e o portão precário. Estava em casa. O motorista disse:

"É aqui, senhorita?"

"Sim, aqui mesmo. Mas normalmente deixo o Mini mais adiante, do lado direito. Tem um pequeno bosque, ali ele fica fora do caminho."

"Tudo bem."

Ele desceu do carro e consultou o outro motorista. Eles levaram o Mini até o local indicado. Finalmente a viatura policial se afastou, e ela ficou sozinha, no portão. Empurrá-lo exigiu esforço, por causa do mato crescido em volta dele, e ela chegou à porta dos fundos do chalé cambaleando como se estivesse embriagada. Levou algum tempo para encaixar a chave na fechadura, mas esse foi seu menor problema. Não tinha mais arma para esconder, não precisava mais checar a fita adesiva nas janelas. Lunn estava morto, e ela viva. Todas as noites em que dormira no chalé Cordelia chegara em casa cansada, mas nunca tanto assim. Ela subiu a escada feito sonâmbula e, exausta demais até para entrar no saco de dormir, cobriu-se com ele e não viu mais nada.

Finalmente — para Cordelia pareceram meses, e não dias de espera — houve outro inquérito. Como o de Bernie, foi conduzido sem pressa e com uma formalidade sem ostentação, mas havia uma diferença. Em vez de um grupo patético de freqüentadores habituais que tinham buscado o calor do auditório e ouvido os depoimentos sobre Bernie nos bancos do fundo, havia amigos e colegas de ar compenetrado, vozes abafadas, preliminares sussurradas por advogados e policiais, uma inequívoca impressão de espetáculo. Cordelia deduziu que o senhor grisalho que acompanhava a srta. Leaming era o advogado dela. Ela o observou trabalhando, afável mas não submisso ao policial responsável, solícito em relação a sua cliente, exalando a confiança de que estavam todos envolvidos numa formalidade necessária porém tediosa, um ritual rotineiro como o culto dominical.

A srta. Leaming estava muito pálida. Usava o mesmo conjunto cinza que trajava quando Cordelia a conhecera, agora acompanhado de um chapéu preto pequeno, luvas pretas e um lenço preto de chiffon no pescoço. As duas não trocaram um olhar sequer. Cordelia achou um lugar vago na ponta de um banco e se acomodou lá, sozinha, sem advogado. Alguns policiais mais jovens sorriram para ela com gentileza reconfortante, mas algo piedosa.

A srta. Leaming deu seu depoimento em voz baixa e composta. Declarou solenemente dizer a verdade, sem prestar juramento, uma decisão que provocou uma rápida expressão de contrariedade no rosto do seu advogado. Mas ela não lhe deu mais motivos de preocupação. Declarou que sir Ronald ficara deprimido com a morte do filho e que, na sua opinião, ele tinha se considerado responsável por não saber que algo incomodava Mark. Ele revelara que pretendia contratar um detetive particular, e ela se responsabilizara pela entrevista inicial e pelo convite à srta. Gray para que fosse até Garforth House. A srta. Leaming dissera se opor à idéia; não via utilidade nenhuma naquilo e pensava que a investigação, fútil e inútil, só faria com que sir Ronald se lembrasse da tragédia. Não sabia que a srta. Gray possuía uma arma, nem que sir Ronald a tomara. Não estivera presente durante toda a entrevista preliminar. Sir Ronald levara a srta. Gray para conhecer o quarto do filho enquanto ela, srta. Leaming, procurava uma foto do sr. Callender, para atender ao pedido da srta. Gray.

O juiz responsável perguntou com delicadeza a respeito da noite da morte de sir Ronald.

A srta. Leaming respondeu que a srta. Gray chegara para fazer seu primeiro relatório pouco depois das dez e meia. Ela estava passando pelo hall quando a moça apareceu. A srta. Leaming observara que estava tarde, mas a srta. Gray dissera que pretendia abandonar o caso e voltar para casa. Ela conduzira a srta. Gray até o escritório onde sir Ronald trabalhava. Eles passaram menos de dois minutos conversando, calculou. A srta. Gray saíra do escritório e ela a acompanhara até o carro; conversaram rapidamente. A srta. Gray disse então que sir Ronald pedira a ela que voltasse na manhã seguinte, para receber o pagamento. Ela não mencionara nenhuma arma.

Sir Ronald havia recebido um telefonema meia hora antes, da polícia, informando que seu assistente de laboratório, Christopher Lunn, morrera num acidente de carro. Ela não tinha dado a notícia à srta. Gray antes de sua conversa com sir Ronald; não lhe ocorrera fazer isso. A visitante entrara quase que imediatamente na sala de sir Ronald. A srta. Leaming contou que elas conversavam ao lado do carro quando ouviram o tiro. No início haviam pensado que fosse o escapamento de um carro, mas logo perceberam que o barulho viera da casa. As duas tinham corrido para o escritório e encontrado sir Ronald debruçado sobre a mesa. A arma caíra de sua mão e estava no chão.

207

Não, sir Ronald nunca dera a impressão de que cogitava se suicidar. Ela imaginava que ele tinha ficado muito abatido com a morte do sr. Lunn, mas era difícil dizer. Sir Ronald não era homem de mostrar suas emoções. Ele vinha trabalhando demais nos últimos tempos e não parecia o mesmo depois da morte do filho. Mas a srta. Leaming nem por um momento pensou que sir Ronald fosse uma pessoa propensa a pôr fim à própria vida.

Após seu depoimento falaram as testemunhas policiais, profissionais, respeitosas, mas sempre a dar a impressão de que nada daquilo era novidade para elas; já tinham visto tudo aquilo antes e veriam de novo.

A seguir vieram os médicos, inclusive o patologista, que declarou com detalhes que o juiz obviamente considerava desnecessários o efeito do disparo de um projétil de ponta oca com noventa grãos no cérebro humano. O juiz disse:

"Ouvimos a declaração da polícia de que foi encontrada uma impressão digital do polegar de sir Ronald Callender no gatilho da arma, e uma marca da palma na coronha. O que deduz disso?"

O patologista demonstrou certa surpresa quando lhe pediram uma dedução, mas disse que era evidente que sir Ronald empunhava a arma com o polegar no gatilho, quando a apontara para a cabeça. O patologista supunha que este fosse o modo mais confortável, levando-se em conta a posição do ferimento de entrada.

Finalmente, Cordelia foi chamada ao banco das testemunhas e fez o juramento. Ela havia pensado muito nessa atitude, talvez devesse seguir o exemplo da srta. Leaming. Em alguns momentos, normalmente em manhãs ensolaradas de Páscoa, desejava poder se considerar cristã com sinceridade; mas, no resto do ano, ela sabia muito bem o que era — incuravelmente agnóstica, predisposta, porém, a reincidir na fé. Teve a impressão, no entanto, de que naquele momento o escrúpulo religioso era uma atitude com a qual não poderia arcar. As mentiras que estava a ponto

208

de contar não se tornariam mais abomináveis por contarem com o reforço da blasfêmia.

O juiz deixou que ela contasse sua versão sem interrompê-la. Ela percebeu que o pessoal no tribunal estava intrigado com ela, mas não hostil. Pela primeira vez seu sotaque cuidadosamente modulado de classe média, que adquirira sem perceber nos seis anos de colégio de freiras, que em outras pessoas a irritava tanto quanto sua voz irritara o pai, lhe deu uma vantagem. Usava o tailleur e cobrira a cabeça com um lenço de chiffon preto. Lembrou-se de chamar o juiz de "senhor".

Depois de ter rapidamente confirmado a história da srta. Leaming, relatando como ela fora contratada, o juiz disse:

"Agora, senhorita Gray, poderia explicar a esta corte o que aconteceu na noite em que sir Ronald Callender faleceu?"

"Eu havia decidido não dar prosseguimento à investigação. Não descobrira nada útil, e duvido que haja algo a descobrir. Eu me hospedara no chalé onde Mark Callender tinha passado as últimas semanas de vida e cheguei à conclusão de que o que estava fazendo era errado, aceitar dinheiro para vasculhar sua vida pessoal. Decidi, num impulso, dizer a sir Ronald que ia abandonar o caso. Fui até Garforth House. Cheguei por volta das dez e meia. Sabia que era tarde, mas estava ansiosa para voltar a Londres na manhã seguinte. Vi a senhorita Leaming atravessando o hall, ela me levou direto para o escritório."

"Por favor, pode descrever como encontrou sir Ronald?"

"Ele me pareceu cansado, distraído. Tentei explicar a razão para deixar o caso, mas não sei dizer se ele me escutou direito. Mandou que eu voltasse na manhã seguinte para receber meus honorários, respondi que só queria o reembolso das despesas e que gostaria de ter minha arma de volta. Ele apenas me dispensou com um gesto, dizendo: 'Amanhã de manhã, senhorita Gray. Amanhã de manhã'."

209

"E depois, saiu?"

"Sim, senhor. A senhorita Leaming me acompanhou até o carro, e eu já ia sair quando ouvimos o tiro."

"Não viu a arma com sir Ronald, enquanto estava no escritório?"

"Não, senhor."

"Ele não mencionou a morte do senhor Lunn, ou deu alguma indicação de que pretendia cometer suicídio?"

"Não, senhor."

O juiz desenhava num bloco à sua frente. Sem olhar para Cordelia, disse:

"Bem, senhorita Gray, poderia explicar agora como sir Ronald obteve sua arma?"

Era a parte mais difícil, mas Cordelia a ensaiara bem. A polícia de Cambridge fora minuciosa. Haviam repetido as mesmas perguntas, várias vezes. Ela sabia exatamente como sir Ronald conseguira a arma. Ela se lembrava de um trecho de um dogma de Dalgliesh, relatado por Bernie, que na época lhe parecera um conselho mais adequado a um criminoso que a um policial. "Nunca diga uma mentira desnecessária; a verdade possui mais autoridade. Os assassinos mais espertos não foram apanhados por contar uma mentira essencial, e sim por continuar a mentir a respeito de detalhes irrelevantes, quando a verdade não poderia fazer mal nenhum a eles."

Ela disse:

"Meu sócio, o senhor Pryde, era dono da arma e se orgulhava muito dela. Quando ele se matou, entendi que sua vontade foi deixá-la para mim. Por isso cortou os pulsos em vez de dar um tiro no ouvido, o que seria mais rápido e fácil."

O juiz ergueu os olhos, intrigado.

"Estava lá quando ele se matou?"

"Não, senhor. Mas encontrei o corpo."

Houve um murmúrio de simpatia no tribunal; ela pôde sentir o interesse do auditório.

"Sabia que a arma não possuía licença?"

210

"Não, senhor, mas acho que suspeitei disso. Eu a trouxe comigo, neste caso, por não querer deixá-la no escritório e por me sentir mais protegida. Pretendia verificar se tinha licença quando retornasse. Não esperava ter de usar a arma. É que este foi meu primeiro caso; Bernie a deixou para mim e eu me sentia melhor com ela."

"Entendo", o juiz disse.

Cordelia pensou que ele provavelmente entendia e o tribunal também. Eles não estavam tendo dificuldade para acreditar nela, pois contara a verdade, mesmo improvável. Agora, quando ia começar a mentir, eles continuariam a acreditar nela.

"Por favor, poderia revelar a esta corte como sir Ronald obteve a posse da arma?"

"Foi durante minha primeira visita a Garforth House, quando sir Ronald estava me mostrando o quarto do filho. Ele sabia que eu era a única dona da agência e me perguntou se não era um serviço difícil e perigoso para uma mulher. Eu disse que não sentia medo e que tinha a arma de Bernie. Quando descobriu que eu a levava na bolsa, obrigou-me a entregá-la. Disse que não gostaria de contratar uma pessoa que pusesse outras em perigo, ou estivesse exposta a ele. Disse que não assumiria a responsabilidade. Por isso, pegou a arma e a munição."

"E o que foi que ele fez com a arma?"

Cordelia pensou bem antes de responder. Obviamente ele não a levara para baixo na mão, pois a srta. Leaming a teria visto. Teria sido preferível dizer que ele a guardara numa gaveta no quarto de Mark, mas ela não se lembrava se a mesa-de-cabeceira tinha ou não gaveta. Ela disse:

"Ele a levou consigo para fora do quarto; não me disse onde a guardou. Sumiu por um momento e logo voltou. Descemos juntos."

"E a senhorita não pôs mais os olhos na arma até vê-la no chão, perto da mão de sir Ronald, quando encontrou o corpo, em companhia da senhorita Leaming?"

"Não, senhor."

Cordelia era a última testemunha. O veredicto foi dado depressa, sendo o que o tribunal sem dúvida considerava agradável à mente científica meticulosa de sir Ronald. Declarava que o falecido tirara a própria vida, mas não havia evidência a respeito do estado de espírito. O juiz fez um longo discurso compulsório a respeito do perigo das armas. As armas, informou, matavam pessoas. Ele fez questão de enfatizar que armas sem licença representavam um perigo maior ainda. Não fez uma condenação explícita de Cordelia, mas ficou claro que se conteve com grande esforço. Ele se levantou, todos se levantaram com ele.

Depois que o juiz partiu, a audiência terminou, e vários grupos se formaram. Rapidamente rodearam a srta. Leaming. Cordelia viu suas mãos trêmulas quando recebia condolências, ouvindo com ar sério as primeiras sugestões para uma homenagem póstuma. Cordelia se perguntou como pudera um dia ter considerado a srta. Leaming suspeita. Ela se manteve distante, temerosa. Sabia que a polícia a acusaria de porte ilegal de arma. Não havia saída. A bem da verdade, receberia uma condenação leve, ou nenhuma. Mas, pelo resto da vida, ela seria a moça cujo descuido e ingenuidade fizera com que a Inglaterra perdesse um de seus maiores cientistas.

Como Hugo havia dito, todos os suicidas de Cambridge eram brilhantes. Mas a respeito daquele ali não podia haver dúvidas. A morte de sir Ronald provavelmente o elevaria a status de gênio.

Quase sem ser notada, ela saiu do fórum e foi para Market Hill. Hugo devia estar esperando; sincronizou o passo com o dela.

"Como foi? Pelo jeito a morte a segue por toda a parte, né?"

"Foi tudo bem. Sou eu quem segue a morte, isso sim."

"Suponho que ele tenha cometido suicídio."

"Sim. Deu um tiro no ouvido."

"Com a sua arma?"

"Como já sabe, pois estava no tribunal. Mas não o vi."

"Eu não estava lá, tinha aula, mas as notícias correm depressa. Não precisa se preocupar com isso. Ronald Callender não era tão importante quanto algumas pessoas de Cambridge querem acreditar."

"Você não sabia nada a respeito dele. Era um ser humano e morreu. É sempre um fato importante."

"Não é, não, Cordelia. A morte é a coisa menos importante para nós. Console-se com as palavras de Joseph Hall. 'A morte chega com o nascimento, e nosso berço jaz numa sepultura.' E ele escolheu a arma e o momento. Já não se agüentava mais. Muita gente já não o agüentava mais."

Eles caminharam juntos pela passagem de St. Edwards, no sentido de King's Parade. Cordelia não sabia bem para onde estavam indo. Sua necessidade no presente era apenas caminhar, mas não considerou a companhia desagradável.

Ela perguntou:

"Onde está Isabelle?"

"Isabelle voltou para casa, em Lyons. Papai apareceu de surpresa ontem e descobriu que a mademoiselle não estava fazendo nada para merecer seu salário. Papai concluiu que Isabelle estava aproveitando menos — ou talvez mais — sua temporada em Cambridge do que ele esperava. Não precisa se preocupar com ela. Isabelle está segura, agora. Mesmo que a polícia decida que vale a pena ir até a França para interrogá-la — e por que fariam isso? —, de nada adiantará. Papai a cercará com um exército de advogados. Ele não está com o espírito disposto a aturar atrevimentos da parte dos ingleses, no momento."

"E quanto a você? Se alguém perguntar como Mark morreu, você vai contar a verdade?"

"O que acha? Sophie, Davie e eu estamos tranqüilos. Dá para confiar em mim, em questões essenciais."

Por um momento Cordelia desejou que ele fosse confiável em questões menos essenciais.

"Lamenta a partida de Isabelle?"

"Profundamente. A beleza é intelectualmente perturbadora; sabota o senso comum. Eu nunca poderei aceitar que Isabelle seja o que é: uma moça generosa, indolente, extremamente emotiva e estúpida. Eu pensava que uma mulher linda como ela deveria ter um instinto para a vida, acesso a uma sabedoria secreta situada além da inteligência. Sempre que ela abria a boquinha deliciosa eu esperava que iluminasse minha vida. Creio que poderia ter passado a minha existência inteira esperando pelo oráculo. E ela só sabia falar em roupas."

"Pobre Hugo."

"Nada de pobre Hugo. Não sou infeliz. O segredo do contentamento é nunca se permitir um desejo que a razão diz ser impossível realizar."

Cordelia pensou que ele era jovem, bem de vida, inteligente, mesmo que não fosse um gênio, bonito; não lhe faltava praticamente nada, fosse qual fosse o critério.

Ela o ouviu dizer:

"Por que não passa uma semana em Cambridge e me deixa mostrar a cidade para você? Sophie a acomodará no quarto de hóspedes."

"Não, Hugo, obrigada. Preciso voltar para Londres."

Não havia nada para ela em Londres, mas com Hugo não haveria nada em Cambridge para ela, tampouco. Só havia uma razão para ficar na cidade. Ela permaneceria até domingo, para se encontrar com a srta. Leaming. Depois disso, no que lhe dizia respeito, o caso de Mark Callender estaria encerrado para sempre.

No domingo à tarde, após a oração vespertina, a congregação, que ouvira em respeitoso silêncio um dos melhores corais do mundo entoar salmos e cânticos, se levantou e se uniu em júbilo no hino final. Cordelia levantou-se e cantou também. Sentara na ponta do banco, perto da divisória elaboradamente entalhada. Dali podia ver a sacristia. As túnicas dos cantores brilhavam em vermelho e branco; as velas tremeluziam em fileiras ordenadas e círculos altos de luz dourada; duas velas altas e finas, dos dois lados do altar, iluminavam suavemente o Rubens do altarmor, que de longe não passava de uma mancha em vermelho, azul e dourado. A bênção foi pronunciada, o amém final impecavelmente entoado, e o coral começou a sair decorosamente da sacristia. A porta sul foi aberta, a luz do sol inundou a capela. Os alunos da universidade que haviam comparecido ao serviço divino saíram depois do reitor e dos doutores, sem a menor ordem, as sobrepelizes a cair de qualquer jeito sobre a alegre contradição de veludo e tweed. O órgão resfolegava feito um animal, antes de emitir sua voz magnífica numa fuga de Bach. Cordelia, sentada em silêncio no banco, ouvia e esperava. A congregação descia pelo corredor principal, grupinhos com vestidos alegres de verão a sussurrar discretamente, jovens sérios de terno preto sóbrio, turistas consultando guias ilustrados e, meio constrangidas pelas câmeras invasoras, um grupo de freiras de rostos calmos e alegres.

A srta. Leaming foi uma das últimas, alta, de vestido de linho cinza e luvas brancas, cabeça descoberta, cardigã branco atirado distraidamente nos ombros para protegê-la do frio da capela. Estava obviamente sozinha e não era vigiada, e a surpresa cuidadosamente fingida ao ver Cordelia talvez tenha sido uma precaução desnecessária. Elas saíram juntas da capela.

O caminho de pedrisco depois da porta estava lotado de gente. Uma turma de japoneses, equipada com câmeras e acessórios, contribuía para a conversa morna domingueira com seu *staccato* agudo. Dali não se via a corrente prateada do Cam, apenas a parte superior do corpo forte dos barqueiros passava pela margem oposta como marionetes num teatro, erguendo a mão acima do varejão e virando o corpo para fincá-lo no fundo e empurrar, como se participassem de uma dança ritual. O gramado brilhava ao sol, a quintessência do verde a manchar o ar perfumado. Um lente idoso e frágil de túnica e barrete mancava pela grama; as mangas da longa túnica esvoaçavam na brisa e inflavam, de modo que ele parecia um imenso corvo alado tentando decolar. A srta. Leaming disse, como se Cordelia tivesse pedido uma explicação:

"Ele é um dos dirigentes. O gramado sagrado, portanto, não é contaminado por seus pés."

Elas caminharam em silêncio pelo prédio Gibbs. Cordelia se perguntou se demoraria muito para a srta. Leaming começar a falar. Quando ela falou, fez uma pergunta inesperada.

"Você acha que vai fazer disso tudo um sucesso?" Sentindo a surpresa de Cordelia, ela acrescentou: "A agência de detetives. Você acha que vai conseguir tocá-la?".

"Só me resta tentar. Não sei fazer outro serviço."

Ela não tinha a menor intenção de justificar sua afeição e lealdade a Bernie para a srta. Leaming. Sentia dificuldade em explicar isso até para si mesma.

"Suas despesas são muito altas."

Foi um pronunciamento feito com a autoridade de um veredicto.

"Refere-se ao escritório e ao Mini?", Cordelia perguntou.

"Sim. Em sua atividade, não vejo como apenas uma pessoa em campo possa obter um faturamento suficiente para cobrir as despesas. Você não pode ficar no escritório recebendo instruções e datilografando relatórios e simultaneamente sair para resolver os casos. Por outro lado, duvido que possa contratar alguém."

"Não por enquanto. Andei pensando em usar um serviço de caixa postal. Isso daria conta dos contatos, embora os clientes prefiram ir ao escritório discutir os casos, claro. Se eu conseguir um reembolso de despesas suficiente para pagar meus gastos, os honorários podem cobrir as despesas fixas."

"Se houver honorários."

Não parecia haver resposta para isso, e elas caminharam em silêncio por alguns segundos. Em seguida, a srta. Leaming disse:

"Haverá despesas para este caso, de todo modo. Pelo menos vai ajudá-la a pagar a multa por posse ilegal de arma. Deixei tudo na mão dos advogados. Em breve receberá seu cheque."

"Não quero dinheiro nenhum por este caso."

"Entendo. Como você lembrou a sir Ronald, isso se enquadra em sua cláusula de confiança. Se formos rigorosos, não tem direito a nada. Mesmo assim, creio que seria menos suspeito se eu a reembolsasse pelas despesas. Trinta libras seria um valor razoável?"

"Perfeito, muito obrigada."

Chegaram à extremidade do gramado e seguiram na direção de King's Bridge. A srta. Leaming disse:

"Serei grata a você pelo resto da vida. Isso para mim é uma humilhação inédita, nem sei se gosto da situação."

"Não precisa se preocupar. Fiz tudo por Mark, não por você."

"Eu pensava que você tinha agido a serviço da justiça ou outra abstração do gênero."

"Não pensei em nenhuma abstração. Só pensava numa pessoa."

Chegaram à ponte e se debruçaram lado a lado para apreciar a água verde e límpida. Os caminhos que conduziam à ponte ficaram vazios por alguns minutos. A srta. Leaming disse:

"Não é difícil simular uma gravidez, sabe? Basta uma cinta folgada e enchimento adequado. Para a mulher é humilhante, claro, quase indecente, se ela for estéril. Mas não chega a ser difícil, principalmente se ela não for rigorosamente observada. Evelyn não era. Sempre foi uma mulher reservada, tímida. As pessoas esperavam que se retraísse na gravidez. Garforth House não vivia cheia de amigos e colegas a contar histórias pavorosas sobre clínicas de pré-natal e passar a mão em sua barriga. Precisamos nos livrar da aborrecida Nanny Pilbeam, claro. Ronald considerou sua partida um benefício adicional da falsa gravidez. Ele não agüentava mais ser tratado como se ainda fosse Ronnie Callender, o aluno brilhante do primeiro grau em Harrogate."

Cordelia disse:

"A senhora Goddard disse que Mark era muito parecido com a mãe."

"Sem dúvida. Ela era sentimental, além de estúpida."

Cordelia não falou nada.

Após um momento de silêncio, a srta. Leaming disse:

"Descobri que engravidara de Ronald mais ou menos na época em que um especialista londrino confirmou o que nós três já havíamos adivinhado, que Evelyn não poderia ter filhos. Eu queria ter o bebê; Ronald precisava desesperadamente de um filho; o pai de Evelyn vivia obcecado com a idéia de ter um neto e se dispunha a abrir mão de meio milhão para realizar seu desejo. Eu larguei as aulas e me escondi no anonimato seguro de Londres. Evelyn disse ao pai que finalmente engravidara. Nem Ronald nem eu tivemos escrúpulos em enganar George Bottley. Ele era um sujeito rude, arrogante, brutal, presunçoso. Não conseguia imaginar como o mundo conseguiria sobreviver sem sua pessoa para supervisionar tudo. Chegou ao ponto de subsidiar o logro. Os cheques para Evelyn começaram a chegar, sempre acompanhados de bilhetes implorando a ela que cuidasse bem da saúde, consultasse os melhores médicos de Londres, tirasse férias em lugares ensolarados. Ela gostava muito da Itália, e o país passou a fazer parte do plano. Nós três nos encontrávamos a cada dois meses em Londres e viajávamos juntos para Pisa. Ronald alugou uma casa de campo pequena nas imediações de Florença. Quando estávamos lá, eu me tornava a senhora Callender, e Evelyn assumia meu papel. Os empregados não dormiam em casa, e ninguém precisava examinar nossos passaportes. Acostumaram-se com as visitas, e o médico local foi chamado para supervisionar minha gravidez. Os moradores da região sentiram-se lisonjeados por uma dama inglesa gostar tanto da Itália a ponto de voltar a cada dois meses, tão perto da hora do parto."

Cordelia perguntou:

"Mas como ela aceitou isso, como suportou ficar na mesma casa, vendo você com o marido, sabendo que ia ter um filho dele?"

"Ela fez isso por amar Ronald e não suportar a idéia de perdê-lo. Nunca fez muito sucesso como mulher. Se perdesse o marido, o que haveria para ela? Não podia voltar para o pai. Além disso, tínhamos um argumento forte. Ela tinha de assumir o filho. Caso se recusasse, Ronald a abandonaria, pediria o divórcio e casaria comigo."

"Eu teria preferido largá-lo e viver de faxina."

"Nem todos têm talento para faxina, nem sua capacidade para indignação moral. Evelyn era muito religiosa. Portanto, tinha prática em se iludir. Convenceu-se de que estávamos fazendo o melhor para a criança."

"E o pai dela? Chegou a suspeitar de alguma coisa?"

"Ele a desprezava por ser carola. Desde sempre. Psicologicamente, ele dificilmente podia se permitir esse desdém e ao mesmo tempo achar que ela fosse capaz de enganar. Além disso, queria desesperadamente um neto. Não passaria por sua cabeça que o filho não fosse dela. E havia o relatório médico. Após nossa terceira visita à Itália dissemos ao doutor Sartori que o pai da senhora Callender estava preocupado com seu estado de saúde. Por nossa solicitação, ele preparou um relatório médico tranqüilizador sobre o progresso da gravidez. Fomos para Florença duas semanas antes do nascimento do bebê e ficamos lá até Mark nascer. Por sorte, ele veio dois dias antes do tempo. Tivemos a boa idéia de atrasar a data prevista, para que parecesse genuíno o nascimento inesperado de um bebê prematuro. O doutor Sartori fez o necessário, com total competência, e nós três voltamos para casa com o bebê e uma certidão de nascimento com o nome certo."

Cordelia disse:

"E nove meses depois a senhora Callender faleceu."

"Ele não a matou, se é o que está pensando. Não é o monstro que você supõe, ou pelo menos não era. Mas, em certo sentido, nós dois a destruímos. Ela devia ter consultado um especialista, no mínimo um médico melhor que o incompetente Gladwin. Mas nós três tínhamos muito medo de que um médico eficiente percebesse que ela não dera à luz. Ela temia tanto quanto nós. Insistiu que não queria consultar outro médico. Aprendera a amar o bebê, entende. Morreu, foi cremada, pensamos estar seguros para sempre. Ela deixou um bilhete para Mark antes de morrer, apenas uma anotação enigmática em seu livro de orações. Informou seu grupo sanguíneo. Sabíamos que os grupos sanguíneos seriam um risco. Ronald colheu amostras de nós três e fez os testes. Contudo, após a morte dela nosso temor passou."

Seguiu-se um longo silêncio. Cordelia observou um grupo de turistas seguir pelo caminho, no rumo da ponte. A srta. Leaming prosseguiu:

"A ironia é que Ronald jamais o amou. O avô de Mark o adorava; nenhuma dificuldade nesse ponto. Deixou metade da fortuna para Evelyn, que foi passada automaticamente ao marido. Mark receberia a outra metade aos vinte e cinco anos. Mas Ronald jamais deu importância ao filho. Percebeu que não poderia amá-lo, e eu não tinha permissão para isso. Eu o vi crescer e ir para a escola. Mas não me permitiam amá-lo. Tricotei inúmeros pulôveres para ele. Era quase uma obsessão. Conforme ele crescia, os desenhos se tornavam mais intricados e a lã mais grossa. Pobre Mark, deve ter pensado que eu era louca, uma mulher estranha, frustrada, com quem o pai não aceitava se casar, embora dependesse tanto dela."

"Há alguns pulôveres no chalé. O que devo fazer com as coisas dele?"

"Leve tudo embora, dê para algum necessitado. A não ser que ache melhor eu aproveitar a lã e tricotar novas peças. Seria um gesto adequado, não concorda? Símbolo do esforço desperdiçado, ternura, futilidade?"

220

"Darei um jeito neles. E os livros?"

"Leve também. Não quero entrar de novo naquele chalé. Leve ou jogue tudo fora, como quiser."

O grupo de turistas estava bem próximo, mas eles pareciam ocupados com suas próprias conversas. A srta. Leaming tirou um envelope do bolso e o entregou a Cordelia.

"Escrevi uma confissão resumida. Não há nada a respeito de Mark, nada sobre a morte dele e as coisas que você descobriu. É só uma declaração sucinta de que atirei em Ronald Callender assim que você deixou Garforth House, e a pressionei para confirmar minha história. Talvez precise dela um dia."

Cordelia viu que o envelope estava endereçado a ela. Não o abriu e disse:

"Tarde demais. Se lamenta o que fizemos, deveria ter falado antes. O caso foi encerrado."

"Não lamento nada. Estou contente com o modo como agimos. Mas o caso talvez ainda não esteja encerrado."

"Mas está! O inquérito acabou, foi dado o veredicto."

"Ronald tinha amigos poderosos. Eles têm muita influência e periodicamente gostam de exercê-la, no mínimo para provar que ainda a possuem."

"Mas eles não podem conseguir a reabertura do caso! Seria preciso um decreto do Parlamento, praticamente, para mudar o veredicto."

"Não estou dizendo que tentarão fazer isso. Mas podem levantar dúvidas. Podem dar o que chamam de uma palavrinha no ouvido certo. E os ouvidos certos estão sempre disponíveis. É assim que eles agem. Eles são assim."

Cordelia disse, subitamente:

"Tem fogo?"

Sem questionar ou protestar, a srta. Leaming abriu a bolsa e entregou-lhe um gracioso tubinho prateado. Cordelia não fumava, não estava acostumada com isqueiros. Tentou três vezes antes de conseguir produzir uma chama. Ela se debruçou sobre o parapeito da ponte e aproximou a chama da ponta do envelope.

A chama era invisível contra a luz forte do sol. Cordelia viu apenas uma faixa estreita de luz roxa tremular quando o papel pegou fogo. Os cantos escureceram e a chama se propagou. O cheiro forte de queimado se dissipou com a brisa. Assim que sentiu o calor nos dedos Cordelia largou o envelope, ainda a queimar, e o viu girar e revoar, pequeno e frágil como um floco de neve, até finalmente cair e se perder no Cam. Ela disse:

"Seu amante cometeu suicídio. É só o que nós duas precisamos lembrar, agora e sempre."

Elas não falaram mais na morte de Ronald Callender e caminharam em silêncio pelo caminho ladeado de olmos, no sentido de Backs. A certa altura a srta. Leaming olhou para Cordelia e disse num tom de irritada petulância:

"Você parece muito bem!"

Cordelia deduziu que o rápido descontrole fosse ressentimento de uma mulher de meia-idade por causa da capacidade de recuperação dos jovens, após o desgaste físico intenso. Precisara apenas de uma noite de sono profundo para retornar à condição que Bernie, com irritante paternalismo, descrevia como olhar radiante e pés no chão. Mesmo sem a bênção de um banho quente, a pele esfolada das costas e dos ombros cicatrizara sem problemas. Fisicamente os eventos da última quinzena não tinham deixado marcas. Ela não poderia dizer o mesmo da srta. Leaming. O cabelo liso cor de platina continuava bem cortado, acompanhando imaculadamente o formato da cabeça; ela ainda envergava suas roupas com elegância fria, como se fosse importante se mostrar como a competente e inabalável assistente de um homem famoso. Mas a pele clara agora exibia tons cinzentos; nos olhos havia fundas olheiras e as rugas incipientes nos cantos da boca e na testa haviam ficado mais acentuadas, de modo que o rosto, pela primeira vez, parecia velho e cansado.

Elas passaram por King's Gate e dobraram à direita.

Cordelia havia conseguido uma vaga e estacionara o Mini a poucos metros do portão; o Rover da srta. Leaming estava um pouco adiante, em Queen's Road. Elas trocaram um aperto de mão rápido, mas intenso, e se despediram sem exageros emocionais, como duas conhecidas de Cambridge que tivessem se encontrado inesperadamente na igreja. A srta. Leaming não sorriu. Cordelia observou a figura alta e magra percorrer o caminho arborizado para a John's Gate. Ela não olhou para trás. Cordelia pensou se algum dia se veriam novamente. Era difícil acreditar que haviam estado juntas em quatro ocasiões apenas. Não tinham nada em comum além do mesmo sexo, embora Cordelia tivesse se dado conta, nos dias seguintes à morte de Ronald Callender, da força de uma aliança feminina. Como dissera a própria srta. Leaming, elas nem sequer simpatizavam uma com a outra. Contudo, cada uma colocara sua segurança nas mãos da outra. Houve momentos em que o segredo chegou a horrorizar Cordelia, por sua imensidão. Mas eram momentos raros, cada vez mais raros. O tempo inevitavelmente diminuiria sua importância. A vida continua. Nenhuma delas se esqueceria completamente do caso enquanto suas células cerebrais ainda vivessem, mas ela acreditava que chegaria o dia em que elas se encontrariam por acaso num teatro, restaurante ou escadaria do metrô, e no momento do choque do reconhecimento se perguntariam se o que lembravam havia realmente acontecido. Afinal, passados quatro dias do final do inquérito, a morte de Ronald Callender já começava a ocupar seu lugar na paisagem do passado.

Nada mais a segurava no chalé. Ela passou uma hora limpando e varrendo com capricho obsessivo os cômodos nos quais, provavelmente, ninguém entraria nas semanas seguintes. Encheu de água a caneca das flores, na mesa da sala. Em três dias estariam mortas, ninguém notaria, mas ela não suportava a idéia de jogar fora flores ainda viçosas. Foi até o barraco e contemplou a garrafa de leite azedo e a carne ensopada. Seu primeiro impulso foi pegar os dois e jogar o conteúdo na privada. Mas eles faziam parte das provas. Não precisaria delas novamente, mas deveria mesmo destruir tudo? Ela se lembrou da admoestação reiterada por Bernie: "Nunca destrua uma prova". O superintendente dispunha de muitos relatos emblemáticos para enfatizar a importância da máxima. No final ela decidiu fotografar o material, que colocou sobre a mesa da cozinha, prestando muita atenção à luz e à exposição. Era um exercício desnecessário e inútil, ridículo até, mas ela ficou contente quando terminou a tarefa e dispensou o conteúdo repulsivo da garrafa e da panela. Então lavou tudo com cuidado e deixou na cozinha.

Depois ela fez a mala e guardou seu equipamento no Mini, junto com os pulôveres de Mark e seus livros. Ao dobrar as malhas de lã grossa ela pensou no dr. Gladwin, sentado no quintal, suas veias contraídas indiferentes ao sol. O velho aproveitaria bem os agasalhos, mas ela não poderia levá-los para ele. Um gesto gentil como esse seria aceito se partisse de Mark, mas não se fosse uma iniciativa dela.

Trancou a porta e deixou a chave debaixo de uma pedra. Não conseguiria encarar a srta. Markland novamente e não sentia a menor vontade de entregar a chave a outro membro da família. Esperaria até chegar a Londres para enviar uma carta para a srta. Markland, agradecendo a gentileza e explicando onde poderia encontrar a chave. Cordelia percorreu o jardim pela última vez. Não soube que impulso a levou até o poço, mas ao chegar perto dele levou um choque de surpresa. O solo em volta da borda fora desmatado, afofado e plantado com um círculo de amores-perfeitos, margaridas, alissos e lobélias. As mudas pareciam ter pegado bem, em seus círculos de terra regada. Era um oásis de cores no meio do mato. O efeito agradável era meio ridículo, inquietante, extravagante. Assim, estranhamente louvado, o poço parecia obsceno, um seio de madeira encimado por um mamilo monstruoso. Como ela poderia considerar a tampa do poço inofensiva e ligeiramente elegante?

Cordelia, dividida entre a piedade e a repulsa, pensou que só podia ser obra da srta. Markland. O poço, que por anos fora para ela um local aterrorizante, cheio de horror, remorso e fascínio relutante, tornara-se uma espécie de santuário. Era burlesco e lamentável; Cordelia desejou que nunca tivesse visto aquilo. E sentiu subitamente medo de encontrar a srta. Markland, de ver a loucura incipiente em seus olhos. Quase correu ao sair do jardim, abrir o portão apesar do mato e finalmente pegar o carro e ir embora do chalé sem olhar para trás. O caso de Mark Callender estava encerrado.

7

Na manhã seguinte ela chegou ao escritório de Kingly Street pontualmente, às nove horas. O incomum clima quente por fim mudara e, quando ela abriu a janela, uma brisa fresca espantou as camadas de poeira acumuladas sobre a mesa e o arquivo. Só havia uma carta. Em um envelope comprido e duro, trazia como remetente os advogados de Ronald Callender e era curta.

Cara senhora, segue um cheque de trinta libras referente a despesas da investigação realizada a pedido do falecido sir Ronald Callender. Caso concorde com o valor, agradecemos a gentiliza de assinar e devolver o recibo anexo.

Bem, como a srta. Leaming havia dito, serviria pelo menos para pagar parte da multa. Cordelia tinha dinheiro suficiente para manter a agência por mais um mês. Se não conseguisse mais casos nesse meio-tempo, poderia procurar a srta. Feakins e fazer algum serviço temporário. Pensou na Agência de Secretárias Feakins sem o menor entusiasmo. A srta. Feakins despachava, e esse era o termo apropriado, num escritório pequeno tão esquálido quanto o de Cordelia, embora exibisse uma alegria desesperada, imposta ao local na forma de paredes de cores diferentes, flores de papel numa variedade de vasos em formato de urna, bibelôs de porcelana e um cartaz. O cartaz sempre fascinara Cordelia. Uma loura curvilínea de short mínimo ria histericamente ao brincar de pula-sela com a máquina de escrever, proeza que conseguira desempenhar exibindo o corpo ao máximo enquanto segurava um maço de notas de cinco libras numa das mãos. A legenda dizia:

Seja uma "moça sexta-feira" e conheça gente divertida. Os melhores crusoés estão em nossa lista.

Debaixo do cartaz a srta. Feakins, emaciada, infatigavelmente disposta, enfeitada como uma árvore de Natal, entrevistava a fila desanimada de velhas, feias e eternas desempregadas. Suas vacas leiteiras raramente escapavam para empregos permanentes. A srta. Feakins as alertava contra os perigos inespecíficos de aceitar um trabalho fixo do mesmo modo como mães vitorianas preveniam suas filhas contra o sexo. Mas Cordelia gostava dela. A srta. Feakins a receberia de braços abertos, perdoaria a traição de trabalhar para Bernie, haveria outra daquelas conversas telefônicas furtivas com o felizardo Crusoe feitas com um olho atento a Cordelia, enquanto a madame do bordel recomendava a novata a um dos clientes mais exigentes. "Garota de superior qualidade — muito instruída — vai gostar dela — e trabalha bem!" A ênfase no final se justificava. Poucas temporárias da srta. Feakins, atraídas pelos anúncios, esperavam trabalhar seriamente. Havia outras agências, mais eficientes, mas só uma srta. Feakins. Presa a ela por piedade e uma curiosa lealdade, Cordelia nutria pouca esperança de escapar ao olho faiscante. Uma série de trabalhos temporários com os Crusoés da srta. Feakins parecia ser o que lhe restava. Uma condenação por posse ilegal de arma, sob a Seção 1 do Firearms Act de 1968, significava impedimento ao exercício de funções socialmente responsáveis e empregos seguros no serviço público e governo local, certo?

Ela sentou na frente da máquina de escrever com a lista telefônica ao lado, para terminar de enviar a circular aos vinte últimos advogados da lista. A carta a constrangia e deprimia. Fora redigida por Bernie após uma dúzia de rascunhos, e na época não lhe parecera fantasiosa demais. Contudo, a morte dele e o caso Callender haviam mudado tudo. As frases pomposas sobre serviço profissional abrangente, atendimento imediato em qualquer ponto do país, operadores discretos e experientes e honorários razoáveis lhe pareciam ridículas, até perigosamente pretensiosas. Não havia algo sobre falsa apresentação no Trades Description Act? A promessa de honorários razoáveis e discrição absoluta era válida. Uma pena, pensou rapidamente, que não pudesse pedir uma carta de recomendação para a srta. Leaming. Providenciamos álibis; depomos em inquéritos; ocultamos assassinatos com eficiência; perjúrio com preços especiais.

O tilintar rouco do telefone a surpreendeu. O escritório estava tão quieto e parado que ela presumira que ninguém ia ligar. Encarou o aparelho por alguns segundos, de olhos arregalados, subitamente temerosa, antes de esticar o braço.

A voz era calma e segura, educada mas nada deferente. Não fez ameaça alguma, mas para Cordelia cada palavra vibrava, ameaçadora.

"Senhorita Cordelia Gray? Aqui é da Nova Scotland Yard. Não sabíamos se já estava de volta a seu escritório. Poderia nos fazer a gentileza de passar aqui, se possível ainda hoje? O superintendente-chefe Dalgliesh gostaria de vê-la."

Dez dias depois Cordelia foi novamente chamada na Scotland Yard, pela terceira vez. O bastião de concreto e vidro nas proximidades de Victoria Street já lhe era familiar a essa altura, embora ela ainda entrasse lá com a sensação de abandonar temporariamente parte de sua identidade, como ao deixar o sapato do lado de fora de uma mesquita.

O superintendente Dalgliesh pouco impusera de sua personalidade à sala. Os livros na estante-padrão eram ob-

228

viamente manuais de direito, exemplares de regulamentos e leis encadernados, dicionários e livros de referência. O único quadro era uma aquarela grande do antigo edifício Norman Shaw, no Embankment, pintado a partir do rio, um agradável estudo em cinza e ocre desbotado, iluminado pelas asas douradas brilhantes do memorial da RAF. Nessa visita, como nas ocasiões anteriores, havia um vaso de rosas sobre a mesa dele, com talos grandes e espinhos curvos como bicos fortes, nada a ver com os botões debilitados e sem perfume das floriculturas do West End.

Bernie nunca o descrevera; apenas absorvera sua filosofia obsessiva, sem heroísmo, áspera. Cordelia, impressionada com o nome, não fizera nenhuma pergunta. Mas o superintendente que ela imaginava era muito diferente da figura alta e austera que se levantara para apertar sua mão na primeira vez em que entrou na sala, e a dicotomia entre sua criação pessoal e a realidade era desconcertante. Irracionalmente, ela sentiu uma pontada de irritação contra Bernie por colocá-la em tamanha desvantagem. Ele era velho, claro, mais de quarenta, mas não tão velho quanto ela esperava. Era moreno, alto demais, com braços e pernas compridos, mas ela esperava que ele fosse baixo e corpulento. Sério, tratava-a como um adulto responsável, sem ser paternalista nem condescendente. Seu rosto era sensível sem ser fraco, e ela gostou das mãos e da voz, e do modo como vislumbrava a estrutura dos ossos sob a pele. Ele parecia gentil e delicado, o que era astucioso, pois ela sabia que era perigoso e cruel, e precisava se lembrar a todo instante como ele tratara Bernie. Em alguns momentos, durante o interrogatório, ela se perguntou se aquele realmente poderia ser Adam Dalgliesh, o poeta.

Eles não haviam ficado sozinhos. Em todas as visitas uma policial, apresentada como sargento Mannering, estivera presente, sentada ao lado da mesa com seu bloco de anotações. Cordelia lembrava bem da sargento Mannering, que conhecera na escola sob o nome de Teresa Campion-Hook. As duas poderiam ter sido irmãs. A acne ja-

229

mais marcara suas peles claras e brilhantes; o cabelo claro em cachos, do comprimento exato definido pelo regulamento, acima da gola do uniforme; as vozes calmas, autoritárias, deliberadamente alegres mas nunca estridentes; a confiança inefável na justiça que exalavam, na lógica do universo e de seu lugar nele. A sargento Mannering sorrira rapidamente para Cordelia, quando ela entrou. O olhar fora direto sem ser excessivamente amigável, pois um sorriso generoso demais poderia prejudicar o caso. Mas não fora condenatório, tampouco. Um olhar que predispunha Cordelia à imprudência. Ela não gostaria de bancar a idiota aos olhos de uma pessoa competente.

Pelo menos ela tivera tempo de pensar numa tática antes da primeira visita. Havia uma ligeira vantagem e muito perigo em ocultar fatos que um homem inteligente facilmente descobriria por sua própria conta. Ela revelaria, se perguntassem, que discutira o caso de Mark Callender com os Tilling e seu orientador; que localizara e entrevistara a sra. Goddard; que visitara o dr. Gladwin. Ela decidiu não dizer nada a respeito do atentado contra sua vida e da visita a Garforth House. Sabia quais fatos vitais precisavam ser ocultados: o assassinato de Ronald Callender; a pista no livro de orações; o real modo como Mark morrera. Ela se disse, firmemente, que não podia permitir que a levassem a discutir o caso, que não deveria falar sobre si, sua vida, seu trabalho atual e suas ambições. Lembrou-se do que Bernie dizia: "Neste país as pessoas não falam, não se pode fazer nada para obrigá-las, uma pena. Felizmente para a polícia a maioria das pessoas não consegue ficar de boca fechada. Os inteligentes são os piores. Eles precisam mostrar que são o máximo, e assim que começam a discutir o caso, mesmo em termos genéricos, estão na sua mão". Cordelia também se lembrou do conselho que tinha dado a Elizabeth Leaming: "Não enfeite, não invente, não tenha medo de dizer que não se lembra".

Dalgliesh falou:

"Já pensou em consultar um advogado, senhorita Gray?"

230

"Não tenho advogado."

"A ordem dos advogados pode fornecer os nomes de profissionais confiáveis e eficientes. Eu pensaria seriamente nisso, no seu lugar."

"Mas eu precisaria pagar, certo? Para que consultar um advogado, se estou dizendo a verdade?"

"Quando as pessoas começam a dizer a verdade, elas freqüentemente acham que precisam de um advogado."

"Mas eu sempre disse a verdade. Por que mentiria?"

A pergunta retórica foi um erro. Ele a respondeu seriamente, como se Cordelia quisesse de fato saber.

"Poderia ser para se proteger — o que considero improvável — ou para proteger alguém. O motivo pode ser amor, medo ou senso de justiça. Não creio que tenha conhecido as pessoas envolvidas no caso o suficiente para se envolver profundamente, portanto vamos deixar o amor de fora, e não creio que seja fácil amedrontá-la. Portanto, resta o senso de justiça. Um conceito muito perigoso, senhorita Gray."

Ela havia sido interrogada antes. A polícia de Cambridge fora extremamente minuciosa. Mas aquela foi a primeira vez em que alguém a interrogava sabendo que ela estava mentindo, que Mark Callender não se suicidara; que sabia, pensou desesperada, tudo que se poderia saber. Ela precisou se esforçar para aceitar a realidade. Ele não podia ter tanta certeza. Não tinha nenhuma prova legal e jamais a teria. Não havia ninguém vivo para contar a verdade, exceto Elizabeth Leaming e ela. E ela não ia dizer nada. Dalgliesh podia usar sua lógica implacável para solapar sua vontade, apelar para a curiosidade gentil, para a cortesia e a paciência. Mas ela não ia falar, e na Inglaterra não havia meio de obrigá-la.

Como ela não respondeu, ele disse, disposto:

"Bem, vamos ver até onde chegamos. Como resultado de suas investigações, você suspeitou que Mark Callender tivesse sido assassinado. Não admitiu isso para mim, mas deixou suas suspeitas bem claras quando visitou o sargento Maskell, da polícia de Cambridge. Subseqüentemente, você procurou a antiga enfermeira da mãe dele e descobriu coisas de sua infância, do casamento dos Callender e da morte da senhora Callender. Depois dessa visita, você esteve com o doutor Gladwin, o clínico geral que tratara da senhora Callender antes de ela morrer. Com um ardil simples obteve o tipo sanguíneo de Ronald Callender. Só haveria motivo para tanto se suspeitasse que Mark não era filho natural de seus pais. Depois você fez o que eu teria feito no seu lugar, visitou Somerset House para examinar o testamento do senhor George Bottley. Bem pensado. Se desconfia de assassinato, considere sempre quem ganha com isso."

Então ele sabia a respeito de Somerset House e do telefonema ao dr. Venables. Bem, já era de se esperar. Ele a tinha elogiado por ter um raciocínio semelhante ao seu. Ela se comportara como ele se comportaria.

Ela continuou sem falar nada. Ele prosseguiu:

"Você não contou da sua queda no poço. Mas a senhorita Markland contou."

"Foi um acidente. Não me lembro de nada a respeito, creio que fui espiar o poço e perdi o equilíbrio. Não entendi o que houve."

"Não creio que tenha sido acidente, senhorita Gray. Você não poderia ter removido a tampa sem uma corda. A senhorita Markland tropeçou numa corda, mas ela estava enrolada e escondida no mato. Você teria se dado ao trabalho de tirá-la do gancho se estivesse apenas espiando?"

"Não sei. Não me lembro de nada que aconteceu antes de minha queda. A primeira lembrança foi cair na água. E não vejo o que isso tem a ver com a morte de sir Ronald Callender."

"Talvez tenha muito a ver. Se alguém tentou matá-la, e creio que tentou mesmo, a pessoa poderia ter vindo de Garforth House."

"Por quê?"

"Porque um atentado contra sua vida estaria provavelmente ligado a sua investigação sobre a morte de Mark Callender. Você se tornou perigosa para alguém. Matar é coisa séria. Os profissionais não gostam, recorrem a isso quando é absolutamente essencial, e mesmo os amadores não são tão despreocupados com homicídio quanto se pensa. Você representava um perigo imenso. Alguém recolocou a tampa no poço, senhorita Gray. Você não caiu através da madeira sólida."

Cordelia mesmo assim não disse nada. Após um período de silêncio, ele prosseguiu:

"A senhorita Markland contou que depois de seu resgate do poço ela relutou em deixá-la sozinha. Mas você insistiu para que ela fosse embora. Disse que não temia ficar no chalé porque tinha uma arma."

Cordelia percebeu surpresa que a pequena traição a magoara profundamente. Contudo, como culpar a srta. Markland? O superintendente com certeza soubera interrogá-la, devia ter convencido a mulher de que sua sinceridade ajudaria Cordelia. Bem, ela também poderia trair, então. E sua explicação teria a força da verdade.

"Eu queria me livrar dela. Ela contou uma história pavorosa sobre um filho ilegítimo que caiu no poço e morreu. Eu tinha acabado de ser salva. Não queria ouvir aquilo, não suportei. Eu lhe contei uma mentira sobre a arma para fazer com que fosse embora. Não pedi a ela para se abrir comigo, não seria justo. Era um pedido de ajuda, mas não tive condições."

"E não quis se livrar dela por outra razão? Não sabia que seu atacante precisaria voltar naquela noite? Que a tampa do poço teria de ser removida de novo, para que sua morte parecesse acidental?"

"Se eu realmente pensasse que corria perigo, teria pedido a ela que me levasse consigo para Summertrees House. Não ficaria sozinha e desarmada no chalé."

"Não ficaria, senhorita Gray, acredito nisso. Não teria esperado sozinha no chalé naquela noite sem sua arma."

Pela primeira vez Cordelia sentiu um medo desesperador. Aquilo não era um jogo. Nunca fora, embora o interrogatório da polícia de Cambridge tivesse apresentado a irrealidade de um inquérito formal, no qual o resultado era tão previsto quanto inócuo, uma vez que um dos oponentes nem sabia que estava no jogo. Agora era tudo muito real. Se ela fosse enganada, convencida ou pressionada a dizer a verdade, iria para a prisão. Era cúmplice do crime. Quantos anos a gente pega por ajudar a ocultar um homicídio? Ela lera em algum lugar que Holloway fedia. Tirariam suas roupas. Ela ficaria trancada numa cela claustrofóbica. Havia redução da pena por bom comportamento, mas como alguém pode ser bom na cadeia? Talvez a mandassem para uma penitenciária aberta. Aberta. Mas isso era uma contradição. E como ela viveria depois? Como arranjaria emprego? Que liberdade pessoal poderia haver para aqueles que a sociedade rotulou de delinqüentes?

Ela temia muito pela srta. Leaming. Onde estaria agora? Não ousava perguntar a Dalgliesh, pois o nome da srta. Leaming mal fora mencionado. Estaria ela agora em outra sala da Nova Scotland Yard, sendo interrogada de modo similar? Quanto daria para confiar nela, sob pressão? Estariam planejando confrontar as duas cúmplices? A porta se abriria repentinamente e a srta. Leaming entraria pedindo desculpas, cheia de remorso, truculenta? Não era o esquema costumeiro entrevistar envolvidos separadamente, até um deles ceder? E quem seria o mais fraco?

Ouviu a voz do superintendente. Teve a impressão de que ele sentia pena dela.

"Temos confirmação de que a pistola estava com você naquela noite. Um motorista declarou que viu seu carro estacionado na beira da estrada, a uns cinco quilômetros de Garforth House, e quando ele parou para perguntar se precisava de ajuda foi ameaçado por uma moça armada."

Cordelia recordou o momento, a doçura e o silêncio de uma noite de verão quebrados pelo hálito morno, alcoólico.

"Ele deve ter bebido. Suponho que a polícia o parou

para um teste de bafômetro mais tarde, naquela noite, e ele resolveu contar essa história. Não sei o que espera ganhar com isso, mas não é verdade. Eu não portava uma arma. Sir Ronald pegou a pistola na primeira noite em que estive em Garforth House."

"A polícia metropolitana o parou logo depois. Creio que ele confirmará a história. Ele falou com muita certeza. Claro, ainda não a identificou, mas já descreveu o carro. Na versão dele, pensou que você estava com problemas mecânicos e parou para ajudar. Você entendeu tudo errado e o ameaçou com a arma."

"Eu compreendi perfeitamente o que ele queria. Mas não o ameacei com uma arma."

"O que disse a ele, senhorita Gray?"

"Saia daqui agora ou o mato."

"Sem uma arma parece um blefe."

"Sempre seria um blefe. Mas foi o suficiente para afastá-lo."

"O que aconteceu exatamente?"

"Eu tinha uma chave de fenda no bolso lateral do carro, e quando ele pôs a cara na janela eu a peguei e o ameacei com ela. Mas ninguém em seu juízo perfeito confundiria chave de fenda com revólver!"

Mas ele não estava em seu juízo perfeito. A única pessoa que vira a arma com ela naquela noite era um motorista embriagado. Aquela, percebeu, fora uma pequena vitória. Ela resistira à tentação momentânea de mudar sua história. Bernie tinha razão. Ela se lembrou de seus conselhos e do alerta do superintendente, dessa vez ela quase podia ouvi-lo, com sua voz grave, ligeiramente rouca: "Se você foi tentado a cometer um crime, atenha-se às suas declarações iniciais. Nada impressiona mais um júri do que a coerência. Já vi as defesas mais improváveis triunfarem simplesmente porque o acusado manteve a história até o fim. Afinal de contas, é a palavra de alguém contra a sua; com um advogado competente, é meio caminho andado até a dúvida razoável".

O superintendente estava falando novamente. Cordelia lamentou não conseguir se concentrar mais no que ele dizia. Não dormia direito havia dez dias, talvez isso tivesse algo a ver com seu cansaço perpétuo.

"Creio que Chris Lunn a visitou na noite em que morreu. Não descobrimos outra razão para ele passar naquela estrada. Uma das testemunhas declarou que ele vinha com a van como se fugisse de todos os diabos do inferno. Alguém o seguia — você, senhorita Gray."

"Já falamos nisso antes. Eu estava indo falar com sir Ronald."

"Naquela hora? E com tanta pressa?"

"Eu queria vê-lo com urgência, para dizer que ia abandonar o caso. Não podia mais esperar."

"Mas esperou, certo? Parou o carro na beira da estrada e dormiu. Por isso se passou quase uma hora entre o momento em que foi vista na área do acidente e a hora em que chegou a Garforth House."

"Tive de parar. Estava cansada e percebi que não seria seguro continuar dirigindo."

"Mas também sabia que era seguro dormir. Que a pessoa mais temida por você estava morta."

Cordelia não respondeu. O silêncio tomou conta da sala, mas ela teve a impressão de que era um silêncio companheiro, e não acusador. Ela desejou não estar tão cansada. Acima de tudo, gostaria de ter alguém para conversar a respeito do assassinato de Ronald Callender. Bernie não a ajudaria muito nesse caso. Para ele o dilema moral no centro do crime não teria interesse ou validade, seria tentar confundir deliberadamente fatos claros. Ela podia imaginar os comentários vulgares a respeito da relação de Eliza Leaming com Lunn. Mas o superintendente teria compreendido. Ela se imaginava conversando com ele. Recordou as palavras de Ronald Callender, que o amor era tão destrutivo quanto o ódio. Dalgliesh concordaria com uma filosofia tão sombria? Ela gostaria de poder perguntar isso a ele. Este, reconhecia, era o perigo real — não a tentação de confessar, mas a ansiedade de confidenciar. Ele sabia como ela se sentia? Isso faria parte também de sua técnica?

Bateram na porta. Um guarda uniformizado entrou e entregou um bilhete a Dalgliesh. Ele o leu na sala silenciosa. Cordelia se esforçava para fixar os olhos em seu rosto. Era grave e inexpressivo enquanto continuava a fitar o papel, bem depois de ter assimilado sua curta mensagem.

Ela achou que ele estava tomando uma decisão. Após um minuto, ele disse:

"Diz respeito a uma pessoa que você conhece, senhorita Gray. Elizabeth Leaming faleceu. Ela foi morta há dois dias, quando o carro que dirigia saiu da pista numa estrada costeira ao sul de Amalfi. Este comunicado confirma sua identidade."

Cordelia foi acometida por um alívio tão imenso que sentiu até enjôo. Ela cerrou os punhos e sentiu que o suor escorria em sua testa. Começou a tremer de frio. Não lhe ocorreu que ele poderia estar mentindo. Sabia que ele era implacável e astuto, mas sempre tivera como certo que jamais lhe mentiria. Ela disse, num sussurro:

"Agora eu posso ir?"

"Sim. Não adianta nada você ficar por aqui, não é?"

"Ela não matou sir Ronald. Ele pegou minha arma. Pegou a arma..."

Algo parecia ter fechado sua garganta. As palavras não queriam sair.

"Foi o que me disse. Não precisa se dar ao trabalho de repetir."

"Quando devo voltar?"

"Não creio que seja preciso voltar, a não ser que resolva contar alguma coisa. A frase é muito conhecida, você foi convidada a ajudar a polícia. Já ajudou a polícia. Muito obrigado."

Ela havia vencido. Estava livre. Segura. E como a srta. Leaming falecera, sua segurança dependia só de si mesma.

Não precisava voltar àquele lugar horrível. O alívio, tão inesperado e inacreditável, foi grande demais, insuportável. Cordelia começou a chorar, dramática e descontroladamente. Ela se deu conta da manifestação solidária da sargento Mannering, em voz baixa, e do lenço branco dobrado oferecido pelo superintendente. Cobriu o rosto com o linho limpo, cheirando a lavanderia, e descarregou sua raiva e sofrimento reprimidos. Estranhamente — e a estranheza chamou sua atenção, mesmo no meio de tanta angústia —, sua dor se centrava em Bernie. Ergueu o rosto desfigurado pelas lágrimas, sem se importar com o que ele ia pensar dela, e emitiu um protesto final, irracional:

"E o senhor nunca quis saber como ele sobreviveu, depois que o demitiu. Nem foi ao funeral!"

Ele puxou uma cadeira e sentou ao lado dela. Deu-lhe um copo d'água. O copo estava muito frio, mas era reconfortante, e ela percebeu, surpresa, que sentia muita sede. Bebeu a água e ficou ali sentada, soluçando de leve. Os soluços lhe davam vontade de rir histericamente, mas ela se controlou. Após alguns minutos ele disse, com calma:

"Lamento por seu amigo. Não tinha me dado conta de que seu sócio era Bernie Pryde, que um dia trabalhou comigo. Foi pior que isso, na verdade. Eu me esqueci dele. Se lhe serve de consolo, o caso poderia ter terminado de modo muito diferente, caso eu tivesse lembrado."

"O senhor o demitiu. Ele só queria ser detetive na vida, e o senhor não lhe deu uma chance."

"As regras de contratação e demissão da Polícia Metropolitana não são simples assim. Mas é verdade que ele poderia ter continuado a ser policial se não fosse por mim. Só que jamais seria detetive."

"Ele não era ruim."

"Era, sim. Mas estou começando a me perguntar se não fui rigoroso demais com ele."

Cordelia virou-se para entregar o copo e seus olhos se encontraram. Trocaram um sorriso. Ela queria que Bernie o tivesse escutado.

238

* * *

Meia hora depois, Dalgliesh estava sentado na frente do assistente do delegado-chefe, no escritório dele. Os dois não simpatizavam um com o outro, mas só um sabia disso, e era exatamente o sujeito para o qual isso não importava. Dalgliesh fez seu relatório, conciso, lógico, sem usar anotações. Era seu hábito invariável. O delegado sempre considerara isso pouco ortodoxo e presunçoso, e renovou sua impressão. Dalgliesh encerrou:

"Como pode imaginar, senhor, não estou propondo registrar tudo isso no papel. Não há provas concretas e, como Bernie Pryde costumava dizer, o palpite é um bom servo, mas um péssimo senhor. Meu Deus, quantos chavões o sujeito proferia! Ele não era burro, não lhe faltava discernimento, mas tudo, inclusive idéias, era destroçado por suas mãos. Ele tinha mentalidade de boletim de ocorrência. Lembra-se do caso Clandon, homicídio por arma de fogo? Foi em 1954, creio."

"Eu deveria?"

"Não. Mas teria sido muito útil se eu me lembrasse."

"Não sei do que está falando, Adam. Mas, se entendi direito, você suspeita que Ronald Callender assassinou o filho. Ronald Callender morreu. Você suspeita que Chris Lunn tentou matar Cordelia Gray. Lunn morreu. Sugeriu que Elizabeth Leaming matou Ronald Callender. Elizabeth Leaming morreu."

"Sim, tudo convenientemente resolvido."

"Sugiro deixar assim. O delegado-chefe recebeu um telefonema do doutor Hugh Tilling, o psiquiatra. Ele está indignado porque o filho e a filha foram interrogados por causa da morte de Mark Callender. Estou preparado para explicar os deveres civis ao doutor Tilling, pois ele já conhece seus direitos, se você considerar necessário. Mas teremos algum benefício, se ouvirmos os dois Tillings novamente?"

"Duvido muito."

"Ou incomodar a Sûreté a respeito da moça francesa que, segundo alega a senhorita Markland, visitou o chalé?"

"Creio que podemos nos poupar desse embaraço. Só há uma pessoa viva que sabe a verdade sobre esses crimes e ela não cederá aos métodos de interrogatório que podemos usar. Posso compreender a razão. Com a maioria dos suspeitos, contamos com um aliado valioso oculto no fundo de suas mentes, capaz de traí-los. Mas ela, quaisquer que tenham sido as mentiras que contou, não sente absolutamente nenhuma culpa."

"Acredita que ela se iludiu e pensa que tudo é verdade?"

"Não creio que a moça se iluda com qualquer coisa. Gostei dela, mas prefiro não encontrá-la de novo. Odeio quando sinto, num interrogatório perfeitamente ordinário, que estou corrompendo os jovens."

"Então podemos dizer ao ministro que o sujeito morreu por suas próprias mãos?"

"Vamos dizer a ele que nenhum dedo vivo pressionou o gatilho. Melhor, nem isso, até ele é capaz de entender. Diga que podemos aceitar plenamente o veredicto do inquérito."

"Teríamos poupado muito tempo de servidores públicos se ele o tivesse aceitado de imediato."

Os dois permaneceram em silêncio por um momento. Então Dalgliesh disse:

"Cordelia Gray tinha razão. Eu deveria ter me interessado pelo destino de Bernie Pryde."

"Ninguém esperava que o fizesse. Não fazia parte de suas obrigações."

"Claro que não. Mas as negligências mais sérias raramente fazem parte das nossas obrigações. Chega a ser irônico e curiosamente satisfatório que Pryde tenha conseguido se vingar. O que quer que a moça tenha aprontado em Cambridge, ela estava trabalhando sob a orientação dele."

"Você está ficando mais filosófico, Adam."

"Só menos obsessivo, ou apenas mais velho. É bom poder sentir ocasionalmente que há certos casos que ficam melhor sem solução."

O prédio da Kingly Street parecia igual, cheirava igual. Mas havia uma diferença. Na porta do escritório um sujeito esperava, um homem de meia-idade de terno azul justo, olhos de porco vivos como uma faísca entre as dobras de gordura do rosto.

"Senhorita Gray? Eu já ia desistir. Meu nome é Fielding. Vi a placa e subi, nem sei bem por quê." Seus olhos eram mesquinhos, prudentes. "Bem, você não é exatamente o que eu esperava, não é o tipo comum de detetive particular."

"E posso ajudá-lo em alguma coisa, senhor Fielding?"

Ele olhou furtivamente para a escada, e pelo jeito considerou a imundície satisfatória.

"É minha mulher. Tenho motivos para suspeitar que ela está me enganando. Bem... um homem gosta de saber qual é sua situação, entende?"

Cordelia enfiou a chave na fechadura.

"Entendo, senhor Fielding. Não gostaria de entrar?"

SÉRIE POLICIAL

Réquiem caribenho
Brigitte Aubert

Bellini e a esfinge
Bellini e o demônio
Bellini e os espíritos
Tony Bellotto

Os pecados dos pais
O ladrão que estudava
Espinosa
Punhalada no escuro
O ladrão que pintava como
Mondrian
Uma longa fila de homens
mortos
Bilhete para o cemitério
O ladrão que achava que era
Bogart
Quando nosso boteco fecha as
portas
O ladrão no armário
Lawrence Block

O destino bate à sua porta
Indenização em dobro
A história de Mildred Pierce
James M. Cain

Post-mortem
Corpo de delito
Restos mortais
Desumano e degradante
Lavoura de corpos
Cemitério de indigentes
Causa mortis
Contágio criminoso
Foco inicial
Alerta negro
A última delegacia
Mosca-varejeira
Vestígio
Patricia Cornwell

Edições perigosas
Impressões e provas
A promessa do livreiro
Assinaturas e assassinatos
John Dunning

Máscaras
Passado perfeito
Ventos de Quaresma
Leonardo Padura Fuentes

Tão pura, tão boa
Correntezas
Frances Fyfield

O silêncio da chuva
Achados e perdidos
Vento sudoeste
Uma janela em Copacabana
Perseguido
Berenice procura
Espinosa sem saída
Na multidão
Luiz Alfredo Garcia-Roza

Neutralidade suspeita
A noite do professor
Transferência mortal
Um lugar entre os vivos
O manipulador
Jean-Pierre Gattégno

Continental Op
Maldição em família
Dashiell Hammett

O talentoso Ripley
Ripley subterrâneo
O jogo de Ripley
Ripley debaixo d'água
O garoto que seguiu Ripley
Patricia Highsmith

Sala dos Homicídios
Morte no seminário
Uma certa justiça
Pecado original
A torre negra
Morte de um perito
O enigma de Sally
O farol
Mente assassina
Trabalho impróprio para uma
mulher
P. D. James

Música fúnebre
Morag Joss

*Sexta-feira o rabino acordou
   tarde*
Sábado o rabino passou fome
*Domingo o rabino ficou em
   casa*
Segunda-feira o rabino viajou
*O dia em que o rabino foi
   embora*
Harry Kemelman

Um drink antes da guerra
Apelo às trevas
Sagrado
Gone, baby, gone
Sobre meninos e lobos
Paciente 67
Dança da chuva
Coronado
Dennis Lehane

Morte em terra estrangeira
Morte no Teatro La Fenice
Vestido para morrer
Morte e julgamento
Donna Leon

A tragédia Blackwell
Ross Macdonald

É sempre noite
Léo Malet

Assassinos sem rosto
Os cães de Riga
A leoa branca
O homem que sorria
Henning Mankell

Os mares do Sul
O labirinto grego
O quinteto de Buenos Aires
O homem da minha vida
A Rosa de Alexandria
Milênio
O balneário
Manuel Vázquez Montalbán

O diabo vestia azul
Walter Mosley

Informações sobre a vítima
Vida pregressa
Joaquim Nogueira

Revolução difícil
Preto no branco
No inferno
George Pelecanos

Morte nos búzios
Reginaldo Prandi

Questão de sangue
Ian Rankin

*A morte também freqüenta o
   Paraíso*
Colóquio mortal
Lev Raphael

O clube filosófico dominical
Alexander McCall Smith

Serpente
A confraria do medo
A caixa vermelha
Cozinheiros demais
Milionários demais
Mulheres demais
Ser canalha
Aranhas de ouro
Clientes demais
A voz do morto
Rex Stout

Fuja logo e demore para voltar
O homem do avesso
O homem dos círculos azuis
Fred Vargas

A noiva estava de preto
Casei-me com um morto
A dama fantasma
Cornell Woolrich

ESTA OBRA FOI COMPOSTA PELO GRUPO DE CRIAÇÃO EM GARAMOND E
IMPRESSA PELA GEOGRÁFICA EM OFSETE SOBRE PAPEL PAPERFECT DA
SUZANO PAPEL E CELULOSE PARA A EDITORA SCHWARCZ
EM JULHO DE 2008

GREENPEACE

A marca FSC é a garantia de que a madeira utilizada na fabricação do papel deste livro provém de florestas de origem controlada e que foram gerenciadas de maneira ambientalmente correta, socialmente justa e economicamente viável.

O Greenpeace — entidade ambientalista sem fins lucrativos —, em sua campanha pela proteção das florestas no mundo todo, recomenda às editoras e autores que utilizem papel certificado pelo FSC.

*TRABALHO IMPRÓPRIO
PARA UMA MULHER*